es 1929

edition suhrkamp

Neue Folge Band 929

In »Liebe bei den Bären« erfährt ein ältlicher Junge, der mit seinem Vater lebt, sein erstes Begehren. – In »Eine Stunde Kanal« behandelt ein Heiler in Hamburg, der mehreren Kindern beim Kanalbad zusieht, einen Kunden, der sich für eine Frau nicht und auch für nichts sonst entscheiden kann. – »Am Amazonas« zeigt eine verstreute Großstadtgruppe, wie sie zu Hause in der Wildnis ein Haus sucht und das Suchen verewigt. (Einige der besten Erzählungen von Jürg Laederach behandeln die alltäglichsten Themen auf eine überzogene Weise, die – hinterhältiger, als jede realistische Geschichte es könnte – die damit verbundenen Gefühlskomplikationen und sonstigen Weiterungen aufspürt. »Am Amazonas« zum Beispiel stürzt sich auf Mieterelend und Hauserwerb.) – »Das Geschlecht der Dichter« bewegt sich wechselweise von Görlitz ins Berliner Hotel Schweizerhof. – Im Rahmen von »Kenn-samoto, eine Karriere« strebt ein arbeitsamer, nicht allzu lebenshungriger Japaner institutionell nach oben. – »Der Wald der Linderungen« spricht von einem Lebend-Toten, Scharkow, der dem Erzählen nur als Abschweifung von dessen Hauptthema, den täglichen Todesarten, unterläuft. – Das »Bildnis des Autors als Frühvollendeter« läßt den Autor, der sowohl ältlicher Junge, Heiler, Haussucher, Dichter, Streber wie auch täglicher Todesbereiter ist, mehrere seiner Gedanken verfassen. – »Aufbruch« ist nichts als Epilog.

Jürg Laederach veröffentlichte in der edition suhrkamp: *Fahles Ende kleiner Begierden – Vier minimale Stücke* (es 1075); *Vor Schrecken starr – Fixierungen. Stechblicke. Obsessionen* (es 1503); *Der zweite Sinn oder Unsentimentale Reise durch eine Feld Literatur* (es 1455).

Foto: Isolde Ohlbaum

Jürg Laederach
Schattenmänner

Erzählungen

Frankfurt 9.10.98

[illegible]

Suhrkamp

edition suhrkamp 1929
Neue Folge Band 929
Erste Auflage 1994

Erstausgabe

Satz: Leingärtner, Nabburg
Druck: Nomos Verlagsgesellschaft, Baden-Baden
Umschlagentwurf: Willy Fleckhaus
Printed in Germany

1 2 3 4 5 6 – 99 98 97 96 95 94

Schattenmänner

Am Amazonas

Er fühlt sich genau richtig, und das ist die wahre Gabe der Liebe, das ist die reichste, leichteste und beste Art von Liebe, die es gibt. Samstag in Vorstadt. Kinder noch ungezeugt. Fokus auf wenigen Existenzen, präziser, Fokus auf uns. Konzentration nicht auf Plätze, öffentliche, sondern auf Wohnung, einzelne. Es zerriß mir das Herz. Das geschah plötzlich. Es war eine schreckliche Überraschung. Ich weiß nicht, wie ich klagen soll. Aus der Brustwunde strömten Innereien. Wir hatten keine Empfindungen, nur bei Außenreizen. Die Miete erwies sich als psychagogischer Faktor. Zahlten wir sie, lebten wir schlecht. Zahlten wir sie nicht, lebten wir schlechter. Zahlten wir sie, so lebten wir bezüglich der Miete in Ruhe, diesbezüglich keine Seelenarbeit. Zahlten wir sie nicht, gerieten wir in Wallung, Zorn, Verzweiflung, innere Abscheulichkeit. Zahlten wir, fanden wir uns. Wir drei hatten die Winterhüte an die Geweihe gehängt, er nicht. Wir wußten das. Wir wußten aber das Folgende nicht, es wurde so faszinierender. Längst hatte es geklingelt. Womöglich war er wieder weg. Mit Spraydosen hatte er am Vortag ... Kreuz an unsere Wand gespritzt. Ein Zeichen, daß wir bald mit seinem Besuch zu rechnen hätten. Ich sah. Der fette Daumen, der die Auslösedüse des Sprays betätigte. Der Fingernagel unseres Hausmeisters war wichtiger als unser ganzer sonstiger Existenzinhalt. Es zerriß mir das Herz. Vor der Tür stand Moho. Er war klein, gutaussehend, kräftig und entschieden. Ein Ziehen unter meinen Rippen begann. Was soll ich tun? fragte ich mich. Und bekam den Satz nicht zusammen. Es war auch unnötig. Moho nahm mir das Gesetz des Handelns ab. Ich hatte diesem nie gehorcht, ohnehin niemals. Ich dachte an meine

Frau, an meine Zwerge. Faßte einen letzten Willen ab. Unterzeichnete ihn, mangels Zeugen, selber zweimal. Mir konnte nichts mehr geschehen. Ich war gefeit. Würde auch notwendig werden. Moho kam nicht umsonst. Lässig hing die Spraydose vor dem offenen Kragen und dem karierten Hemd herunter. In dessen Brusttasche staken ein dicker Bleistift und eine dünne Zigarre. Ein Schlüsselbund an langer Kette schlug ihm gegen das eine Knie. Ich fürchte, ich habe schlechte Neuigkeiten für Sie. Mohos Stimme hatte eine Verbindlichkeit, die schlechte Inhalte versprach. Das Ziehen unter meinen Rippen verstärkte sich. Die Mieten gehen hoch, so ungeheuer hoch. Moho zog einen kleinen Kreis vor mir. Seltsame Zeichensprache: der Durchmesser des Kreises drückte die Höhe der Mieten aus. Moho hielt sich an einen Durchschnittswert, den er astronomisch hoch ansetzte, der vollendete Realist. Verlegen blickte ich an meinem Uniformhemd hinunter auf die klaffende Wunde beim Herzen und schloß sie. An ihrem unteren Ende gab es ein Knopfloch. Es war eine Button-Wunde. Sarna betrachtete Moho sorgendurchfurcht. Die größte Sorge hatte eine vier Zentimeter tiefe Rinne in sie gefressen. Sie hatte das Knopfloch, den Latz zum Umschlagen und Verbergen noch nicht gefunden. Sie schämte sich. Unter dem Wangenknochen ging es durch und bedrohte ein Auge. Moho war nicht direkt daran schuld. Über Mittelbares wird hier nicht gesprochen. Ungeheuer hoch wird die Miete sein. Unfaßlich, daß ich so grausam sein kann. Es besteht zu einer weiteren Erhöhung kein Anlaß, aber mir macht sie Lust. Das Eigentumsgesetz berechtigt mich. Unfaßlich. Ich muß das ausnützen. Moho hielt im Kreiszeichnen inne, entblößte ein Zahnfleisch, das ihm über das Gesicht wuchs als Lächeln. Wenn die Sorgenrinne auf Sarnas Gesicht noch etwas tiefer grub, würde sie sich in die Länge ziehen müssen, und Mohos neue Miete würde schuld daran sein, daß Sarna ein

Auge, das linke, verlor. Ich betrachtete die Entwicklung mit leichtem Unbehagen. Hätte ich mich dagegen stemmen sollen? Es war meine Miete, doch diesbezüglich hatte ich längst alles freigegeben. Ich hatte mein Testament gemacht, klarer konnte ich mich nicht ausdrücken. Um Sarnas Auge tat es mir leid. Ich hatte ihr gut zugesprochen. Sie war zum betreffenden Arzt gegangen. Er lag tot in seiner Praxis. Gestern ermordet; sie waren immer alle gestern ermordet worden. Mir schien, wir waren die beiden letzten. An Herrn Moho waren Aufforderungen zu mehreren Morden ergangen; gleich darauf fand man die betreffenden Mieter. Sich ihm entgegenstellen. Es war die letzte Gelegenheit. Es war wenig ratsam. Aber nicht weniger ratsam als früher. Es ging einfach nicht. Das Auge mußte man verloren geben. Die Miete wird an der Decke oben kleben. Moho hob den baumelnden Schlüsselbund leicht an und ließ ihn fallen, bis die Kette, woran er ihm vom Gürtel hing, wieder straff lag. Etwas höher als die Decke wird die Miete kleben, da ist gar nichts mehr, woran sie kleben kann, wir werden eine Kuppel in die Decke einlassen, damit Sie sich eine Vorstellung von der zukünftigen Miete machen können. Der eigenen, fragte ich. Wir passen die Ihre dem allgemeinsten Durchschnitt an. Feierlich schloß Moho den obersten Knopf seines Hemdes, für den er sich ein eigens großes Knopfloch neben dem eigentlichen hatte anbringen lassen, damit ihm das Schließen ohne Spiegel gelang. Hätte er vor einem Spiegel gestanden, hätte er sich selbst sehen müssen. Es ging die Rede ... dies sei die einzige Möglichkeit zu seiner Auslöschung. Kenner bezweifelten selbst das. Meine eigene Miete ist zu hoch, sagte ich; es war der Protestsatz, den die Regierung ausdrücklich genehmigt hatte, und jeder, der mit neuen Forderungen konfrontiert wurde, durfte seinem Vermieter diesen Satz, in genau dem Wortlaut, viermal sagen. Dies stand nicht unter Strafe. Man hatte die Sitten gelockert.

Fast war es Anarchie. Ich hatte den Satz nun ein erstes Mal gesagt. Er zeigte Wirkung. Moho errötete, das Erröten ging von seinem Hals aus, der in dem Trichterkragen steckte, und, leider nur strahlenförmig, verbreitete sich dieses Erröten teilweise über das Gesicht, gefolgt von einem zweiten Erröten, ausgehend vom Kehlkopfzentrum; Moho war ein Stimmen-Erröter. Er mied das Sprechen, das bei seinem Erröten errauhte. Heute kam er, mangels Boten, alle ermordet, nicht mehr darum herum. Das Mohosche Erröten hatte das ganze Gesicht, wenn auch teilweise, überflutet und gerann nunmehr zu einer unendlich brutalen, aber auch wehrlosen Verlegenheit. Solche Verlegenheit kannten wir nicht. Für uns war alles entschieden. Letztes Gefecht, Zittern, Schrapnelle, Verdun. Ich schaute Sarnas Sorgenrinne nach, die vom Auge aus über die Stirn kroch, um über den Rest der Stirn zum Auge zurückzukehren und unterwegs alles zu zerstören, was ich seinerzeit geheiratet hatte. Wie hoch ist denn nun genau die jetzige Miete? Zum letzten Mal hatte ich nachgesetzt, um würdig abgeschlagen zu werden. Ein abgrundtiefer Seufzer entrang sich Herrn Moho. Der Ort des Entringens lag unwesentlich höher als der Hängepunkt des Schlüsselbundes, dort schien sich in der Körpermitte eine weitere Öffnung des Entringens aufzutun. Seine Seufzer hatten denn auch die mephitischen Attribute langgehegter Exkremente. Die Erhaltung, der Unterhalt und der Aufenthalt in Ihrer Liegenschaft zwingen mich zu einer Erhöhung. Der Staat schrieb den Vermietern keine genauen Sätze vor, womit sie sich der höheren Miete vergewisserten, doch dieser Satz lag nahe bei dem, was der Staat, hätte er vorgeschrieben, vorgeschrieben hätte. Moho blickte Sarna, die gerade an der Haarwurzel schrie, mitleidig an, als wolle er sagen, Nun haben Sie doch noch eine Formalbegründung aus mir rausgepreßt, hört das denn nie auf. Sehn Sie mal, hier. Moho deutete unbestimmt nach oben, er konnte meinen: eine Dachtraufe, aber auch nur den oberen Türrahmen, vielleicht ein Stück der Decke, die makellos war und unweiß, er konnte meinen: den Kamin, den Dachfirst, die Antenne oder den tiefblauen Himmel schlechthin, denn er schien nun ein Symboliker zu sein, aus Wortverlegenheit. Taktisch war es kein schlechter Zug; alles konnte fortan alles bedeuten, im groben Raster: Zahlt oder packt eure Koffer und haut ab. Wir kannten die Botschaft. Wir hatten sie oft gehört. Wir waren ihren Folgen entkommen. Ich war ein armer Mensch, der unter sowas regelmäßig zusammenbrach. Auf einem geheimen Regal hatte ich einige Mittel, um Herrn Moho den gefräßigen Rachen zu stopfen. Keine Frage, diese Mittel gingen zur Neige. Dies wußte Moho nicht. Mit den von ihm noch immer vermuteten Restmitteln konnte ich pokern. Ständig bin ich in den Schuhen, um Dächer, Vordächer, geborstene Ziegel, Verbindungen, Türrahmen, Fensterscheiben zu reparieren. Aha, das hatte sein Hinweis nach oben gemeint. Moho grinste verlegen. Wir hatten, so die Freiheit der Opfer, diese transzendentale Zurückhaltung nicht. Hier brauchen Sie nichts reparieren, sagte Sarna, Seit wir hier eingezogen, haben Sie auf diesen Platz keine müde Scheißmark vergeudet. – Na klar, Sie sind die besten Mieter, die ich habe, und wenn alle Mieter so gut wären wie Sie und Ihr verehrter Mann, würd ich besser schlafen nachts. Moho hatte soeben in einem unbeträchtlichen Reihenhausviertel unserer Schmuddelstadt, unter welcher der Amazonas durchfloß, die Olympiade in Heuchelei mit 9.4 Sekunden Rundenzeit gewonnen. Sein Schlüsselbund kreiselte langsamer, wickelte sich um den knubbeligen Finger, bis die Kette zu Ende war und der Schlüssel in Nähe des viereckig geschnittenen Nagels zum Stillstand kam, wonach er sogleich in ein dirigierendes Wippen überging, dessen Antrieb die tieferen tektonischen Schichten von Mohos Bewußtsein waren; ständig förderte er sein Öl aus ihnen. Er nannte mich Verehrter, weil er an mein Geheimvermögen appellierte, in dessen Besitz er sich bringen wollte. Nachts, so wie er gesagt hatte, schlief er nie, sondern ging herum und mordete. Wer kein Geld hatte, wurde, selbst wenn er ausgezogen war, auf dem Weg in eine neue Wohnung umgebracht. Wir haben selber die Fliesen im Wohnzimmer gelegt, stimmt's oder nicht? sagte Sarna beharrlich. Sie konnte zäh sein. Sie ließ kaum je locker. Ich wußte ein Lied davon zu singen. Diesmal gefiel es mir. Sie hatte ihre Zähigkeit in der Wüste gelernt, wo sie lange bei einem Beduinen der Tuareg gewohnt hatte. Was in jener Behausung vor sich gegangen war, interessierte mich nicht. Ich brachte ihre Zähigkeit nicht mehr mit der Wüste in Verbindung. Es mußten einige Kämpfe geschehen sein. Und jedesmal wenn wir einen Kampf zu bestehen hatten, erinnerte sie sich an ihre Erfahrungen mit dem Krieger. Er war bei einer Stammesfehde umgekommen. Ich kam mir seltsam vor, daß ich sein Nachfolger war. Es war niemand anderer dagewesen, und von den Tuareg hatte Sarna keiner mehr gefallen. Denken Sie nicht, ich hätte die Fliesen vergessen, denken Sie das bloß nicht. Moho verströmte beruhigende Atmosphäre wie schweren Rauschgiftnebel, unsere beiden Köpfe sackten auf die Brust, es war ein konzentrischer Angriff eines wirksamen Beruhigungsmittels, unter Sarna und mir gaben die Beine nach, Moho ließ einen Krankenwagen kommen, Sarna und ich erwachten in einem knallgelben Krankenhausbett, der Arzt warf uns sogleich hinaus, wir stiegen in ein Taxi, und zu Hause spielte vom Telefonbeantworter die Botschaft: Hallo. Ich rief an. Begeben Sie sich vor das Haus, hören Sie mir zu, unangenehm, und da standen wir wieder und hörten, wie uns der Kerl, Nie würd ich die Fliesen vergessen wollen, sagte, indem er meinte, wir sollten uns daran erinnern, daß er nie etwas vergesse. War das als Erinnerung zunächst idiotisch, so trat später die

Weisheit hinzu, daß Herr Moho sich immer bemühte, ein Kompliment, das wir ihm gaben, umgewandelt an uns zurückzugeben. Moho aß Käfer und erinnerte sich nach Jahren noch, welche Rasse an welchem Tag er kaute. Unsere beiden Zwerge, der größere, rechts verwachsene, und der geringere theoretische, hatten aus ihrer Abneigung gegen ihn nie ein Hehl gemacht. Er ist ein Wohnungs-Schwein, doch selbst in seinem Mund zu wohnen wäre teuer. Die Erinnerung an sein elefantiasisches Gedächtnis war beunruhigend. Immer wenn wir beunruhigt waren und, jeder für sich, unsere armen, geschundenen Knöchel nach den bitteren Gängen des Tages aneinander rieben, dachten wir an Mohos Gedächtnis, den Kraken mit den fünfhundert Tentakeln. Mohos Gedächtnis grabschte nach allem Vergangenen, verdaute jede Menge Speicherung und konnte nach Jahren noch jeden Dorn, den ihm jemand in den breithosigen, dickhäutigen Schwielenhintern getreten hatte, abgefeimt grinsend nachtragend und schnaubend, wie der Zauberer die Taube, hinter dem Elefantenohr hervorziehen, um das ehemalige Verbrechen vorzuweisen als Freipaß für ein eigenes, schlimmeres Verbrechen. In solcher Lage hatte der durch Moho mit seinem alten Vergehen Konfrontierte zum Schaden auch den Spott, Moho überhaupt auf das Grundmotto »Verbrechen muß sein« eingestimmt zu haben. Ich habe Ihnen nie was getan, pflegte der zitternde Angegriffene zu keuchen, und Moho wiederholte ganz genau: Ich habe Ihnen nie was getan. Wiewohl der haarigsten Enormität zugeneigt und in das Riesenhafte tumorartig degenerierend, hatte Moho, wenn das Verbrechen auf die Tagesordnung kam, nur das bescheidenste im Sinn, Qual, Folterung, Vollstreckung des Urteils an alten Mietern, Freikriegen von Wohnungen, Runterreißen alter Tapeten und Aufkleben neuer. Ihre eigene umfassende, in das Anwesen investierte Arbeit ist doch just, was mir fast übel macht, sagte Moho. Wenn ich daran denke, daß Sie derartige Arbeit leisteten und Ihre Miete ungeachtet dieser Tatsache emporschnellt, da könnte ich an mir selber, an meiner eigenen Durchsetzungsfähigkeit verzweifeln. Mohos schwere Druckkessel der moralischen Empfindung waren dabei, unter großer Dampfentwicklung ein Stück schlechtes Gewissen ins große Gebläse zum Härten zu schicken. Die Spannung drohte mich und Sarna zu töten. Tod war in dieser Auseinandersetzung wie ein Vorspiel.

Die Spannung tötete mich. Wieviel, Herr Moho, fragte ich. Fünfhundert Piepen, sagte er, ich hab Mühe, Ihnen das zu sagen, so offen und gleich die ganze Zahl, die mich mehr schmerzt als Sie, Sie dürfen mir glauben. Wann fängt die Erhöhung meines Lebensstandards an, fragte Sarna. Sie meinen, als Folge der Entrichtung Ihrer Mietsumme, fragte Moho zurück, das kann ich Ihnen gleich sagen, lassen Sie mich mit dem dicken Daumen in meinem Notizbuch blättern, da hab ich Aufstellungen und Tabellen drin, es steht genau hier, und sein schwerer stummeliger Daumen kam über einer senkrecht nach unten gezogenen Reihe von Zahlen und Daten zur Ruhe, lassen Sie es mich so formulieren, also, wir hatten, Erhöhung des Lebensstandards von Frau Sarna, Einwohnerin meines zerfallenen Gemäuers, nun, Ihr Standard erhöht sich am ersten Mai, ich meine es als soziales Sinnbild, während die unten auf der Straße Kolonnen bilden und schreiend und singend vorbeilaufen, da hebt sich, hast dus gesehen und gefühlt, geräuschlos auf der Treppe Ihr Lebensstandard, am Abend des Ersten Mai erkennen Sie den Morgen nicht mehr. Bis dahin sinds noch zwei Monate. Sarna klang ganz leise, resigniert, und ihr Gesicht war grau. Dies gibt Ihnen eine Menge Zeit, meinte Herr Moho kurz, barsch, nicht unfreundlich, die Zeit werden Sie gut brauchen können, denn Sie müssen sich überlegen, ob Sie vielleicht an einen billigeren Ort ziehen, da wüßt ich auch was, aber zunächst weiß ich nichts, braten Sie ruhig mal bißchen, ich meine, die Mieterhöhung ist allgemein was Entsetzliches, aber meine sind besonders entsetzlich, ich denk, daß Sie darüber glücklich sein werden, falls es Sie nicht mit Entsetzen erfüllt, ja, was ich schon immer wissen wollte, wie reagiert das Gefühl, mal ganz spontan gesagt, wenn es eine Mieterhöhung vorgesetzt kriegt, ich meine, da muß man Fälle auseinanderhalten, aber nehmen wir mal Ihren, also, Sie konnten bisher die Miete knapp und kaum zahlen, fuhren sozusagen ständig auf dem Zahnfleisch, sahen aber etwas Licht am Ende des Tunnels, weil Sie mal auf zwei Pack Zigaretten, mal auf ein warmes Bad verzichteten und sich so Geld auf die hohe Kante legten, und nun kommt dieses Schwein, es ist doch richtig, daß ich mich so nenne, oder?, na, nennen wir mich ruhig mal Schwein, na?, einverstanden?, ich weiß doch, was Sie über mich denken, weiß es seit Jahren, Sie haben nie ein Geheimnis daraus gemacht, das ist auch ganz richtig so, da kommt dieses Schwein, das sich für nen Grafen hält, oho!, na wußten Sie das denn nicht?, aber doch, ich bin entfernt königlichen Geblütes, muß nur erst mal nachforschen, und das gräfliche, oder sagen wir mal, beinah-gräfliche Schwein knallt Ihnen, entsetzlich, eine zusätzliche Rechnung vor den Latz, daß es nur so klatscht. Das alles das da, was mir in den Mund geschoben wird, das da denke ich alles nicht, sagte Sarna abwesend. Weiß ich doch, sagte Moho, mir doch klar, mir können Sie alles vormachen, aber ich weiß auch, daß Sie eine ehrliche Haut sind, ich will damit sagen, der Fürchterliche bin ich, ich kann nicht leben, ohne mir vorzustellen, was in anderen Leuten vorgeht, wenn sie in Kontakt zu mir treten. Und meinen Vorstellungen zu dem, was da vorgeht, helf ich halt nach, indem ich Situationen schaffe, worin beide, ich und die Person, keine Chance haben. Aber um auf den Ausgangspunkt zurückzukommen, ich weiß, daß in

Ihnen nichts dergleichen vorgeht, um ehrlich zu sein, ich bin überzeugt, daß in Ihnen gar nichts vorgeht, nie was vorgegangen ist, denn das hätte ich merken müssen, Sie sind weitgehend leer, und wenn Sie das mal nicht waren, dann war Ihr offensichtlicher Haß auf mich daran schuld, denn wenn Sie nur eine Beschimpfung für mich erübrigen konnten, dann waren Sie glücklich und fühlten sich erfüllt. Ich bin, will sagen, Ihre Abneigung gegen mich ist das, was Sie beflügelt und Ihrer Leere Materie zuführt, ich weiß, der Fürchterliche bin ich, und ich tarne es, indem ich die fürchterliche Mieterhöhung ausspreche, so haben Sie was zum Nagen und merken das eigentlich Entsetzliche nicht. Klingt wie eine Umfrage, sagte Sarna. Wah, fragte Moho. Man kommt an die Tür und fragt, Sterben Sie aus diesem Grund oder jenem. Serbien muß sterbien, sagte Moho. Erst wollen Sie wissen, wie ich mich bei 'ner Mieterhöhung fühle, dann tun Sie so, als verberge sich dahinter was Schlimmeres, sagte Sarna, die den Riß auf ihrem Gesicht verbarg, so gut sie konnte. Obschon Moho alles wußte, sah er diesen Riß nicht, hatte wohl Schürfaugen, die nur die Tiefe, nie die Oberfläche wahrnahmen. Die alte Sau, sagte sie, als Moho weg war. Ich war dazugetreten, damit war einer zuviel. Er weiß, sagte Sarna, als ich mich schon davonmachen wollte und an meiner Zerkrümelung arbeitete, indem ich einen borstenlosen Besen genommen und wie wild über Fußboden und Wände wischte und mit dem rückwärts hinausfahrenden Stiel mehrere Fenster zerbrach, er weiß, daß es nirgends eine billigere Wohnung gibt als diese hier. Man muß die Mieterhöhung dazuaddieren, sagte ich, dann weiß man mehr. Kompliziert, seufzte sie. Plus plus plus, schnappte ich, alles ganz einfach. Sarna las schlecht. Rechnen konnte sie gar nicht. Sie war Spezialistin für Gefühle. Zur Schule war sie nie gegangen. Ich mochte das. Überdies versetzte es Moho nachträglich einen Schlag ins Kontor, weil sie zwar vage wußte, daß eine Mieterhöhung etwas Schweinigelndes war, das hatte ich ihr gesagt, aber sie wußte nicht, was sie darunter zu verstehen hatte. Ich sah mich in unserem Wohnzimmer um. Es war mit über die Jahre zusammengetragenen Möbeln verschiedener Stile vollgestopft. Das meiste war alt und unbrauchbar. Einige herrliche Stücke, die mich euphorisch machten. Das meiste war bequem. Sarna liebte Bequemlichkeit. Das ging soweit, daß sie im Bett ein bordüriertes tiefgrünes, mir liebes Kissen nahm, um – ich komme darauf zurück. Vor zwei Jahren war ich mit ihr eingezogen. Das Haus hatte damals schlimmer ausgesehen. Das hatte uns genützt, denn selbst Moho hatte nur vierhundertachtzig dafür zu verlangen gewagt, es war schon damals zuviel, und er hatte sein Vergnügen, uns das zu verstehen zu geben. Wir hatten die Sache leicht verbessert. Ich hatte in den sechs Jahren viermal Geschirr gespült. Der Rest zerbrach, wurde weggeworfen. Insgesamt sah es sauberer aus. Das fiel auf uns zurück, da wir nun die Opfer neuer Spiele werden konnten. Ich überflog den Wohnzustand im Lichte von Mohos Neuforderungen. Sarna hatte sie vor mir akzeptiert. Es genügt, sagte sie. Hier bleiben wir nicht. Ich würds tun, meine Stimme klang unsicher. Es sieht schrecklich aus, sie klang sicher. Die Wohnung, sagte ich, ist ein Urteil, das wir zu akzeptieren haben. Wir haben sie zugerichtet. Du. Ich hab mildernde Umstände. Ich lebe mit dir. Wir kaufen ein Haus, beschloß sie. Ich hatte mich schon dünn gemacht und war verschwunden, was insofern unnötig war, als ich gar nie in Erscheinung getreten war, höchstens, um ein Stück Papier auf den Riß in ihrem Gesicht zu legen. Wir könnens in Erwägung ziehen, sagte ich aus dem Klo. Ich hatte alle Hoffnung verloren. Wir würden nie etwas anderes finden. Alles würde unsere Mittel übersteigen, zudem würde alles entsetzlich aussehen, ich würde es ertragen, aber sie, jene, die jetzt suchen wollte, würde davon abgestoßen sein und hierher zurück wollen. Wir hätten dies aber bereits abgestoßen und irrten sodann während mehrerer Jahrhunderte als Heimatlose durch die Sümpfe der Ballungsgebiete. Ich würde Ruhr kriegen, sie würde blind, ihr Gesicht zerspränge, ich würde alles auflesen und in ein Taschentuch knoten, dann käme Moho aus einem Busch, bände mich auf drei Eisenstäbe und würde mich braten und zum Diner einnehmen. Erst die Backe aus der Haut schälen wie bei der Forelle.

Wir lebten in der Wohnung nicht allein. Eines Tages waren zwei Zwerge eingezogen, ohne uns zu fragen. Sarna hatte einen geliebt, er schien ihr zuzusagen und immer wieder zu können, während ich beide gehaßt hatte, aber von ihnen nicht ernstgenommen wurde. Zunächst störte es mich, dann liebte ich meine präsente Unsichtbarkeit. Man kann auf vielerlei Arten leben, und abgesehen vom Liebeshunger des einen und dem närrischen Kichern des zweiten, der dabei zusah, aßen sie wenig, wechselten die Kleider nie, lasen nur Thomas Hobbes und ließen sich in einer Jackentasche ins Kino mitnehmen, kosteten kaum, sparten einiges. In den Augenblicken, wo sie aus ihrem neurotischen Wahn ausgeklinkt waren – es war nicht leicht, ein Zwerg zu sein –, ließen sie sich für Einbrüche gebrauchen. Es war mir gelungen, einen Teil unserer Mietzahlungen aus Mohos Wohnung zurückzuentwenden, was ich Sarna nicht gesagt hatte, denn ich sah ihre Auseinandersetzungen mit ihm zu gern. Den Zwergen, die in irdischen Dingen blöde waren, hatte ich weisgemacht, Geld sei Dung. Sie ekelten sich davor, verzichteten auf ein Einbruchs-Honorar, ich gab ihnen etwas Dung, den hielten sie für Geld, zweifellos eine Folge von Hobbes, allerdings eine zwergische. Der eine kicherte, der andere besprang ihn, ehe ich beiden beibrachte, daß man in Kellerlöcher springen und daraus herauskichern müsse, dort sei etwas zu holen. Mit der Zeit hatte sich uneingestandene Zuneigung zwischen uns ergeben, während Sarna den ihren weniger liebte, was sie mir nicht sagte, er aber schon. Er zog mich des öfteren ins Vertrauen, allerdings so allgemein, daß ich annehmen mußte, er tue es mit allen. Wie es von Zwerg zu Zwerg stand, blieb seit ihrem Einzug unklar. Sie verständigten sich in einer Rumpfsprache, offenbar vergaßen sie nachtsüber das meiste, denn riesige Redeanstrengungen schienen an jedem neuen Tag nur an der Rekonstruktion des vorhergehenden verlorenzugehen. Sie haßten diese Erinnerungsauffrischungen, gleichzeitig leisteten sie die Arbeit unverdrossen, aßen portionsweise gefrorene Milch, nicht viel, sprengten sie mit dem Daumenballen von einem weißen Klotz ab. Der eine konnte fliegen, aber er hatte es nie getan, also konnte er es nicht. Er spreizte die Arme, aber es war, um Sarna ganz umfassen zu können, etwas, wozu sich ein reiner Blutegel nie verstiegen hätte. Auch ich befolgte auf diesem Gebiet die Gewohnheiten der Blutegel. Ich pflegte mich anzusaugen und dabei auf ein älteres Möbel zu starren, allerdings bedeutete ich darin für die beiden keine Konkurrenz. Sarna blieb weitgehend gleichgültig, weinte leise in sich hinein, aber meist weinte ich auch, es war nichts besonderes, vielmehr staunte man, wenn es einmal einer nicht tat. Einmal sah ich, wie es der Kichernde trieb. Er zog die Stoffe herunter. Nur das. Er zog die trennenden Stoffe herunter. Moho verstanden sie allmählich besser. Man mußte annehmen, daß sie seine Praxis der schrittweisen Erhöhung nachahmten. Der Beischläfer hatte Sarna diesen Riß ins Gesicht gesetzt, eines Tages, oder der Riß war von selbst gekommen. Beide hatten sie einen Sitzplatz über dem Handschuhfach meines Wagens gekriegt. Sie versuchten dort, auf der für sie weiten Fläche eines Sockels, auf dem eine Zigarettenpackung Platz gefunden hätte, zu inszenieren, was sie im Autoradio hörten. Auch die elende Inszenierungslust konnte sich ausweiten.

Im Grunde war ich ein gefährdeter Mann. Ich mußte etwas tun, falls mir das nicht gefiel. Ich hab gesehen, daß Moho wahnsinnig ist vor Wut, sagte Sarna. Richtig, antwortete ich. Die Zwerge saßen mir auf den Schultern und sahen zu. Ich zahl keine sechshundert den Monat. Sarna zog Kreise im Raum, sie war aufgeregt, sie wußte, was sie gewöhnlich zur Beherrschung brauchte, doch diesmal nicht, der Aufprall der Nachricht war größer gewesen als sonst, vielleicht handelte es sich um eine Antwort auf mein offen zutage getretenes Vergnügen an ihren Auseinandersetzungen mit Moho, dies wäre ein neues Kapitel zwischen ihr und mir, ich nahm an, daß ich alles diesbezügliche wußte, auch wenn ich nichts vorausgesehen hatte. Es war, stellte Sarna, als sie an mir vorüberzog, fest, nicht die richtige Zeit, um aufzubrechen in die Wüste und auf einem Sockel ein neues Gehäuse zu finden, es einzuschätzen und die Feldflasche befriedigt an die Lippen zu setzen. Wah, fragte ich, wie es schon Moho gefragt hatte. Dies, obgleich ihre Gedanken meinen glichen. Es war mir immer aufgefallen, daß ich, was mir glich, besonders schlecht verstand. Wah. Wah. Du weißt, daß er in ein paar Wochen den Preis raufschraubt, das tut er regelmäßig, er sagt es sogar laut. Statt wah sagte ich jetzt tja. Er rechnet mit einem Unfähigen wie dir, sagte sie. Ich gab alles zu, versuchte eine vorbehaltliche Klausel anzubringen, aber es fiel mir keine ein. Ich war unfähig, doch war es so etwas wie eine hervorstechende Eigenschaft. Ohne das wäre ich gar nichts mehr gewesen. Ich war so wenig, so nahe an garnichts, daß die schlechteste aller Eigenschaften an mir noch positiv wirkte. Ich hatte mein bisheriges Leben in guter Laune verbracht und dachte nicht daran, das zu ändern. Ich wußte allerdings, wer das ändern wollte. Sarna war entschlossen, jetzt eine Änderung herbeizuführen, sie setzte sich unmittelbar hin und suchte die Anzeigen nach verkäuflichen Häusern durch. Sie stellte das Radio an, und am selben Nachmittag hatten sie aus dem Radio einen Fernseher gemacht, sogleich erschien ein Bild im runden Konus des Lautsprechers. Im nächsten Augenblick, kaum hatte ich es wahrgenommen, schalteten sie das Bild aus, und es blieb nur Ton. Eine rasselnde Stimme las etwas ähnliches, wie man in der Zeitung lesen konnte, eine Reihe angebotener Häuser. Nachdem sie aufgehört hatte, erschien wieder das Bild auf dem Lautsprecher. Es zeigte einen Lautsprecher, der ebenso groß war, und zwei Leute, die davor standen und zwei Zwergen etwas erzählten, was diese nicht zu interessieren schien. In diesem Augenblick kriegte Sarna eine ihrer Depressionen. Ich rief Dr. Rumford an. Er war nicht zu Hause. Ich legte auf und beschloß, mich ihr zu widmen. Sarna brach in Heulkrämpfe aus. Aus Solidarität brach ich in einen aus. Er war kurz. Man glaubte mir nicht, das sah ich. Du willst sagen, sagte ich, du willst immer wieder sagen, die Preise seien zu hoch für uns, wir verdienten nichts, wir hätten keine Kinder, aber Zwerge durchzufüttern, du sehest keinen Silberstreif am Horizont. Recht hast du, und dennoch, Hoffnung ist in der kleinsten Zeitungsannonce. Zeitungsannonce, wiederholte der Grinser von den beiden Zwergen. Er schien das Wort zu kennen. Er fuhr sich mit einem Finger in den Mund, streckte ihn vor sich in die Luft und leckte ihn dann weithin sichtbar ab. Ich versuchte es zu entziffern, stieß mich aber an seinem Kollegen, dem Bespringer, der wegblickte und mich anstarrte, so, als hätte es bei mir etwas zu sehen gegeben. Ich machte eine verächtliche Geste, die ihn beruhigte und von seinem Objekt abbrachte. Jetzt lachte er brüllend über den geleckten Finger des anderen und versuchte, das ganze nachzumachen. Zeitungsannonce, sagte er. Ich bin fertig, sagte Sarna, und ein paar Häuser sind billig, aber die bringen uns mit den Reparaturarbeiten um. Ich sacke zusammen, ehe ich die Annoncen ausgelesen habe. Ich bin verwundet durch die

Lektüre, noch lieber würd ich Prosa lesen. Allerhand, sagte ich. Die Zwerge wiederholten es nicht. Du liest Verkaufsprosa, sagte ich, alles sehr teuer, will aber an den Mann gebracht werden. Das Schicksal meint es gut mit uns, ich will sagen, mit irgendjemandem, also manchmal auch mit uns. Meine Handfläche fuhr über ihr Kinn, aber das war nicht Absicht. Dann fuhr dieselbe Fläche über ihre Depression. Augenblicklich war sie weg. Vielleicht ruf ich Moho nochmals, sagte ich. Hat er was Neues zu sagen, fragte sie. Neues, wiederholte der Zwerg. Ich trat zur Tür, machte eine Verbeugung. Bitte herein. Nichts rührte sich. Er kommt nie zweimal, sagte Sarna. Darum bin ich so fertig. Dann sei nicht fertig. Mir war klar, daß es die falschen Worte waren. Sie kamen mir ganz natürlich, also heilten sie nichts. Man kann nur mit berechneten Aussagen eine Besserung von Gesamtzuständen herbeiführen. Bei mir selber versagte allerdings sogar diese Methode. Ich saß einfach fest, in einem Kerker, erledigt, zog alle zu mir ins Verlies und wartete auf Vorfälle, die mich rausgerissen. Sie traten niemals ein. Ich war im Warten geduldig. Sarna war ans Fenster getreten. Auf dem Lautsprecher des Radios erschien das Bild einer hohen Ziegelwand, und aus dem Nichts geschleudert prallte ein Ball gegen sie, fuhr zurück und war bereits wieder aus dem Bild. Es blieb die Ziegelwand. Man konnte die Ziegel zählen, aber das war insofern spannungslos, als es bereits geschah. Der akustische Teil des Lautsprechers gab eine Stimme von sich, die eine aufwärtsgehende Reihe Zahlen aussprach, sie war weit über die Hundert weg bereits. Außen an Sarnas Fenster, im Garten, sah ich Moho vorbeiwanken. Der Garten war grün, und als er vorbei war, war der Garten grau, als habe er ihm mit den fast nachgezogenen Füßen sämtliche Farbe abgeschabt. Ein Monat verging. Manchmal vergingen Augenblicke unendlich langsam, manchmal Monate außerordentlich schnell.

Sie ging jeder Spur eines käuflichen Hauses nach, lief zum Beispiel vom Fenster rasch zur Tür. Das erbrachte kein Haus. Dann sah sie hinter den Schrank. Dort erzählte man ihr von einem Lustschloß, es kostete nichts, sie glaubte es. Ich schickte die Zwerge hin, zum Schrank, sie sollten ihr was Vernünftiges sagen. Sie kamen an den Resten des Abendessens vom Vortag vorbei, und es war um sie geschehen. Der Verkäufer des Schlosses schmatzt beim Abendessen, sagte Sarna. Tut mir sehr leid. Braucht dir nicht leid zu tun, du bist ja nicht schuld. Wieso schuld?, ich dachte, du meinsts positiv, Schmatzen beim Essen, ich meine, was sollte er sonst tun. Sonst fällt dir sicher nichts ein. Nein. Ich gab es diesmal vorbehaltlos zu. Dann sagte ich, Laß das Schloß. Nimm irgendwas, das sich bietet, du wirst zufrieden sein. Das sagst du. Na sicher. Du hast gemeinhin recht. Na sicher. Wir steckten in einem unserer Antagonismen. Dies waren schreckliche Tiere. Ich habe bisher nicht erwähnt, daß unser Raum dicht bevölkert war. Dann verzicht ich aufs Schloß, und du vermittelst mir einen Ersatz. Na klar. Was willst du? Zunächst doch dich. Na klar. In mir kannst du aber nicht wohnen. Was willst du noch? Frag ein paar Freunde. Besuch sie im Kreise ihrer Familien. Sag ihnen, sie sollen für uns suchen. Ich such selber. Ich lese die Annoncen. Du gehst nicht hinaus. Sicher geh ich. Tür auf, und weg du bleibst. Lieber wohn ich weiter hier. Ich machte ihr klar, daß mir das die liebste Lösung war. In diesem Augenblick wollte sie eine andere. Hatten die Zwerge anfangs aus Trotz nicht mitgehört, so verstanden sie jetzt gar nichts mehr, selbst wenn sie gewollt hätten. Sie taten das schlechthin Falsche, hatten sich die Hemden ausgezogen und bügelten sie mit einem kleinen Bügeleisen. Der eine hielt das heiße Eisen immer wieder als Szepter hoch und setzte sich mit einem Hochwerfen der Beine, während der andere applaudierte, als König aufs Plättebrett. Der andere verfiel dann in eine abschnurrende Wiederholung ungefähr chinesischer Kotaus, während der eine versuchte, indem er dasaß, sich von außen zu sehen und die königliche Erscheinung nachzubessern. Dann glitten sie nahtlos wieder in ihre Rollen als halbentkleidete Hemdenplätter hinein, mit irgendwo einem Ventil, aus dem ein konischer Dampfstrahl zischend wuchtete. Während ich ihnen atemlos zusah, hörte ich, wie alles umbestimmt wurde. Klare Klänge, womit es angefangen hatte, wandelten sich zu sirrendem Rauschen. Ich blieb zu Hause, so wurde es beschlossen, sie las die Anzeigen, und wir würden uns über das zu erwerbende Objekt abstimmen, und wenn zwei Stimmen zusammenkämen, würde sich die Waagschale neigen und es wäre entschieden. Der Garten wurde nach einer Erholungsphase allmählich wieder grün, daran hatte er ein Interesse, denn er stand unter der Drohung, daß er verschwände, wenn er nicht mehr grün wäre, die Betonmischmaschine stand an seinem Rand bereit und wartete darauf, angeworfen zu werden, lieber noch Beton als ein entgrünter Garten. Ich sah dem Garten die Anstrengung an, er war von schwitzendem Grün und warf verzweifelt seine letzten Reserven ins Blühen, das immer ungefährer herauskam, irgend etwas schoß ihm aus dem Boden und öffnete sich zwei Schuh weiter oben, bunte Fähnchen von Blüten, der Garten öffnete die geballte Faust und ließ einige Bienen zu den Blüten summen, so hielt er sich aufrecht und entging der Drohung, zugeschüttet zu werden und unter einer schweren Steindecke weiterzumachen.

Einer namens ... ein Freund namens Humbert, welcher ein grammatikalisch agiler Mensch war in dem Sinne, daß ihm, obzwar im Leben so unbeweglich wie sein Nächster und sein Übernächster, in Berichten über sich selber proteische Formen anzunehmen vergönnt war, so daß er bald Onkel Humbert war, ohne weiteres bald Sohn Humbert hätte sein können oder, wenn eine Dame auftauchte, bald der Ehemann dieser Dame wurde, um anschließend wieder als Junggeselle und derjenige daherzukommen, der mit »ein Freund namens Humbert« richtig bezeichnet ist, dieser Humbert war kein anderer als derjenige, der, obgleich unbekannt und uneingeführt, jeden Nachmittag mit ihr arbeitete. Er zeigte uns eine heiße Stelle. Streifenförmig schmale Entwicklungsgegend westlich der aus ihren unterirdischen Amazonasläufen blasenwerfenden Schmuddelstadt im Dschungel. Die war an unserem Unglück schuld. Wir wollten von solchem mehr. Also bewarben wir uns um eine Wohnung ohne Klimaanlage. Zunächst standen wir lange Zeit Schlange. Was gleich einen armseligen neuen seelischen Zustand verhieß. Die Mitbewerber, in der Schlange mit dabei, waren ekelhaft. Mir wurde schlecht, wenn ich daran dachte, daß einer von ihnen ein Haus kriegen sollte, das durch einen üblen Zufall nach seinem Tod dann an mich ginge. Ich würde seine Wohnensreste beseitigen. Klar war immerhin, daß wir unser Haus kriegen würden und mit niemandem zusammenzuleben hätten. Aber schon der Gedanke, daß alle durch ihr Warten und ihre Hoffnungen die Häuser gemeinsam belegten, zog mir den Magen zusammen. Bis wir uns dann vor einem geringen Büro-Vorposten des entscheidenden Beamten befanden. Sogleich warfen wir uns auf die Knie. Er, nach mehreren Stunden des Kriechens, denn seltsamerweise kroch auch er, sodaß im Büro alle krochen (alle schabten auf allen vieren herum und beschnüffelten den Teppich), eröffnete uns, nun sei nichts mehr frei. Er habe sich zum Vergnügen mit uns abgegeben, um uns gleichzeitig zu verheimlichen, daß die letzte Wohneinheit kurz vor unserem Eintreffen an den Meistbietenden weggegangen sei. Lachen, Lachen. Da können Sie nicht mithalten, sagte er mit einem Spritzer Moho in der Stimme. Sodann, zum Abschluß, schenkte er uns, wegen der fehlenden Klimaanlage, einen Ventilator aus Hartgummi.

Der Freund Humbert brach seine Arbeit an ihr ab. Diese war eigenschaftslos wie er selber und eigentlich keine. Er arbeitete sich an ihr ab, und sie verlangte es. Hatte er ihr Auge beschädigt, grob, wie er mit ihr umging, ihren Wünschen entsprechend? Eine Art Gestalttherapie. Diese verformte sie. Verformung einer sich Ringelnden, Gestaltung zum Besseren hin. Ich und die beiden, Mann und Frau, wir machten uns auf. Wollten sehen, was geboten wurde. Wollten ein Haus erwerben, so man uns denn eins zeigte. Man schrieb den folgenden Samstag. Wir aßen demnach morgens nichts. Geht mal rein, betretet gesegneten Boden, sagte der Verkäufer. Zupfte verlegen an seinem Hodensack, als Juckreiz getarnt. Ich komm in ein paar Minuten nach. Er kam nicht nach. Alles zerfiel. Wir kehrten zurück und standen am nächsten Dienstag, auf den Schlag dieselbe Minute, wieder da. Abermals nichts. Wir kamen donnerstags. Donnerstags tauchte der sich noch immer Kratzende kurz auf, um uns ein Papier zu zeigen, das uns für Samstag verpflichtete. Am Samstag waren alle Häuser verkauft. Wir standen still oder setzten uns oder mimten ein Krocketspiel. Im Mimen von Gedankenspielen waren wir gut. Freund Humbert, sitzend, begann mit Sarna die endgültige Ergebnisse zeitigende Gestalttherapie.

Später zeigte der Verkäufer uns ein Haus, das zur Verfügung noch stand. Es schwamm, bullig-klobiger Schwimmkörper, war am Pier des Flusses, der aussah wie die Dachtraufe eines überdimensionierten Gottes, angebunden.

Ich und Humbert, Freund, mochten die Entwurfsgestalt des Hauses. Ihr sagte sie weniger zu, was zu Zerwürfnissen führte, in deren Verlauf sie mich, dann den Freund wegschickte, alle beide kamen wieder an und leckten ihr die Hand, wie sie es gern mochte, alle beide kriegten dann von ihr die Hand geleckt, wie wir es gern mochten, dann sahen wir beiden Männer uns an, indem wir in eine Geheimsprache fielen, ehe er abermals ohne ein weiteres Wort in die Knie sank, mir die Hand leckte, wie ich es gern mochte. Da meine Hand als letzte geleckt wurde, bedeutete dies, daß ich der Größte, der Überragende war, was sich mit meinen Minderwertigkeitsanfällen schlecht vertrug, mir aber kurze Freude bereitete, während welcher ich sang und kleine Äste aufnahm und zerbrach, demnach nach außen ein faszinierendes Schauspiel bot, das beide mit großen, ja hervortretenden Augen verfolgten, gelang es mir doch, Überraschungen einzubauen und den geraden Kurs meiner Handlungen unerratbar zu machen, einige nämlich waren auch drohend gegen die beiden gerichtet, die sich fest an den Händen ergriffen hatten, und sie wußten aus Erfahrung, ich machte Drohungen wahr. Der beste Beweis für meine Grausamkeit war meine abgründige Angst vor allem, das sie auch kannten. Die Lage bot sich etwa so dar: Ich starb sozusagen vor Angst, und dies ständig, hatte mir eine stählerne Abwehrfront zugelegt und eine gewisse Unvorhersehbarkeit, sodaß sie nie wußten, steckte ich in der Angst oder in einer meiner zerstörerischen Reaktionen auf sie. Sie wußten nur: er ist extrem. Dies wiederum war ganz falsch, da ich an so etwas nicht dachte. Extremismus kostet Kräfte, und die habe ich mir mein Leben lang gespart. Ich war ein Gemütlicher, Bedächtiger, ich darf sagen, ein Mensch in der Mitte, was man so unter Mitte versteht, und nie wäre es mir in den Sinn gekommen, irgendwelche angedeuteten Drohungen wahrzumachen. Die vielen, die ich wahrgemacht habe, die vielen Grausamkeiten, die ich beging, dies alles beging ich nur, damit man mich nicht für schlaff hielt und mir eine Verwirklichung meiner Gemütsskizzen zutraute. Sehr oft muß man einen Mord begehen, weniger, weil man jemanden umbringen will, sondern um sich den Respekt zu verschaffen, den die Welt und besonders die näheren Angehörigen einem Mann entgegenbringen, der bewiesen hat, wozu er fähig ist. Beim zweiten Mal, bei einer Konfrontation oder etwas ähnlichem, verweist man still auf seinen ersten Mord, deutet eine Wiederholung an und muß so den zweiten nicht begehen. Ich stecke, noch sehen mich die beiden an, in der Friedlichkeit, die eintritt, nachdem man sich ausgelebt und diesbezüglich nichts mehr von sich zu wünschen hat.

Der eine Zwerg kniff mich in den Arm, um mir zu zeigen, daß in der Umgebung zwei weitere Zwerge Fußball spielten. Er wollte sich ihnen anschließen. Einladend, denn sie spielten etwa dreihundert Meter weit weg, bildeten stellungsweise auf dem Rasen Punktfigurationen, die auf ihren Mangel an Sturmkräften oder an Verteidigung hinwiesen. Der eine unserer Zwerge konnte die Mangelbotschaften lesen und drängte zum Feld hin. Er wollte aber aus mißverstandenem Autoritätsglauben meine Erlaubnis. Während der andere, Äußerlichkeiten abgeneigt, ein Lehrbuch für Segelflugzeugbau aufgeschlagen hatte. Er kroch auf den Seiten herum, immer von der Zeichnung oben zum Kommentar unten auf der Seite und zurück. Ich will ein grünes Schlafzimmer, seine Stimme klang wie Schaben auf dem Papier oder wie ein Schlittschuh, wenn er dort hinfährt, wo das Eis aufhört.

Wir entschieden uns an diesem Samstag nicht. Besonders Sarna blieb unentschieden. Wir holten das Essen nach, das wir versäumt hatten. Einige Käfer von der Straße. Das vertraute Knacken des Chitins unter dem Gebiß, den Mund nachspülen mit der Flüssigkeit, die sie im Hinterleib hatten. Besonders Sarna konnte sich nicht entscheiden für die Häuser. Immer zwei Käfer, einen für die Nahrung, einen für die Nachspülung. Die Zwerge aßen zusammen einen. Humbert, diesmal Beredsamer und Überredender, trat zum Verkäufer und teilte ihm mit, wir bräuchten Bedenkzeit. Der Verkäufer beugte sich zu Boden, wo auf dem neuen Teppich das Telefon stand, und gab an die Zentrale durch, Die wollen noch nicht. Der Freund stupste ihn, er solle sagen, wir würden später. Sie wollen später, korrigierte sich der Verkäufer. Der Freund bot ihm einen Hirschkäfer an. Er lehnte ab. Sarna war noch immer nicht entschlossen. Ich redete ihr gut zu.

Ziemlich große Sache, son Haus, was für eine große Sache, welche Bedeutung, sagte der Verkäufer. War anders als jener, der uns den Ventilator geschenkt hatte, größer, schlanker, doch stimmten sie alle in der Stimme überein. Anders zu sein ist schwerer, als ein anderer zu sein. Jeder, der nicht du ist, ist ein anderer, viel seltener ist er anders. Der Verkäufer war anders, ein Teil, vielleicht ein Fünftel war bekannt allerdings. Herr Moho sprach aus denen allen. Allerdings schien ihm etwas zu fehlen. Dafür hatte ihr innerer Moho da, wo dem richtigen Moho etwas fehlte, mehr Zähne. Sarna nützte die Sachlage, daß da ein Unbekannter vor uns stand, den wir kannten, indem sie des Mohos Redelust kitzelte. Könnten Sie uns was zum Unternehmen Hauskauf erzählen, fragte sie. Diesmal zeigten sich die Schwächen des den Verkäufer bewohnenden Eigentlichen. Ich sag nichts, schnippte er. Er hatte nicht aufgelegt, die Zentrale hatte einen Teil der Gespräche mitbekommen. Diesmal legte er auf. In diesem Augenblick entschloß sich Sarna. Wir sahen ihrem Gesicht den Entschluß an. Wir hätten sie überstimmen können. Es war schön, daß wir nun gleicher Meinung waren.

Nicht lange überlegen, zugreifen. Der Verkäufer hatte an einer Tür einen Striemen entdeckt, den er mit einem Taschentuch wegzubringen versuchte. Sein Motiv war keine versuchte Wertsteigerung des Hauses in letzter Minute, es war der Ärger am Fleck an sich. Er beruhigte sich. Der striemige Fleck blieb. Er rieb. Überlegen Sie es sich nicht zu lange.

Er sagte uns dann, auf dem Amazonas unter der Schmuddelstadt hätten zweihundert Hauskäufer drei Tage lang in den Fluten stehend gewartet, daß man sie berücksichtige, aus der Öffnung des unterirdischen Tunnels gequollen seien sie, Kinder neben sich wie Zwerge, welche die Verantwortlichen milde stimmen sollten, aber doch kaum mehr seien als eine Versicherung für sie, daß sie nichts unterlassen hätten, was ihrem Fall weiterhelfen könnte. So werde man durch die Unmöglichkeit, Wohngut zu bekommen, zum Außenseiter, ertrage schließlich die Demütigungen nicht mehr, bringe sich um, was das Problem löse. Oder man bringe einen anderen um, oft auch, als Sexualdelikt, weil die Verzweiflung sexuell errege, eine Frau, ohne weiteres auch eine Frau einen Mann – Moho war bereits in seinem diskursiven Element –, und die Einlieferung in die Strafanstalt löse das Problem ebenso, wenn auch nur für einige Jahre. Allerdings, er spuckte auf den Striemen an der Tür, der seinen Wischversuchen trotzte, bewirbt sich jetzt auch die Strafanstalt um Hauskäufe, tja, bleibt ihnen bei dem Andrang nichts anderes übrig, als jedem Sträfling ein Einfamilienhaus zu geben, einzige Bedingung, er muß noch einen anderen, oder eine andere, schwerere Verbrecher als er selber, im Estrich logieren lassen. Da geschehen die nächsten Morde, doch man ist bereits im Gefängnis, es bleibt sodann ohne Folgen.

Die Strafanstalt, fing ich zögernd an.

Holz, verlangte der segelflugstudierende Zwerg.

Du studierst das, du baust es nicht richtig, sagte der Freund, ich kann mit Sarna nicht arbeiten, wenn du mit Holz Platz wegnimmst.

Du kriegst ein Haus, sagte ich.

Wir kriegen ein Haus, verbesserte Sarna.

Das Prinzip Strafanstalt, dozierte ich, funktioniert nur, wenn der Sträfling nach der Verurteilung einen schlechteren Status kriegt als zuvor. Die ehrlichen Leute ertrinken im Amazonas für ein Haus, und die Verurteilten kriegen die Häuser umsonst, das ist ein Zusammenbruch.

Angenehm, sagte Sarna.

Ja, fragte ich.

Falls bei uns was geschieht.

Sie reizte meine Fähigkeit, Drohungen auszustoßen. Ich ließ sie ins Leere laufen. Laß ihn bauen, sagte ich zum Freund. Ich hatte für die Segelfliegerei Partei ergriffen. Der Zwerg leuchtete auf. Du kriegst kein Holz, sagte ich ihm. Das hatte er nicht erwartet. Er wurde fahl. Die anderen verstanden mich.

Auf dem Weg nach Hause debattierten wir über Häuser. Freund Humbert, aus dem blitzschnell die schweren Schuhe des Holzfällers gewachsen waren, hinkte. Es ging ans Grundsätzliche. Wir fingen damit an, was ein Haus sei, warum der Mensch ein Haus brauche, wieviel Haus er benötige, und warum er bei der Geburt keins geschenkt kriege. Der Freund rollte die Hose hoch und besah sein Bein. Nichts zu sehen, nur ein Bein. Wir benützten jede Menge Sätze mit »Der Mensch ist ..«, »Der Mensch braucht ...«, »Der Mensch soll ..«. Die Art von Sätzen stimmt froh, und sie ergießt sich flutartig, erneuert sich aus sich selber.

Die sind in einem Jahr doppelt so teuer, sagte Sarna, jetzt sind sie erst doppelt so teuer wie unsere Einkünfte. In einem Jahr können wir nur ein Viertel davon bezahlen, dann ein Achtel, zum Schluß können wir mit unserer Barschaft gerade eine Monatsmiete hinlegen und wollen dann dafür das ganze Haus.

Dann geben sies uns. Humberts weißer Anzug versenkte sich mit ihr in die Therapie. Er war ziemlich klein, rauhe Haut, großer Schädel mit wenig Haaren, extrem intelligent, manchmal randlose Brille, manchmal Haftlinsen, die als kleine Einmachgläser in den Speckseiten seiner Backen unter den Augen klebten und mir seine Blicke wie zerlegte und hoffnungslos verbogene Lichtstrahlen zusandten. Dafür sah er, wenn er, wie er es tat, um die Ecke blickte, in den Ecken Dinge, die ich übersah in meinem geraden Schauen und meiner unhintersinnigen Art zu sein, dem Sein zugetan zu sein und das Sein so lange gutmütig zu verfolgen, bis es sich ergab oder bis sonst etwas hinter ihm auftauchte. Dann geben sie uns das Haus, für einen Zehner kriegen wirs, weil wir bald die einzigen sind, die noch einen Zehner haben. Alle andern bringen die Verkäufer um, stürmen die Behörden, übergießen sie mit Benzin, sagte der Mund des kleinen Mannes mit den Einmachgläsern. Die Zwerge haßten ihn, sichtbar davon war ein leichter Abscheu, den sie hinter harmlosen Spielen verbargen. Sie zogen sich an den Haaren oder popelten sich gegenseitig in der Nase, damit keiner für die Unanständigkeit verantwortlich wurde, sondern die Schuld sich gerecht verteilte. Es waren rücksichtsvolle Geschöpfe, beseelt von einem elementaren Berechnungsdrang, der nie den finsteren Ehrgeiz entwickelte, ins Weltall vorzustoßen, sondern der bei sich blieb, in der eigenen Kammer redlich wirkte und das Leben, soweit es sich in nächster Nähe abspielte, ordnete, neuordnete und umordnete, bis das Glück geschafft war. Dann nahmen sie sich den nächsten Quadratzentimeter kommenden Erlebens vor.

Wir müssen aus der detailreichen Froschperspektive raus und wortgemäß zum großen Insgesamten kommen: Dies sind schwierige Zeiten. Doch Sarna und ich wissen, daß wir nicht allein in unseren Schwierigkeiten stecken, Die meisten unsrer Bekannten kämpfen und ringen sich weiter so wie wir, Kommen eben gerade so mal so durch, Wenn wir weitermachen, Hart arbeiten und uns von unserer Geldgier nicht in Fehler hineinziehen lassen, Die wir später bereuen, So werden wirs am Ende schaffen, Das, Ja das, und natürlich, zusammen zu sein, Ist die Hauptsache, wollte ich sagen, Tja, Die Erinnerungen gehen nicht weg, Schweigend saßen wir und sahen dem Feuer beim Flackern zu, Unsere Lage hatte sich, wie wir beide bemerkten, nicht verändert, Durchaus, Es würde weder Luxus noch Ferien noch sonstwas geben in absehbarer Zukunft, Aber wir hatten einfache gesunde Nahrung, Du redest viel Mist, aber da stimme ich zu, Danke schön, Ein Dach über dem Kopf und ein Feuer im Herd, Mehr noch, Wir hatten einander und die Zwerge und die bequemen alten Möbel, Du Arsch, Du einfältiger lieber Stinker, Stimmt, Wir können von Glück reden, Daß wir dieses Haus haben, Das sagte ich, wie du dich erinnerst. Genau das hab ich mir auch gedacht, Beziehungsweise die Zwerge habens mir ins Hirn gelegt, sagte er, beziehungsweise du, Ja, Diese ganze Jagd auf Häuser erinnert mich an das Stuhlspiel, Du erinnerst dich, Die Musik hört auf, Und immer hat einer keinen Stuhl, Der bleibt dann leer ausgegangen stehen, Sarna streckte seinen Arm nach mir aus und ergriff mich an der Hand, Wir haben Glück, Sar, er nannte dich immer Sar, Wir haben immerhin ein Dach über dem Kopf, sagte er, Er war ich, Wir standen da und sahen, Wie sie ins Auto stiegen und wegfuhren, Ich erinnerte mich wieder an den berüchtigten Moment, Ja, als wir frisch verheiratet waren und an die entsetzliche Zeit, Die wir verbrachten, Ehe wir umzogen, Moho und so, Sarna und so zurückdachten, Ich hab dieses Paar immer im Gedächtnis, Das sagte Sarna später am Abend, Sagte er nicht, Auch egal, Schade, daß wir uns streiten, Schade? Schön, Ich drücke mich vorsichtiger aus von jetzt an, Es war unüblich kalt, und Sarna hatte ein richtiges Feuer angemacht, Die Zwerge hatten mit dem zielgerichteten Griff in die Immaterialität, Dessen doch nur sie fähig waren, oder? Ja doch, sie hatten etwas äußerst Schwieriges: die Strahlung des Feuers gepackt, Und während sonst das Feuer einen rosigen Schein auf die Wände geworfen haben würde, Also doch: Warfen jetzt die Zwerge diesen Schein an die Wand, Er prallte ab, Ein Stück davon blieb an der Mauer kleben und leuchtete halbzerspritzt, Und die Luft selber erfüllten die Zwerge mit dem Geruch brennenden Holzes, Den sie von der Rinde schälten und blind hochwarfen, Der Geruch des Eigenheims, Ja, aber das dachte ich und seufzte ein stilles Gebet, Dieses Paar möge eines Tages ein eigenes Heim besitzen, Entschuldigen Sie mich, Das sagtest nicht du, das sagte der Mann, Wissen Sie zufällig, das sagte ich, Sagtest du nicht! Ob eins dieser Häuser zum Verkauf steht? Nicht daß ich wüßte, Das sagte Sarna, Quatsch, Na wenn jemand in der Gegend verkaufen will, Dann wärs doch nett, wenn Sies mir sagten, er nahm eine Visitenkarte aus dem Portemonnaie, kritzelte eine Telefonnummer hintendrauf, gab sie Sarna, Ist Sarna die, die alles sagt, was ich sagte? Wer denkt, was ich dachte? Unser Vermieter erhöht die Miete wieder, und wir müssen einfach umziehen, Diesmal sagte das die Frau, Welche Frau? Ihre Augen schweiften sentimental-begehrlich über unser Haus, Ich wär ja so glücklich mit einem Haus wie diesem, Wir können keine Anzahlung leisten, Wir können in dieser Phase einfach nichts beiseitetun, Wenn ich was hör, Dann sag ichs, ja, dann sag ichs Ihnen, Das sagte aber wieder Sarna, Das weiß ich zu schätzen, Ja, aber das sagte der Mann, Ich sag jetzt selber was, Das Baby fing an zu weinen und das Paar ging zum Wagen zurück, Gut gesagt, Besser als auch schon, Die Zwerge hatten den Schlag aufgerissen, Meinst du das? Sarna hatte gesagt, Ich dachte, du willst alles selber sagen? Der Gewinn, sagte Sarna, Sagtest du, meine ich gehört zu haben, Den sie aus dem Verkauf gelöst hätten, Das ist deine Aussage, Sei in zwei neue Autos geflossen, Wie du willst, Sagte Sarna, na gut, Zudem hätte die Aufbewahrung ihrer Möbel unheimlich viel Geld gekostet, So sind unsere nouveaurichen Nachbarn, sagte Sarna, siehst du, jetzt sagt es wieder Sarna, Quatsch, Als ich ihm von dem Abend mit Sarna und Humbert erzählte, Das Schlimmste ist, daß sie, während sie in Mohos Haus wohnen, niemals eine Anzahlung an ein eigenes Haus leisten können, Ja, die Erinnerungen, Als wir sonntags von einem Besuch bei meiner Familie zurückkehrten, Gute Erinnerungen, Da stand ein zerbeulter alter Wagen zwischen unserem Haus und dem nächsten, Als wir ausstiegen, Da näherte sich uns ein Paar, Richtig, Die Frau trug ein Baby, Und an der Hand des Mannes, der natürlich Humbert war, lief angeklammert ein dreijähriger Junge, Du faßt es toll, Freund. Das Haus war eine rasch-die-Hand-wechselnde Karawanserei für permanent umziehende Glückssucher auf der Jagd nach dem Schon-Vorbei geworden, Ich verspüre eine Schwäche, Dann hast du was zum Mieten gefunden, Sagte ich, Hörst du? Nun denn, Es ist nicht viel, Sagte sie, Hörst du? Aber ein sicherer Hafen im Sturm, Was wollte ich damit sagen? Wir können einfach nicht länger mit Humbert und den seinen zusammenleben, Ja, wenn sie sich so aufführen, Wenn deren pädagogischer Kondukt in diesen Schablonen festbäckt, Ja, Falls ihre Sittlichkeit unter den Dosenöffner kommt, Da habt ihr dann wenigstens etwas zum Zehren, Sagte ich, Für nen Moment, Ja, Aber unser jetziges Haus ist leck und Bruch, Übrigens bin ich sicher, daß wir mit Moho Schwierigkeiten kriegen, deren längst nicht kleinste dann entsteht, wenn er sich selber unerträglich findet und die Selbsterkenntnis mittels eines seiner Ha-Ha-Geständnisse in neue Unerträglichkeit einwandelt, Der ist der Vermieter, Er hat uns gleich mal dreihundertfünfundzwanzig Mille für die Wohnung abgeknöpft, Pro Tag? Versteht sich, Wie zahlt ihr, Güte, Das fragte ich, Das fragte nun wirklich ich, Glücksgift, sooft du das Wesen jagst, verhehlt es sich in seiner Ungestalt, Das sagte sie, nicht ich, Klar, Alles Glücksgift, Paßt auf, Das sagte ich, Ihr werdet noch erwischt, Die Erwischer stecken mit im Netz, Das sagte sie, mußt du wissen, ja du weißt es, Die gehen nur auf solche los, Die gegen Glücksgift sind, Also auf uns, Das sagte leider ich, Aber ich hatte recht, Ihr seid geschützt, Ihr kennt ja uns, Das sagte sie, Ja durchaus, Ich zeig euch an, Das ist aggressiv, Das sagte ich, Tus nur, Das sagte sie, das würd ich nie sagen, Du wirst schon sehen, Ich verzeih dir im voraus, Sag ihnen, daß du mich kennst und daß ich dich mag.

Ich – Dies sind schwierige Zeiten.

Humbert – Erzähler und ich wissen es.

Ich – Wir wissen auch, daß wir zwar allein in unseren Schwierigkeiten stecken, aber daß wir nicht die einzigen sind, die in ähnlichen Schwierigkeiten stecken.

Humbert – Die meisten unsrer Bekannten kämpfen und ringen sich weiter so wie wir.

Ich – Kommen eben gerade so mal so durch.

Humbert – Wenn wir weitermachen.

Ich – Hart arbeiten und uns von unserer Geldgier nicht in Fehler hineinziehen lassen.

Humbert – Später bereuen.

Ich – Ja, so werden wirs am Ende schaffen.

Humbert – Genau das.

Ich – Ja das, und natürlich, zusammen zu sein.

Humbert – Ist die Hauptsache, wollte ich sagen.

Ich – Tja. Die Erinnerungen erblassen nicht. Schweigend saßen wir und sahen dem Feuer beim Flackern zu.

Humbert – Unsere Lage hatte sich, wie wir beide bemerkten, nicht verändert.

Ich – Durchaus. Es würde weder Luxus noch Ferien noch sonstwas geben in absehbarer Zukunft.

Humbert – Aber wir hatten einfache, gesunde Nahrung.

Ich – Du redest viel Mist, aber da stimme ich zu.

Humbert – Danke schön. Ein Dach über dem Kopf und ein Feuer im Herd.

Ich – Mehr noch. Wir hatten einander und die Zwerge und die bequemen alten Möbel.

Humbert – Du Arsch. Du einfältiger, lieber Stinker.

Ich – Stimmt. Wir können von Glück reden. Ja, wir reden von Glück.

Humbert – Dein Stinkerglück: daß wir dieses Haus haben.

Ich – Das sagte ich, wie du dich erinnerst.

Humbert – Genau das hab ich mir auch gedacht.

Ich – Beziehungsweise die Zwerge habens mir ins Hirn gelegt wie ein weichgekochtes Mittagsei.

Humbert – So sagte er, beziehungsweise du.

Ich – Ja, nein, jemand sagts, ich weiß nicht wer, du wirst es wissen.

Humbert – Diese ganze Jagd auf Häuser erinnert mich an das berüchtigte Stuhlspiel.

Ich – Berüchtigt, ich erinnere mich.

Humbert – Acht leere Stühle, und elf Teilnehmer müssen sich plötzlich setzen. Die moosfeuchte Begleitmusik tanzt nicht mehr so.

Ich – Stimme zu. Und immer hat einer keinen Stuhl.

Humbert – Ha, ha, der bleibt dann leer ausgegangen auf dem Hintern stehen.

Ich – Begleiter streckte seinen Arm nach mir aus und ergriff mich am Handgelenk.

Humbert – Wir haben Glück. Ist wahr.

Ich – Hunt, er nannte dich immer Hunt oder Funt.

Humbert – Schon vorbei. Wir haben immerhin ein Dach über dem Kopf.

Ich – Sagte er. Er war ich, so kams mir vor, ein Ichselber, das mich aber von außen ergreifen konnte, beachtlich.

Humbert – Beachtlich, sogar sehr, ganz richtig. Wir standen da und sahen.

Ich – Ja, wie sie ins Auto stiegen und wegfuhren.

Humbert – Ich erinnerte mich wieder an den berüchtigten Moment.

Ich – Ja, als wir frisch verheiratet waren und an die entsetzliche Zeit.

Humbert – Die wir verbrachten.

Ich – Ehe wir umzogen.

Humbert – Herr Moho und so.

Ich – Sarna und ich so zurückdachten. Wer Herr Moho war, nun keine Frage.

Humbert – Moho fiel mir leicht. Ich Verstand hab dieses Paar immer im Gedächtnis.

Ich – Das schrieb Erzähler später am Abend.

Humbert – Schrieb er nicht. Auch egal.

Ich – Schade, daß wir uns streiten.

Humbert – Schade? Schön. Notwendig.

Ich – Erregtest. Ergebenst. Ich drücke mich vorsichtiger aus von jetzt an. Es war unüblich kalt, und Erzähler hatte ein richtiges Feuer angemacht.

Humbert – Die Zwerge verfügten über den zielgerichteten Griff in die Immaterialität.

Ich – Echt. Dessen nur sie fähig waren, oder?

Humbert – Du Idiot des Taumels. Ja doch, sie hatten etwas äußerst Schwieriges: die Strahlung des Feuers gepackt.

Ich – Und während sonst das Feuer einen rosigen Schein auf die Wände geworfen haben würde.

Humbert – Also doch: Warfen jetzt die Zwerge diesen Schein an die Wand.

Ich – Er prallte ab.

Humbert – Ein Stück davon blieb an der Mauer kleben und leuchtete halbzerspritzt.

Ich – Richtig. Und die Luft selber erfüllten die Zwerge mit dem Geruch brennenden Holzes.

Humbert – Den sie von der Rinde schälten und blind hochwarfen.

Ich – Der Geruch des Eigenheims.

Humbert – Ja, aber das dachte ich und seufzte ein stilles Gebet.

Ich – Dieses Paar möge eines Tages ein eigenes Heim besitzen.

Humbert – Entschuldigen Sie mich.

Ich – Blödsinn. Das sagtest nicht du, das sagte dieser Mann.

Humbert – Wissen Sie zufällig, das sagte ich.

Ich – Sagtest du nicht! Ob eins dieser Häuser zum Verkauf steht? Nicht daß ich wüßte.

Humbert – Du Arsch. Du einfältiger, lieber Stinker. Das sagte dieser Mann.

Ich – Quatsch. Na, wenn jemand in der Gegend verkaufen will. Dann wärs doch nett.

Humbert – Wenn die's mir sagten.

Ich – Ich nahm eine Visitenkarte aus dem Portemonnaie.

Humbert – Gabst sie dem Mann.

Ich – Ist Erzähler der, der alles sagt, was ich sagte? Wer denkt, was ich dachte? Herr Moho erhöht die Miete wieder, und wir müssen einfach umziehen.

Humbert – Das ist so schlecht, daß es wieder gut ist. Diesmal sagte das die Frau.

Ich – Welche Frau?

Humbert – Ihre Augen schweiften sentimental-begehrlich über unser Haus. Ein Auge schweifte, das andere konnte das nicht.

Ich – Ich wär ja so glücklich mit einem Haus wie diesem.

Humbert – Wir können keine Anzahlung leisten, keinen Teelöffel Knete.

Ich – Wir können in dieser Phase einfach nichts beiseitetun.

Humbert – Wenn ich was hör.

Ich – Dann sag ichs, ja, dann sag ichs dir.

Humbert – Das sagte aber wieder dieser Mann.

Ich – Das weiß ich zu schätzen.

Humbert – Ja, aber das sagte der Mann.

Ich – Ich sag jetzt selber was. Das Baby fing an zu weinen, und das Paar, von dem du plötzlich ein Halbteil warst, ging zum Wagen zurück.

Humbert – Gut gesagt. Besser als auch schon. Die Zwerge hatten mir den Schlag aufgerissen. Meinst du das?

Ich – Sarna hatte gesagt.

Humbert – Ich dachte, du willst alles selber sagen. Ich dachte nur.

Ich – Der Gewinn, sagte Sarna.

Humbert – Sagtest du, meine ich gehört zu haben.

Ich – Den sie aus dem Verkauf gelöst hätten.

Humbert – Das ist deine Aussage.

Ich – Ist in zwei neuen Autos zerflossen.

Humbert – Wie du willst. Sagte Sarna, na gut. Und dann hätte die Aufbewahrung ihrer Möbel unheimlich viel Geld gekostet.

Ich – So sind unsere neureichen Nachbarn.

Humbert – Sagte Erzähler, siehst du, jetzt sagt es wieder Erzähler.

Ich – Quatsch. Einmal, als ich von dem Abend mit Sarna und Humbert erzählte …

Humbert – Das Schlimmste geschieht immer.

Ich – Es kommt noch schlimmer.

Humbert – Schlimmer allein ist bereits noch schlimmer. Derweil, sie im neuen verkommenen Haus am Abend.

Ich – Niemals eine Anzahlung auf ein eigenes Haus leisten. Sie nehmen die Anzahlung, und nichts geschieht. Du stehst da und versuchst, den Schirm aufzuspannen.

Humbert – Du meinst, es regnet reichlich? Es fließt? Ja, die Erinnerungen. Als wir sonntags von einem Besuch bei meiner Familie zurückkehrten.

Ich – Mal dir eine Familie. Gute Erinnerungen. Stand ein alter Wagen ganz zerbeult zwischen unserem Haus und dem nächsten?

Humbert – Na klar. Als wir ausstiegen.

Ich – Ja Herrgott, da näherte sich uns ein Paar.

Humbert – Richtig. Die Frau trug ein Baby.

Ich – Und an der Hand dieses Mannes da lief angeklammert ein dreijähriger Junge.

Humbert – Du Stinker. Nicht falsch. Du packst es, toll. Das Haus war eine rasch-die-Hand-wechselnde Karawanserei für permanent umziehende Glückshändler auf der Jagd nach einer Messerspitze Glück geworden.

Ich – Ich verspüre eine Schwäche. Hast du was zum Mieten gefunden?

Humbert – Sagte ich. Sagte ich, hörst du?

Ich – Aber ein sicherer Hafen im Sturm. Was wollte ich damit sagen?

Humbert – Wir können einfach nicht länger mit diesen Zwergen und den ihren zusammenleben.

Ich – Ja, wenn sie sich so aufführen. Mach ihnen die Spielzeuge kaputt.

Humbert – Aber unser jetziges Haus ist grauenvoll.

Ich – Übrigens bin ich mir meiner Sache sicher.

Humbert – Daß wir mit Herrn Moho noch Schwierigkeiten kriegen.

Ich – Der ist als Vermieter übel. Sonst prachtvoll.

Humbert – Er hat uns gleich mal dreihundfünfzwanz' Mille für die Wohnung abgeknöpft,

Ich – Pro Tag?

Humbert – Versteht sich.

Ich – Wie zahlt ihr?

Humbert – Gott.

Ich – Das fragte ich. Das fragte nun wirklich ich.

Humbert – Glücksgift. Schweres Opium. Liegend.

Ich – Das sagte ich, nicht ich.

Humbert – Klar. Alles Stoff.

Ich – Paßt auf.

Humbert – Das sagte ich.

Ich – Füchschen. Ihr werdet noch erwischt.

Humbert – Die Erwischer hängen mit drin.

Ich – Das sagte sie, mußt du wissen, ja, du weißt es.

Humbert – Die gehen nur auf solche los.

Ich – Die gegen Glücksgift sind.

Humbert – Also auf uns.

Ich – Ja, durchaus. Ich zeig euch an.

Humbert – Das ist aggressiv. Das sagte ich.

Ich – Immerhin. Du wirst schon sehen.

Humbert – Ich verzeih dir im voraus.

Ich – Sag ich dir.

Humbert – Daß du mich kennst und daß ich dich mag.

Das wird Herrn Moho freuen, sagte ich mit einem Blick auf den Türrahmen über mir, von dem das Lammblut tropfte. Der ist der Größte im Verteiler, darum klotzt er mit solchen Summen, sagte Sarna, die sich eine abgelegte Zwergenjacke als Wattepfropfen in ihre Wunde gebohrt hatte; ein Jutezipfel mit Knöpfen hing ihr aus der Vertiefung im Gesicht. Also seid ihr gar nicht arm, sagte ich. Wir sind arm im Vergleich, sagte sie, alles ist relativ, also sind wir arme Leute. Wie viele Millionen, fragte ich. Süchtige oder Vermögen, fragte sie zurück, und: Mit der Zahl fünfzehn bist du beidemal gut bedient. Sie war oben an der Treppe, ehe ich die ganze Wahrheit herausfand. Sarna und ihre Begleiter zogen in genau dasselbe Haus, das Sarna und ich eben verlassen hatten, unser Vermieter hielt noch längere Reden und verlangte noch mehr, und inzwischen war das Haus eine rasch die Hand wechselnde Karawanserei für permanent umziehende Glückssucher auf der Jagd nach irdischer Seligkeit geworden.

Sie sah völlig gedankenverloren aus, sagte ich am selben Abend zu Sarna. Vielleicht sollten sie und Humbert eher mal dran denken, ein Stück Land zu kaufen und dann ein Haus darauf zu bauen, sagte Sarna, obschon ich vermute, daß der Landpreis mit allem andern zusammen mit hochgegangen ist. Das würd zu lange dauern, sagte ich, Sarna macht's nicht mehr lange, sie hält Humberts Anverwandte nicht aus, sie muß jetzt was finden, nicht erst in einem Jahr. Das sind eben die Probleme des Kaufens und Verkaufens, stimmte Sarna mit einem nachdenklichen Ausdruck auf ihrem Gesicht bei, Vielleicht dachte sie, so wie ich, daß wir, falls Sarna und Humbert Probleme mit dem Finden des Hauses hätten, uns lieber ruhig verhalten sollten, denn tatsächlich sahen wir beide allmählich, daß es für uns keine neue Möglichkeit gab. Nachdem wir ungeheuer stolz gewesen waren, daß wir das Haus verkauft und einen Stapel Geld gelöst hatten, waren wir jetzt beide deprimiert, denn keiner von uns beiden hatte den frischen Mut, am folgenden Wochenende wieder auf Häusersuche zu gehen. Die Hoffnung, die uns die letzten Wochen über Wasser gehalten hatte, war weg. Als ich montags von der Arbeit im Salon nach Hause kam, sah ich, daß ein weiterer Makler seine Visitenkarte in unsre Tür geklemmt hatte. Ich zerriß sie bewußt und gab damit zu, daß ich den Traum vom leichterworbenen Haus aufgegeben hatte. Ich war zwar hoffnungslos, Sarna aber noch viel mehr, denn als sie sich an dem Abend hinsetzte, um die Monatsschecks zu schreiben, die Zwerge zeichneten sie ihr vor, und sie füllte sie aus, da wirkte sie geknickt und massig, aber nicht massig-zusammengehalten, sondern massig-zerlaufen. Was uns nach dem Kassieren der Schecks noch blieb, war gerade genug für unsre täglichen Bedürfnisse, und da noch mußten wir jeden Pfennig umdrehen.

Sarna und Humbert, die auch nach sowas auf der Pirsch waren, wurden immer entmutigter. Es ist ein Markt für Verkäufer, oder sowas ähnliches, grunzte Sarna eines Tages, als wir uns ein paar Augenblicke auf dem Parkplatz vor dem Salon trafen. Im Salon untersuchten Amazonas-Fischer ihren radioaktiven Fang und peitschten sich mit den Angelhaken, während sie durch das dicke, geschlossene Fenster hindurch nach draußen auf Sarna starrten, die sie allenfalls als hellen Punkt auf der rund um das Haus sich ausbreitenden Betonfläche wahrnehmen konnten. Sarna, von nahem: ihr Gesicht sah gespannt aus, als sie mir unter Flüchen, Segnungen und Tiefschlägen vom Leben mit zwei Schwieger-Existenzen männlich & weiblich erzählte, die nichts anderes im Sinn hatten, als sie möglichst bald loszuwerden mit allen Mitteln, Messer gekauft hatten, offen vom Hängen sprachen, aber ihren natürlichen Tod bevorzugten, wie sie ihr sagten, und sie parlierte umzingelnd um Humbert herum, er solle mit ihr wegziehen, jedes Elend sei besser, nur allein müßten sie sein, Humb, du weißt, daß wir bisher nichts gefunden haben, stöhnte Sarna, du kannst dir ja die Preise nicht vorstellen, die für sowas verlangt werden, für alte, verfaulte, verrottete und verrostete Häuser, für den miesesten Dreck viele Hunderttausende, du zahlst, gehst in dein neues Wohnzimmer und hängst dich auf, genau wie die Schwieger-Existenzen es wollten, du kommst ums Aufhängen nur herum, wenn das Haus noch vorher um dich rum zusammenbricht und du wie in einem Teich Samstagabendkotze vor dem Restaurant Zwifus in den rauchenden feuchten Trümmern mit der Seilschlinge in der Hand stehenbleibst und weinst, Humbert und ich sind so am Ende, daß wir sogar einen Mietvertrag anstreben, wir wären mit einem pied-à-terre von sieben Zimmerchen zu ebener Erde zufrieden, tatsächlich sind wir gerade jetzt, da ich mit dir rede und die Zeit vertrödle, auf der Jagd nach einem Eigenheim. Er kümmert sich um all das, sagte Sarnas geschwätziger Zwerg Winzo. Der Kleine sagt, er kümmere sich, aber er kümmert sich nicht, er sagt das nur, weil er so unendlich gutmütig, aber eigentlich feige ist, sagte Sarnas zweiter Zwerg Punto über Winzo. Die beiden Dreikäse-Vettern kommentieren einander mit Lust, aber draus entsteht Unlust, sagte Sarna, und sobald ich das sage, gehen sie auf mich los.

Eine Gelegenheit wie diese, vor uns liegende, würde nicht zweimal im Leben geboten, soweit waren Sarna und ich, nachdem Humberts Familie weggegangen war, einverstanden. Der Punkt war, wie man ein neues Haus finden könnte, wenn das alte einmal verkauft war. Die Mieten waren überall so gestiegen; Verwandte, die selber ausgezogen und uns freiwillig ihr Haus überließen, hatten wir keine, wir würden unter Umständen Monate suchen müssen, denn wir hatten bereits beschlossen, ein älteres Haus zu kaufen, es zu restaurieren und es dann vielleicht wiederzuverkaufen. Aber selbst Besitzer von Althäusern und Schuppen und Unterständen verlangten maßlos überrissene, stolze, wie Pappelalleen in die Höhe geschossene Preise, so fanden wir heraus und wurde es uns gesagt. Als wir endlich einige dieser Schuppen durchgesehen hatten, wurde uns klar, daß Alter kein Grund mehr für Preisnachlässe irgendwelcher Art war. Oft wurden Rost, Holzfäulnis, natürlicher Zerfall als pittoreske Nebengaben aufgefaßt, die entsprechend tieferen Griff ins Portemonnaie erforderten. Wir erwarteten stündlich, das millionenschwere Dach zu sehen, das bereits eingestürzt war und das den Preis dessen, was von ihm begraben dalag, auf das Doppelte steigerte. Das Dach gab es nicht. Es gab Dinger ohne Dach, aber die wurden nicht als Häuser, sondern als große Autos ohne Räder verkauft, als stillstehende, auf ihren Mauerstümpfen stehengebliebene, oben offene Kabrioletts, die anstatt einem Autonummernschild eben eine Hausnummer trugen und welche die Höchstgeschwindigkeit nie überschritten, sondern in der Mindestgeschwindigkeit feststeckten und jeden nur denkbaren Alkoholspiegel erlaubten, wenn man sich in ihnen ans Steuer setzte, im Wohnzimmer einkuppelte und mit dem andächtigen Blick starrsinnigen Tremors vor dem geschnitzten Spiritusschränkchen in die höheren Gänge schaltete.

Ich saß auf dem aufgeklappten Gartenstuhl, gespannte Stoffbahn unter mir durch. Der wohnpflichtige Mensch verfügt über diese beiden am Torso angenähten, schwenkbaren Beine eigens, damit die Stoffbahnen dazwischen nie abrutschen. Sarna saß vor mir auf dem Rasen, hatte ihren Kopf gegen meine Knie gelehnt. Wir sind an diesem Ort glücklich, dachte ich, und die Zwerge auch. Einer suchte seine Jacke und schrie wie ein hungriges Kind. Es war wirklich übel, daß wir weggehen mußten. Es war der anständigste Ort, an dem wir seit der ersten Regung unseres Heiratswillens je gelebt hatten.

Eines Abends lud uns ein Nachbar, der aussah wie ein gewisser Freund, an das unterirdische, von einem überhängenden Felsbrocken überdachte Flußufer zum Veranda-Braten ein. Wir waren immerzu beschäftigt, so war es uns nicht gelungen, mehr als flüchtige Beziehungen zu den Nachbarn zu knüpfen. Alle eingeladenen Frauen steuerten etwas zum Bratvorgang bei, wir gingen die steile, enge Treppe hinunter, hörten den Fluß rauschen, die Nahrung war entzückend, und es machte Spaß, unsere Nachbarn kennenzulernen am Flußufer. Sie glichen uns fast zum Verwechseln, außer daß wir, als wir es erkannten, sie nicht mehr sehr mochten, aber sie freuten sich, weil wir uns freuten, wir allerdings nahmen unsere Freude aus dem Nirgendwo. Keiner von uns konnte sich teure Bratenstücke leisten, aber alles paßte zusammen, und wir hatten es so nett, als wären wir in ein ungarisches Restaurant gegangen und hätten dort ein Gulasch vor die Tür geworfen. Nach dem Essen wuschen wir uns die Hände im unterirdischen Amazonas und liebten uns im Ufergras, nachher sahen wir den Fischen beim Hüpfen zu und bemerkten, wie die Flußhänge, Stützen der Welt oben, vom Amazonaswasser langsam unterspült wurden. Wir wußten, unsere Häuser oben würden als erste herabsinken, das ließ uns aneinander arbeiten wie verrückt, und daß alles nachrutschen würde, machte uns glücklich. Wir waren aggressiv gegen andere, welchen wir kollektiv den Tod wünschten. Wir wollten in diesem Massensterben aber nicht dabei sein, so schwankten wir in unseren Wünschen hin und her. Das macht richtig Spaß, ein entsetzlich tolles Vergnügen, ich freu mich schon jetzt, sagte jemand später – er hatte so eine rote, rauhe Stimme –, als wir um den am Ufer aufgestellten Torbogen herum saßen und Lieder sangen, während Humbert die Saiten einer Gitarre anzupfte, das sollten wir öfter tun, was meint ihr. Warum machen wir es nicht gewohnheitlich, fragte jemand anderes, wir veranstalten es jeden zweiten Samstag im Monat, jeder besorgt sich besseres Fleisch als heute und bereitet ein paar Tanznummern vor. Alle brachen in Gelächter aus, wir fingen wieder an zu singen. Eine Art geheimer, öffentlicher Traurigkeit erfüllte mein Herz, da ich wußte, daß wir den geheimen Plan hatten, unser Haus so rasch als möglich zu verkaufen. Ich muß euch was sagen, fing ich an und brach vorzeitig ab. Man hatte mich nicht gehört, man fragte nicht, was ich sagen wollte.

Der Wald der Linderungen

Es lebe Scharkow. Sein Leben lang hat ihn seine Meisterin geknechtet, und am Schluß heiratet er sie. Verzweifelt. So sind die Menschen, verzweifelt, und jetzt muß er allen, am Ende, sein Glück erzählen und dazu erloschen Pfeife rauchen. Plötzlich öffnet sich die Tür, Scharkow tritt herein. Scharkow ist tot, er liegt lebhaft verwesend auf der Lauer. Er zeigt sogleich, daß er intelligenter ist, schweigt, macht nach zwei Minuten eine karge Bemerkung zum Mobiliar, dann eine zu der Zugluft, bei ihr weiß der Schilfrohrraucher nicht mehr, ob sie noch ernst gemeint ist. Wind, sagt Scharkow, Wind. Sogenannter Pseudo-Scharkow. Sympathologie heißt Krankhafte Liebe deines Nächsten. Figur, Gegensatz zum Misanthropen. Als mögliches Thema, allerdings impossible, kam mir in den Sinn: Ein feuchtes Schloß, letzter Besitz armer Menschen. »Fritz ißt Frites.« »Der Besteller kriegt einen Bestseller.« »Die Moderne ist das Modern.« »An der Fingierung fingern.« »Die Sinnflocke; in etwas Sinnflocken einstreuen.« »Wider alle Vernunft noch einmal alle Vernunft aufbieten.« Der Mensch benötigt Provinz. Kein Mensch kann in einer Großstadt leben. Die Großstadt. »Handlungen zerstückeln, aus jedem Stück ein Kapitel machen. Hunderte von Handlungsstücken zu einem langen Handlungsbogen ununterscheidbar zusammenkitten.« Trotz des Lebens sieht hier alles aus wie im Leben. Väterchen, du gefällst mir, weil du vom Land kommst und weil du es weißt. Du weißt viel, unter anderem hinkst du gerade über eine zentrale russische Tiefebene, streifst mürrisch Blatt um Blatt von einem am Wege abgerissenen Zweig, eine Stadt erscheint dir am Horizont, selbstverständlich, wie sollte sie auch nicht, und du kannst beim Anblick einer

Stadt sogleich sagen, aus diesen dicht an dicht stehenden Häusern stamme ich nicht, ich kann das eine nicht vom anderen unterscheiden, und wie geht das, wenn alle einander so nah und einander kontrollieren und wenn alle, ja ja, von allen alles wissen? Hast du eine Ahnung, Väterchen! Man steckt immer in einer Aufbauphase. Man steckt immer in einer Krise. Die Aufbauphase. Der Mensch ist für die Krise gemacht. Es gibt keinen Menschen ohne permanente Krise. Die Leute reden über Krisen, aber sie wissen nicht, was das ist, es ist nämlich was Heiteres. Wir steckten immerzu in einer Aufbauphase. Daß da ein Aufbau war, erkannten wir an dem Vergleich des Heute mit dem Gestern, und das Heute war in der Regel besser, auch wenn wir zugeben müssen, daß die Beurteilung »Heut ists wieder mal besser als gestern« mit der Zeit eine Urteilsgewohnheit zu werden schien, die vermutlich nichts mehr über die Tatsachen aussagte, ja, vielleicht muß man in uns nicht jene sehen, die mit ihrer Auffassung vom immerwährenden Aufstieg recht hatten, sondern jene, die zu einer anderen Entwicklungsbeurteilung als jener des unbremsbaren Aufstiegs gar nicht fähig waren. Jetzt stecken wir in einer Annullierungsphase. Das haben wir gerade rechtzeitig gemerkt, aber in die Nerven gegangen ist es uns nicht. In Rußland hält die Kältewelle mit Temperaturen von bis zu minus einundzwanzig Grad Celsius an. Die Krise. Entwicklungen kann man nur physisch nachvollziehen. In Moskau erfroren neben Scharkow in dieser Woche weitere zehn Menschen. Demnach steigen wir noch immer auf, glauben aber nicht mehr daran. Damit stieg die Zahl der Todesopfer der seit dem 14. Oktober in der russischen Hauptstadt herrschenden Kältewelle auf einundvierzig. Demnach Zwischenzustand, Energieverlust. Ich erinnere mich an unsere Annullierungsphase, sie ist eine Erinnerung, Teil meiner Erinnerung, unentwegtes Thema deiner Beklagnisse, sechzig Menschen wurden erfrorene Gliedmaßen amputiert, wenn ich es recht mitbekam, denn lange geht die Eisesgefrierung schon.

Niederösterreich, weil zu schnell, unterwegs, 44jähriger Mann Hof (Bezirk Bruck/Leitha) mit Auto in Kurve von Fahrbahn ab, Lenker Schiebedach ins Freie geschleudert, Oberösterreich Frontalkollision zweier PKW St. Pankraz (Bezirk Kirchdorf), 31jährige Frau ums Leben, 6 Personen verletzt, Ursache überhöhte Geschwindigkeit, Steiermark, Ramsau, 20jähriger auf Weg Disco gegen Baum, Kapfenberg, 15jährige Beifahrerin ums Leben, als Auto eines Führerscheinneulings überschlug, zwei schwere Arbeitsunfälle heute Vorarlberg, in etwa 1900 m Seehöhe 19jähriger Tiroler, mit Schubraupenarbeiten beschäftigt, als Bolzen auswechseln wollte, bewegte sich Baggerlöffel, fügte ihm schwere Quetschverletzungen, Silbertal (Berzirk Bludenz) 31jähriger Einheimischer in 1570 m Höhe bei Windwurfholzarbeiten von einem vier Meter langen Baumstück überrollt, schwer verletzt, beim Spielen am Bahndamm Innsbrucker Stadtteil Sieglanger von heute aus gerechnet gestern abend, von gestern aus gerechnet auch gestern abend, 2jähriges Mädchen Schnellzug erfaßt, sofort tot, das Kind von Lokführer »Vorarlberg-Expreß« bemerkt, Vollbremsung, aber spät, Zug etwa 100 km/h Richtung Westen unterwegs, 300 Meter erst angehalten, warum Kind unbeaufsichtigt an gefährlicher Stelle, ungeklärt, Wirbelsturm mindestens drei Menschen und schwere Verwüstungen, Präsident Küste zum Katastrophengebiet, betroffen Insel Kauai, Sturm fegte 260 km/h darüber, zwei Menschen starben, mindestens 14 wurden, Nationalgarde erste Hilfsgüter, Sprecherin des Zivilschutzes, offenbar stehe auf der Insel fast nichts mehr, Hauptinsel gestreift, meterhohe Flutwellen, Straßen unter Wasser, Mensch starb, Frauen dürfen an Wachtablöse-Zeremonie des Buckingham-Palastes teilnehmen, zum ersten Mal seit 155 Jahren nahmen neun Musikerinnen der Blaskapelle an der Zeremonie teil, die Frauen trugen gleiche Uniform wie ihre männlichen Kollegen, Ordnung legt fest, daß Frauen, leicht geschminkt, lange Haare unter Bärenfellmütze verstecken müssen, Blaskapelle begleitet alle zwei Tage beide Wachen, Kameraden in den Unterständen vor dem Palast ablösen, Tonfilmstar gestern Hollywood Panik Suizid, berühmt durch Haroes' »Parano« (1960), worin er wahnsinnigen Massenmörder mit solcher Intensität, daß fortan abseitige Charaktere, wirkte in französischen britischen sizilianischen Filmen, immer gleichzeitig auf Bühne, Raumfähre »Endeavour«, Arche Noah Weltraum, sieben Astronauten, und Ehepaar, Zusatz vier Frösche zwei japanische Karpfen 180 Hornissen 7600 Fruchtfliegen 30 befruchtete Hühnereier für Experimente, blutiges Wochenende, Deutschlands Straßen, schwere Verkehrsunfälle töteten zehn Menschen, Niedersachsen verlor Autofahrer auf Weg zu Disco Kontrolle Fahrzeug raste gegen Baum, 18jähriger drei Insassen des PKWs starben, vier Tote Unfall auf B 20 zwischen Straubing und Landau, Rentner Kollision sein Wagen frontal gegen Transporter, bei Unfällen auf A 5 und Bundesstraße 40 2 Autofahrer getötet, Staatsminister Alarm, Drogenkartelle Depots für Europa ohne Binnengrenzen, Vorratslager Spanien, Portugal, Nordafrika nach abnehmenden Grenzkontrollen auch deutscher Drogenmarkt beliefert, für Drogenbosse Westeuropa lohnender Markt, 1,5 Mio Heroinkonsumenten jährlich »Stoff« für 23,3 Milliarden Mark, Matthew Kandoy, weil Sproß berühmter Kandoy-Clan drei Tage im Büro Staatsanwalt Philadelphia, als schon Autoknacker frischer Tat ertappt, Kandoy beobachtete ihn während Mittagspause an Arbeit in Hannover, in der Nähe von Scheveningen 81jähriger diabetischer Fußgänger überfahren, der geistig verwirrte Mann starb an der Unfallstelle, beim Anflug auf Flughafen Hannover als sie sich senkte deckte Maschine Typ Iljuschin Mehrfamilienhaus ab, Verletzte nicht gemeldet, Indianapolis Zusammenstoß zwei Flugzeuge Stadtgebiet Indianapolis fünf Menschen, zwei verletzt, nach Ermordung Wachtbeamter Gefangenenausbruch aus französischer Haftanstalt Justizbeamte landesweit in Streik getreten, Polizei Venezuela drei Paten Cosa Nostra verhaftet, zehn Jahre gesucht zehn Jahre gewußt jetzt italienischer Justiz übergeben, hochintelligente, mutierte Wölfe kämpfen im New Yorker Großstadtdschungel gegen zerstörerische Übergriffe Zivilisation, um Neffen soliden Lebenswandel nahezulegen heiratet Sektkönig Renard zum Schein Sekretärin macht sie zu Alleinerbin plant eigenen Tod, Dvořak Klaviertrio f-moll, Belinda wächst in einer amerikanischen Kleinstadt auf, gilt als geistig behindert, bis Sozialarbeiter entdeckt, daß das Mädchen nur taubstumm ist, dank seiner Förderung blüht Belinda förmlich auf, dann wird sie von einem Rohling vergewaltigt, psychopathischer Fan will mit grausamen Morden die Aufmerksamkeit eines gefeierten weiblichen Musical-Stars erringen, sie bekommt seine Rasierklinge zu spüren, rauhbeiniger Rancher engagiert für Vierhundert-Meilen-Treck Handvoll Schuljungen, Berlin 1932, seine Erfahrungen bringen Josmar in Zwiespalt zu den Maßnahmen seiner Partei vor während Machtübernahme Hitlers, Oscar, der widerstrebend die Rolle des Geistes in »Hamlet« übernommen hat, erleidet einen Herzkollaps, Familie findet sich an seinem Sterbebett ein, die Atmosphäre im Haus wird merklich düster, junger Scott Hunter sich in Lute-Mae verliebt überhäuft sie mit Geschenken, verfolgt sie mit der Kamera, offenbar leidet Scott an psychischen Störungen, eines Abends schleicht bei Lute-Mae ein tut ihr Gewalt an, zwei düstere Gestalten finden sich in Hong Kong ein, Victor Crossman, australischer Gangster aus Drogenmilieu, sowie der zwielichtige Chefinspektor Norton aus Sidney, Norton verschafft Crossman Kontakt zu Mr. Nang, Boss Syndikat Hong Kong, mit Drogen handelt Organisation nach Australien verlegen eisernes Gedächtnis, wünscht mancher, aber man muß auch vergessen können, dafür daß beides ansatzweise klappt sorgt empfindlichstes und wundersamstes Organ unseres Körpers, das Gehirn auf dem Schwarzmarkt in Moskau lernt amerikanischer Korrespondent kleine Gaunerin Oktyabrina kennen, um die Operation seines transsexuellen Freundes zu finanzieren, überfällt Sonny eine Bank in Brooklyn, Hummel, Faustszenen, Orchesterkonzert der Preisträger beim 41. internationalen Musikwettbewerb der ARD.

Meine Jugend war eine Annullierungsphase, so erinnere ich mich, ja, vor allem war sie die Annullierungsphase von sich selber, verstehst du. Wenn ich dir einen kostenlosen Rat geben darf: Lege du eine Annullierungsphase ein, das leert dir die überquellenden Regale. Der Mensch braucht Annullierungen. Dem Mann streicht ers immer durch, doch steht, wann will, das beunruhigt den Mann, und seine Unruhe greift auf die Frau über, glaube ich, oder? Scharkow. Gegen eine ebenso hohe Esche prallte dieser 22 Jahre alte Mann, liebenswürdiger Hundehasser, der vermutlich betrunken war, lief noch einige Schritte von der Unfallstelle weg wie der geköpfte Hahn vom klippenden Beile, starb unweit der Bundesstraße 243 im Kreis Hildesheim, Scharkow. Er streicht mirs noch durch, aber es wird gleich rückgängig gemacht, und stellen Sie sich das mal ins Große gewendet vor. Jetzt bringe ich Sie um. Höflichkeit ist aller Laster Anfang. Wer wartet, fault. Wer faul ist, währt am längsten.

Aber wer ewig lebt, war immer schon tot. Alle Aufsager von Sprichwörtern gehören gehenkt, aber auch dagegen fällt ihnen was ein. Der Gemeinplatz enthält »alle« und »immer« und ein »wenn ... dann«, ferner eine Versicherung, daß es in der Vergangenheit immer schon so war und daß es für alle Zukunft gültig sein wird. Er kann sich auch mit einer bloßen Zukunfts-Drohung zufriedengeben: »Du, der du von mir angesprochen wirst, wirst schon sehen, daß ...«, oder, Scharkow mit Anwendung der eigenen Prinzipien auf sich selber: »Es hat noch jeder immer gesehen, daß es später anders kommt, und jeder hatte immer Angst ...« In the past: »Man wußte es immer schon, daß ....«, also eine Mit-Aufnahme des Sprechers, Erlebenden, auf die gleich dieselben alle-immer-Prinzipien zur Anwendung kommen. Scharkows Vergangenheitsbestätigung und die Zukunftsdrohung können auch in einem resoluten Präsens auftreten: »Alle stehen rum und drehen Däumchen. Aber es kommt. Sie erwarten es nicht. Das ist immer so.« Suche, ausgehend hiervon, andere Rhetoriken, worin der Gestus, die Haltung zum Erzählten, das Inbezugbringen des Erzählten zur eigenen Person und Lage in Sprachformeln vorbereitet sind. Die Mäuse, der Wand entlangschleichend, perzipieren eine Höhlung, die ein Aufenthalts-Loch für längere Zeiten sein könnte. Die Boß-Maus. (»Wenn man, wie ich, ein alter kranker Mann ist, wird man nicht mehr ...«) Oder geschichtenerzählend, also einen Einzelfall heranziehend (im Gegensatz zum Sprichwort): Scharkow. »Als ich einmal früher am Mühlenbach ...« Dies schlägt Bezüge zum Ich, aber auch zum Ort, überdies gehen von der Handlung verschiedene Verweis-Pfeile auf andere Gesamttext-Blöcke aus. (entrückt, Kleingeld zählend) »Kombiniere mit Figuren, die geringfügige, wirklich ganz unauffällige, fast nur mit Lupe und Zeitlupe wahrnehmbare Regisseure und dabei sehr ungeschickte, liebenswerte, hilflos ratsuchende und irgendwie halsstarrige Regisseure sind, mit unüberwindlicher Furcht und Flucht vor dem Anfang und eine Handlung aus sich herausquetschend, herausnötigend, in höchster Verzweiflung der eigenen Brust entreißend eine Handlung, die auch ohne sie selber, ohne andere Figuren unendlich langsam weiterliefe, ja stillstehend liefe und wie ein drehendes Kaleidoskop neue Möglichkeiten aufreißt.« Hat eine Handlung eine gewisse Weile gedauert, so erlebt dies der Zuschauer, aber wenn die Figuren es bemerken, handeln sie anders als er. – Jede Handlung, jeder Vorgang verbraucht Zeit, und man fragt sich, ob nicht die verbrauchte Zeit das ist, was jeder am Vorgang erlebt, und keineswegs dessen Inhalt. 3 verschiedene Zimmer, in jedem steht eine andere Figur, insgesamt 3 verschiedene Positionen zur selben Sache durch Wände getrennt herum: Ich habe gesehen, wie er es vollzog. – Ich habe gesehen, wie er bei dem Vollzug zusah. – Ich habe gesehen, wie sie sich besprachen, sie wollten ihn reinreiten, weil er beim Vollzug zugesehen habe. Krise. Aufbauphase. Wir müssens wenden: Es wurde gar nichts vollzogen, und alle, die zusahen, schämten sich so, daß sie weitertrugen, es sei vollzogen worden. Einer schämte sich, daß er zugesehen hatte und meldete Vollzug, obwohl er nichts sah, da fehlte die Grundvoraussetzung. Und einer haßte jene, welche er bespähte, dermaßen, daß er immer das Gegenteil gemeldet hätte von dem, was er sah. Es gab nichts zu sehen, alle waren vergebens angetreten. Es geschah alles, was man sich erträumte, leider war keiner da, sie hattens im Vorzimmer schon ausgemacht. Krise. Alles mißlungen, Burschen. Wir müssens naturgetreu wiederholen, aber wir können nur uns selber wiederholen, bei den anderen hört unsre Macht auf, die tun, was sie wollen, wir müssen demnach hoffen, daß sie nochmals dasselbe tun und daß wir dann genau dasselbe tun, das ist aber so unwahrscheinlich wie eine 1:1-Repetition der Geschichte an sich, und niemand wird einen Geschlechtsakt mit der Historie gleichsetzen wollen. Wir standen am Schlüsselloch. Aufbauphase. Wir sahen zu. Er wollte sie besteigen. Es ging nicht. Er war blamiert. Er erschoß sie. Vorher schoß sie ihn an. Kurz nach ihr verschied er. Wir schämten uns, das zu sehen. Zu Hilfe eilen konnten wir nicht, wir hätten uns verraten. Wir eilten zu Hilfe, als wir sie sterben sahen, da konnten sies nicht weitererzählen. Nun haben wir gestanden. Wir sind beschämt und entehrt. Wir gehen in Urlaub. Die Atombombe wurde von Frau Klint an Frau Arbegg weitergegeben, welche sie auf ihrem Nachttischchen neben der Uhr aufstellte, Zünder war keiner dabei, die Isolation stimmte, so schlief Frau Arbegg, die zu der Zeit liebhaberlos war, etwa neun Wochen allein neben der Bombe. Dann ging diese los und zerstörte ihre Nachttisch-Uhr, atomar, sie versicherte dies, aber es war eine neue Bombe, ihr Vernichtungsradius war genau bemessen. Frau Arbegg merkte nicht das geringste. Sie wurde nicht einmal geweckt. Sie wendete sich nicht einmal im Schlaf, ein Viertel, ein halbes oder ein ganzes Mal der Längsachse nach um sich selber, oder aber sie unterließ es aus mentaler Lähmung, wie ein Propeller einmal um den schwärzlichen Schwerpunkt ihres Fleisches herum eine Umdrehung zu vollziehen. Krise. Am nächsten Morgen brachte sie die Uhr, die nicht mehr lief, der man äußerlich aber nichts ansah, zum Uhrmacher, der nichts als eine leicht erhöhte Radioaktivität feststellte, solches aber erst nach Tagen, in welchen er sie ungläubig angestarrt hatte, gemeint ist: die Uhr.

Bei Mahnmarsch gegen Errichtung Mülldeponie in Ghartwald, ja, bei dem bewußten, inzwischen berüchtigten und in der Erinnerung ins Karfreitagprozessionelle – bei dem geradezu ins Erzbischofbetende gesteigerten Mahnmarsch gegen die Errichtung der Mülldeponie in Ghartwald, an dem 2000 Menschen teilnahmen, ja, an dem nicht weniger als 2000 Menschen teilnahmen, da dort drüben damals ist gestern gestern-gestern oder morgen-gestern der grünalternative Abgeordnete Wabl verletzt worden, der grünalternative Abgeordnete Wabl, genau der grünalternative Abgeordnete Wabl vielleicht sogar der grünalternative Abgeordnete Wabl, nach Darstellung Wabl ging ein Vertreter des Müllwirtschaftsverbandes mit zwei Männern auf ihn los, außerdem sei ein Diensthund der Gendarmerie von der Leine gelassen worden und habe ihn attackiert, die Folgen, ein Sturz, Schlüsselbeinprellung, Schürfwunden, anders stellt das Bezirkshauptmann Kogler dar, Wabl sei bloß über einen Diensthund gestolpert, Mitglieder europäischer Herrscherhäuser sollen mithelfen, mittels Gen-Tests nachzuweisen, daß die im vergangenen Jahr bei Jekaterinburg entdeckten Skelette die der 1918 von den Bolschewiken ermordeten Zarenfamilie sind, sollen enge Verwandte des letzten Zaren Nikolaus II. Haare samt Haarwurzeln spenden, deren genetisches Material wird in England mit dem der gefundenen Leichenreste verglichen, Vorjahr war durch genetischen Fingerabdruck Identität toter Auschwitz-Arzt Mengele nachgewiesen, bei Überfall Klub Belfast vorgestern abend 3 Menschen schwer verletzt, Gruppe Bewaffnete versuchen Gebäude stürmen Türsteher das Eingangstor zuhaltend Männer Schüsse geschlossene Tür abgeben Motiv Tat unbekannt keine Gruppe Verantwortung Schießerei übernahm in dem Lokal, worin am Abend Wohltätigkeitsveranstaltung stattfand, verkehren Protestanten Katholiken, rund 1,8 Millionen Briten aus offiziellen Registern verschwunden, um Kopfsteuer entgehen, Hunderttausende Fragebögen Volkszählung nicht ausgefüllt, Niedersachsen 5000 Liter Salzsäure Gelände Chemiefirma

Laatzen Hannover Kesselwaggon ausgelaufen, Feuerwehr dichtete Lecks und erdichtete neue Lecks, Menschen unverletzt 70 Lokale um Roms Hauptbahnhof vorm Aus Gesundheitsbehörde entdeckte vergammelte Lebensmittel, Horden Kakerlaken Ratten, rätselhafte Listeriose-Epidemie Frankreich immer mehr Opfer, 48 Menschen weg im letzten halben Jahr Seuche, Letmathe, 14jähriger Junge Sauerland durch 15 000 Volt Stromstoß aus Bundesbahn-Oberleitung lebensgefährlich verletzt, Zahl Tote Katastrophengebiet Vulkan Pinatubo 38 gestiegen, Engstelle Franz-Josefs-Kai Ursache Mega-Stau heutiger Frühverkehr Wien Kolonne reichte Engstelle Höhe Urania Rossauer-, Spittelauer-, Heiligenstädter Lände bis Nordbrücke, Länge 123 km, Autofahrer Wien werden diese Situation gewöhnen, Engstelle bei Urania mehrere Wochen, bestehend, schwerer Verkehrsunfall gegen Mittag Südautobahn Wiener Neudorf/Traiskirchen, wegen Schwangerschaft Ende Notentbindung blieb Rettungswagen Pannenstreifen stehen, Lkw fuhr ins Schleudern stieß Rettungsfahrzeug Graben, mehrere Schwerverletzte mit Hubschraubern Krankenhäuser Mödling, Baden Wiener AKH geflogen, das Neugeborene – Bub – hat großes Glück gehabt, nach erster Untersuchung konnten keine Verletzungen festgestellt werden, nachdem das Neugeborene – Bub – großes Glück gehabt hatte, weil nach erster Untersuchung keine Verletzungen festgestellt werden konnten, obschon das Neugeborene – Bub – großes Glück gehabt haben soll und darum nach erster Untersuchung keine Verletzungen festgestellt werden konnten, immerhin Mutter erlitt mittelschwere Verletzungen auf Hintertrattberg bei Hallein in Nacht wieder Höhlentragödie abgespielt sieben Höhlenforscher heute früh geborgen, für einen jede Hilfe zu spät, für jeden eine Hilfe zu spät, für jeden Kleinen eine kleine Hilfe zu spät, für jeden Größeren alles zu spät, keine ganz Großen mit dabei, zehn Bayern waren in den »feuchten Keller« eingestiegen, nach 500 Metern stürzte einer von ihnen beim Abseilen in einen Schacht 35 Meter tief ins Seil und starb, zwei Frauen, noch nicht so weit eingestiegen, konnten Hilfe holen, den übrigen durch den abgestürzten Kameraden Weg versperrt, sie waren bei nur 5 Grad die ganze Nacht eingeschlossen und konnten gerettet werden genauso, wie sie gerettet wurden, für einen eine Hilfe, für jeden jede Hilfe zu spät, Höhle weiterhin offen.

Er ist vieles. Vor allem ist er altmodisch. Äußerst altmodischer Herr. Ich will hier nichts Schlechtes sagen. Er ist entsetzlich verstaubt. Ist das schon üble Nachrede? Er ist vielleicht einfach entsetzlich zu nennen, wenn Sie das wollen. Er wird mich dahingehend verleumden, ich widerspräche mir. Daraus wird er herleiten, mir sei nicht zu glauben. Aber ums Glauben geht es nicht. Ich möcht nur einfach nicht übel nachreden. Ich heiße Scharkow und bin rabiat geworden. Er ist allerdings so widerlich, ach, wir sagten, altmodisch – altmodisch ist er sicher auch –, daß ich meine Manier, das Gute im Menschen zu sehen, nicht weiterverfolgen kann. Was ist eine Manier im Menschen, der Mensch und seine unaustilgbare Manier, die sich mit den Jahren in ihn hineingeschnitten hat wie eine feine Stahlschnur in einen Holzpflock. Ich sehe auch sein Gutes, dazu bin ich verpflichtet. Dazu gehört, daß er aufs übelste schielt. Das meine ich gutmütig. Er sieht einen nie böse an. Aber er redet übel von einem, also von mir. Glauben Sie ihm nicht. Sie sehen allerdings aus, als glaubten Sie ihm. Er ist weniger vertrauenserweckend als ich. Er spielt gern bösartige Spielchen, die man zu spät durchschaut, ja, ich rede von ihm, nicht von mir. Die Mäuse in der Rotte drangen in die Höhlung. Mal spielte er das bösartige Spielchen, daß man erraten mußte, wer zuerst stirbt. Alle waren so gespannt, daß sie ihre Zigaretten seitlich haben runterhängen lassen, und die Zigaretten haben ihnen die Fingerkuppen glatt versengt, mein Gott, die sind zu den Ärzten gelaufen, gehen konnten sie ja noch, tja, so abgefeimt waren seine Spielchen, daß er das eine vorgab und dabei das andere laufen ließ. Er hatte bei den mit den verbrannten Fingern noch ein drittes Spielchen gleichzeitig am Laufen. Alle naheliegenden Ärzte hatten eine Giftspritze auf dem Tischchen, und alle mit den verbrannten Kuppen wurden einfach totgestochen. Alles, weil sie so gespannt bei seinem ersten Spielchen, dem Wer Stirbt Als Erster, mitgemacht hatten. Plötzlich öffnete sich die Tür, der Rechtsanwalt trat herein. Sein Blick streifte die Regale. Es traf ja nun wiederum zu, was alle bestätigt hätten, wenn die Ärzte nicht so gut und ihm nicht so hörig gewesen wären. Wie er sich die Ärzte untertan machte? Das will ich Ihnen nach einer kurzen Pause sagen, und die Pause brauche ich, um mir die Ärmel hochzukrempeln. Das ist nun kein Hochkrempeln, aber ich nenns einfach so. Ich nenne vieles anders, als man es gewohnt ist. (Strategie um Glaubwürdigkeit seiner selber, Selbstwidersprüche, das Umspielen dessen, was der Partner vom Sprechenden glaubt, das Lügen, die Ausrede, das Unterlegen einer Strategie, die keine ist und eine wird, wenn sie keine ist, überhaupt: Studie über den Wahrheitsgehalt von Aussagen und dessen Kündigung und Aufgehen in einem weiteren Wahrheitsgehalt.) Ich stemme gern Gewichte. Das ist nur ein Teil meiner Person, die viele Teile aufweist. Die meisten erkenne ich selber nicht.

Durch schrecklichen Strom-Unfall gestern in der Steiermark zwei Kinder zu Vollwaisen, ihre Eltern kamen einer Starkstromleitung zu nahe und wurden dabei getötet, der

29 Jahre alte Gerhard Koch arbeitete mit seiner Frau auf dem Dach seines Hauses in Kresbach (Bezirk Deutschlandsberg) kam mit Aluminiumleiter in Nähe der Leitung, entstand Lichtbogen, beide durch 20 000-Volt-Stromschlag auf der Stelle getötet, Ehepaar hinterläßt einen 5 Jahre alten Buben und ein 4 Jahre altes Mädchen, mit Ende der Sommerzeit heute um 3.00 h früh die Uhren um eine Stunde zurückgestellt, die Uhren Europas von Atomuhr Braunschweig gesteuert, exakt Sekunde Atom-Chronometer Impuls an Langwellensender »DCF 77«, Signal hat nachts 196 öffentliche Uhren in Wien für eine Stunde stillstehen lassen, Fund aus Keltenzeit wurde am Halleiner Dürrnberg Grab junger Frau, die kurz vor oder während der Geburt gestorben war, das Baby wurde mit bestattet, die Frau rund 400 v. Chr. begraben, Jack Kerorkian, der seit 1990 vier seiner Patienten beim Selbstmord geholfen hat, letzten Samstag einer 52jährigen, die an Lungenkrebs litt, zum Selbstmord verholfen, Advokat des Arztes erklärte, Patientin sei kurz nach Eigen-Plazierung einer Gesichtsmaske und nach Öffnen einer Flasche Karbonoxyd gestorben, »Reicht mir bitte das Gas«, waren ihre letzten Worte, sagte der Advokat, der präzisierte, der Krebs habe das Gehirn erreicht gehabt und der Frau noch eine Lebenserwartung von 3 Monaten gelassen, beim Absturz einer viersitzigen Maschine vor Helgoland sind 2 Menschen getötet, einer verletzt worden, direkt nach dem Start war das Flugzeug ins Meer gestürzt, bei erneuten schweren Unwettern in Südfrankreich sind mindestens drei Menschen getötet worden, Flüsse traten über die Ufer und rissen Häuser und Brücken mit, in einem waffentechnischen Labor des britischen Verteidigungsministeriums haben Forscher eine Mikrowellenbombe entwickelt, wenn sie gezündet wird, legt die Hochenergiestrahlung dieser Bombe jeden Computer lahm, schaltet alle Telefonverbindungen ab und bringt alle Radarschirme zum

Erlöschen, aber Menschen tut die Bombe nichts, die USA entwickeln ähnliche Waffen, bei der einer Chartermaschine mit 145 Menschen an Bord das Heck von Pflastersteinen der Rollbahn durchlöchert wird, die Boeing dennoch sicher in Alicante landet, heute eine Fußgängerin für Schrecken unter Österreichs Autofahrern gesorgt, auf Donauufer-Autobahn in Richtung Stockerau vor der Ausfahrt Strebersdorf ging in der Früh eine Frau in Schlangenlinien über Fahrbahnen, Geistergeherin war nach Angaben Polizei betrunken, konnte in Sicherheit gebracht werden, 100 000 Schilling zwei unbekannte Männer gestern abend bei einem Überfall auf Angestellten in Wien-Mariahilf erbeutet, 39jähriger Mann sollte Tageseinnahmen einer Filiale zum Nachttresor eines Geldinstitutes, als er durch den Hinterhof zum Stiegenhaus wurde von Tätern überwältigt Boden gerissen, Fahndung Räuber bisher erfolglos, 40jährige Frau in Wohnung Ecuvillens Schweiz beide Kinder (neun Monate und drei Jahre) erschossen Frau an schweren Depressionen stellte sich Tat der Polizei, Kinder schliefen gerade in Betten, als Mutter die Wahnsinnstat beging, Vater entdeckte die Leichen, als er am Abend von der Arbeit kam, acht Leichen sind in einem Berggebiet im Norden Mexikos gefunden worden, der 41jährige Bauer, seine 38jährige Frau sowie die sechs Kinder zwischen 9 und 16 Jahren aus bisher unbekannten Gründen erschossen worden, die Morde offenbar von nur einem Täter begangen, fehlt jede Spur, der gestern beim Anflug auf die nepalesische Hauptstadt Katmandu abgestürzte pakistanische Airbus ist möglicherweise in der Luft explodiert, Augenzeugen, die Maschine sei schon in der Luft in Flammen aufgegangen, ehe sie an einem Berghang zerschellte, die Bergungsarbeiten werden durch heftige Regenfälle behindert, bei dem Unglück dürften alle Insassen ums Leben gekommen, unter ihnen Ausländer, Menschen keine an Bord, 5 Menschen gestern bei einem Frontalzusammenstoß zweier Autos in der Nähe der südmährischen Stadt Breclav (Lundenburg) ums Leben, nach Angaben der tschechoslowakischen Nachrichtenagentur CSTK stieß ein mit 8 Insassen besetztes bulgarisches Auto bei einem Überholmanöver mit anderem Pkw zusammen, aus Trümmern beider Wagen 5 Menschen geborgen, 3 Personen, darunter 2 Kinder schwere Verletzungen, im New Yorker Bronx-Zoo befreite sich ein 225 kg schwerer Gorilla, als die Wärter ihn in ein anderes Gehege verlegen wollten, in Miami öffnete ein 180 kg schwerer Gorilla seinen nicht ordnungsgemäß verschlossenen Käfig, in beiden Fällen erhielten die Affen Beruhigungsmittel, es bestand keine Gefahr für die Zoobesucher, bei der Explosion in einem petrochemischen Werk in Gelsenkirchen ist eine Person getötet sind sieben zum Teil schwer verletzt worden, war Stahlschlauch geplatzt, in dem Kohlenwasserstoffe befördert wurden, mit seiner Zugmaschine ist gestern ein 48jähriger Kärntner tödlich verunglückt, der Brennmeister aus Stobersdorf, Bezirk St. Veit/Glan, wollte mit der Maschine von einer steilen Weide ein verendetes Pferd abtransportieren, das Fahrzeug stürzte auf dem Hang um und überschlug sich, der Mann wurde von der Zugmaschine überrollt und dabei getötet, mit Tragödie gestern der Versuch von 3 deutschen Bergsteigern, den Gipfel der »Drei Brüder« im Glocknergebiet zu erklimmen geendet, der älteste der 3 Bergsteiger erlitt auf 2000 m Höhe Herzinfarkt, der jüngste, ein 29jähriger Student, stieg ab, Hilfe zu holen, er dürfte sich aber verirrt, stürzte später bei Überquerung des Geröllhanges ab, als einige Stunden später noch keine Hilfe in Sicht, alarmierte dritter Bergsteiger Bergwacht, die beiden Verunglückten heute früh nur noch tot geborgen, dritter stürzt sich bei der Nachricht in eine Schlucht, weil seine Frau sich geweigert hatte, die Glaubensgemeinschaft der Zeugen Jehovas zu verlassen, hat ein

Südkoreaner einen Betsaal in Brand gesteckt, 14 Menschen fanden in dem Feuer den Tod, 27 weitere wurden verletzt, der 35jährige Täter verlangte, daß seine Frau den Saal verlassen solle, nachdem die Forderung ungehört verhallt war, legte er das Feuer, nach Augenzeugenberichten war der Mann betrunken, wie es sich später herausstellte, war seine Frau gar nicht in dem Saal gewesen, steigern, bei Gefängnisrevolte 111 Häftlinge getötet 25 Polizisten verletzt, steigern, Freitag in mit 2500 Insassen überfülltem Gefängnis, steigern, zuerst Kämpfe zwischen verfeindeten Banden, steigern, Auseinandersetzungen zu Aufstand, steigern, Anstaltsleitung rief Militärpolizei, steigern, Spezialeinheiten mit Hubschraubern, steigern, Hilfe, steigern, kam zu Schußwechseln zwischen Häftlingen und Sicherheitskräften, steigern, nach 4 Stunden wurde Revolte niedergeschlagen, steigern, erstmals in Geschichte der Medizin haben Ärzte einer Patientin Schweineleber eingepflanzt, Sprecher Krankenhaus Zustand der Frau stabil, das Organ verrichte seine Arbeit, Operation notwendig da keine geeignete Leber für die Transplantation, vor vier Monaten 35jähriger Mann erstmals Pavianherz pflanzen Mann zehn Wochen nach Eingriff Hirnblutungen gestorben, amerikanische Pioneer-Raumsonde Treibstoff ausgegangen, Pioneer kreist seit 14 Jahren in einer Umlaufbahn um die Venus, Sonde werde in die Atmosphäre der Venus eintreten und durch die Reibungshitze die Verbindung zur Erde verlieren, der Sprecher der Nasa, ein 54jähriger Wiener hat heute seine 53jährige Ehefrau erschossen, anschließend Selbstmord, Schauplatz Tragödie Wohnung Ehepaar Donaustadt Motiv Unklarheit, Leichen Tochter Entdeckung, dramatischer Wettlauf mit Tod, junge Frau, seit ihrer Kindheit an Leberkrankheit angeschlossen versagte Leber Frau lag Koma, hatte wenige Stunden zu leben, Spenderorgan unverfügbar, Ärzte im Krankenhaus Los Angeles 30jähriger Schweineleber nicht 30jährig ein, erstes Mal Wende Geschichte Medizin, zuerst alles gut, dann alles gut, dann nochmals alles gut, nur 24 Stunden später starb die Frau, kurz bevor ihr eine menschliche Leber Pflanze, 56jähriger Lehrer Gericht in russischer Stadt Rostow Mordes 52 Menschen schuldig befunden Urteil morgen immerzu morgen Prozeß gegen Andrej Tschikatilo – als ein ärgster privater d. h. nicht beauftragter Massenmörder Neuzeit – seit April über 400 Zeugen Einvernahme 12 Jahre »Monster von Rostow« Unwesen, zumeist führt Opfer in Waldregionen, dort sticht ihnen Augen aus, vergewaltigt sie, schneidet alle Geschlechtsteile ab, schlitzt den Bauch auf, schreckliche Folgen hatte in vergangener Nacht in Oberösterreich »Sekundenschlaf« der Jugoslawe, sein Wolfshund und dessen kleinerer Wolfshund kamen bei dem Unfall ums Leben, der 22jährige Lenker war auf der Westautobahn bei Sattledt eingenickt, das Auto kam von der Fahrbahn ab und prallte gegen eine Böschung, der Fahrer war sofort tot, auch sein Wolfshund und dessen kleinerer Wolfshund starben noch an der Unfallstelle.

Es lebe Scharkow, doch ungeachtet der Ermutigung lebt er wie die Schale einer zerknautschten Zitrusfrucht im Korb. Ich bin immer wieder von mir überrascht. Da kommt die Magd. Ich sehe gleich, blutleeres Gesicht. Ach, blutvoll, Haut wie großes Kelchblatt einer Geranie, blutunterströmt, auch egal. Jetzt stiere ich bereits nicht mehr so gern. Ich fühlte eine Abnahme. Es war nicht so sehr ein Verlust, als daß es mir als ein solcher trauriger vorkam. Vor Ihnen steht einer, der hatte eine Vergangenheit als einer, welcher einen Charakter hatte, der gern tat, was er tat, und der jetzt weniger gern tut, was er tut. Krise, schwere Krise. Sie haben es mit einem Enttäuschten zu tun, Madame, und weil er Sie liebt, erspart er Ihnen seine übliche Definition: Daß er ein schwer Enttäuschter sei, der wohl nicht mehr auf die Füße finde und nur noch sein Ende gestalten könne. Ich danke Ihnen fürs Zuhören. Sie hörten also, mit mir gehe es zu Ende, und das fanden Sie glaubwürdig, da Sie es durch den hörten, der zu Ende gehen sollte. Wie immer es um dieses Ende stehen mag: Finden Sie nicht, allein die Eröffnung eines Menschen, er höre bald auf, sei Zeichen seines Niedergangs? Die Boß-Maus, deren Oberflächen-Befellung sich auf eine am Schlüsselanhänger mitgetragene Tierpfote reduziert hatte. Ich kannte Karl, den Dicken, der kannte Alphine, diejenige mit der Wendeltreppe, die Unglückliche, wie wir sie nannten, und deren Schwägerin Felizia, die Hunde nicht ausstehen konnte, und diese besuchte regelmäßig einen Waschsalon, dessen Verwalterin, Frau Möbe, einen Sohn früh verloren hatte, er hatte sich an einem langen Hemd eines Kunden erstickt, vielleicht hatte er sich auch aufgehängt, der Salon lief nicht, außer Felizia war nie jemand drin. Tot der Sohn der Frau, und ich weiß es über die Wendeltreppe. Scharkow tritt herein. Er zeigt sogleich, daß er intelligenter ist, schweigt, macht nach zwei Minuten eine karge Bemerkung zum Mobiliar, dann eine zu der Durchreiche, bei ihr weiß der Pfeifenraucher nicht mehr, ob sie noch fürs Geschirr dient. Ich mag nicht zu Ende gehen. Sicher bin ich in meinem Niedergang befangen, und ich sage es weiß Gott nicht, um Ihnen zu gefallen, denn ich weiß ja, Sie akzeptieren nur Menschen, die bald aufhören. Ich schmeichle Ihnen, Ihren Sinnen allerdings gern.

Kenn-samoto, eine Karriere

Kenn-samoto kam aus guter bürgerlicher Familie, die allerdings weder besondere Reichtümer noch, in seiner Heimatstadt, große Prominenz erworben hatte. Aber nachdem es ihm gelungen war, was die Schule in ihm abzutöten versucht hatte, einzusehen, nämlich, daß er, allerdings auf Umwegen, hinten um die kleine Welt herum, sehr klug war und über rasche, zupackende, funktionale, ihren Radius zum Schlimmeren verändernde Intelligenz verfügte, dazu einige Begabungen in sich wahrnahm, zunächst aber Wissen anhäufte und seine bei allem etwas schwere, dem Brüten zugeneigte Natur zu höchster Elastizität und Nachgiebigkeit trieb, hatte er auf einmal mit seinem von Widersprüchen und Widersprechendem geprägten Leben etwas Unübliches und deshalb Übliches vor. Eine Karriere sollte es werden, mit eingebautem, dereinst angenehm zu vollziehenden, Rückblick auf dieselbe. Bereits war es ihm geschehen, daß er an einem folgenden Morgen einen vorangegangenen Abend so beschrieben hatte, daß dieser, nachdem er im Augenblick seines Entstehens noch ein wirr und feucht Brüllendes geschienen hatte, an dem jeweils folgenden Morgen lesbar wurde. Demzufolge arbeitete Kenn-samoto bereits bei der Zeitung, und den neuen Abend – sein Leben schien nur noch aus diesen vielversprechenden Nachtwerdungen zu bestehen –, an dem er seine Anstellung erfuhr, setzte er am folgenden Morgen wieder ins Blatt, welches somit, von seiner nie ermüdenden Feder gefüllt, ein bei Tagesanbruch erscheinendes Abendblatt wurde. Lange Zeit bewarb er sich, aus dieser Zeitung heraus und aufgrund von Empfehlungen aus seinem weiten, ihm abgeneigten, doch gefälligen, Freundeskreis, um eine Stelle technischer, industrieller Natur. Er suchte einige kleinere und größere Betriebe auf, kam an den wachthabenden Pförtnern vorbei, absolvierte durchaus wohlgelittene Gespräche mit rauhen, gelenkigen, elastisch verneinenden chefs de personnel, aber irgendwie wollte ihn niemand haben. Es war eine in puncto Begründung geheime Zurückweisung, die immer schon für die nächste Bewerbung zu gelten schien, so, als hätten alle chefs de personnel sich untereinander verabredet, der kommt uns nicht ins Haus. Nur über unsere Leiche, hätte das Wort geheißen, das die chefs nicht aussprachen. Es, wörtlich genommen, wäre nichts anderes als eine Einladung zum Mord an den chefs gewesen, doch Kenn-samoto stellte sich Wendungen als Wirklichkeiten vor und wich vor der Mühe zurück, beim Betreten des Hauses allenfalls den rechten Fuß über eine vorgesetzte Leiche hinwegheben zu müssen, er unterließ kurzentschlossen die Tötung, was kaum Zufriedenheit und auf allen Seiten ein Erlebnis weniger schuf. Verärgert von der Industrie, an die er sich als das ihm in seinem Kenntnisbereich Nächstbekannte gewandt hatte, verärgert von diesen ganzen chefs de personnel, deren Zärtlichkeit beim Vorstellungsgespräch über das Angebot eines schmalen Sessels und einer kurzen, feuchten, brackig schmeckenden Zigarette Label Eptuda nicht hinausging – alles verhieß Fürchterliches, wenn er nur erst einmal den Job angenommen haben würde, den er da, an der Eptuda ziehend, tatsächlich noch begehrte –, in einem Zorn befangen, der rasch allesumfassend wurde und insbesondere seine Hemdknöpfe in Mitleidenschaft zog, die er sich der Reihe nach alle beim Aufreißen des Hemdes über der Brust wegriß; nicht nur Zorn, sondern auch Beunruhigung darüber, daß es mit ihm einstweilen nicht recht weiterging, trieb ihn eine Zeitlang, eine gewisse Phase lang, während einer streng gegliederten Periodik in die Arme der Politik. In die Arme einer Politik, in die Arme zumindest einer der vielen

Politiken, die sich gegenseitig befehdeten und vorgaben, sie seien verschieden, je gegensätzlich, und die dennoch im reinsten Unisono zusammenwirkten, um die Lebensumstände noch unerträglicher zu machen, als sie ohnehin schon waren, und über Kenn-samoto war der Wille zu einer eigenhändigen Verbesserung sämtlicher Lebensumstände gekommen, zunächst würde er die Lebensumstände seiner kleinen sozialen Gruppe verbessern, dann, höhersteigend in der Politik, würde er die Lebensumstände größerer gesellschaftlicher Gruppen aufhellen, was ihn weitere Wahlen gewinnen lassen würde, sodaß es ihm schließlich möglich wäre, die Lebensumstände des ganzen Landes schlagartig zum Besseren zu wenden, ja, vielleicht wählte ihn dann auch ein benachbartes Land zum Leiter, womit ihm die Verbesserung mehrerer Nationen aufgetragen wäre, zunächst die Verbesserung benachbarter Nationen, dann die Verbesserung wild in Europa und außerhalb Europas durcheinandergewürfelter Nationen. Er traute sich ein Hochstemmen sämtlicher denkbarer Umstände zu. Gedanken hatte er, andere hatten keine Gedanken, also ging es darum, die anderen ohne Gedanken dem Glück näherzubringen, das sich in seinen Gedanken abzeichnete; die Politik war auf diesem Weg ein rohbehauenes, zunächst grobschrötig wirkendes Instrument, es würde aber in seiner umsichtigen Hand fein zu gebrauchen sein. Zunächst war es nicht die Art Politik, die sich von Wahlen bestätigen oder annullieren läßt, die ihn anzog. Darin steckte ein Risiko, das der Anfänger meiden mußte, denn ergaben sich beim politischen Grünhorn Mißverständnisse, so blieb das Grünhorn stets zu wenig lange im Amt, um diese Mißverständnisse dem Wählerpublikum vor der nächsten Wahl zu erklären. Das Grünhorn pflegte auf der Strecke zu bleiben, viele kleine chefs de personnel warfen negative Stimmen in eine Urne, und er würde seinen Posten los sein. Ihm schwebte vielmehr eine Stelle an einer Gesandtschaft vor, samt Aufstiegsmöglichkeiten; zudem kam er so ein wenig in der weiten Welt herum, die er, ehe er sich an ihre Verbesserung würde machen müssen, zunächst im Natur- oder Rohzustand kennenlernen wollte. Zudem zog es ihn zu den Diplomaten, um sich durch den Geist und den Ruf, die er bei ihnen zu erlangen hoffte, schadlos zu halten für die Zuwendungen, abstrakte und konkrete, die das Schicksal ihm verweigert hatte. Sehr beträchtliche Zeit verwandte Kennsamoto darauf, sich beim Außenministerium einzuführen; es folgte eine Reihe unbeschreiblich glücklicher Verwicklungen, die allesamt ähnlich strukturiert waren: immer handelte es sich um eine wichtige Gelegenheit, worin sich jemand aus dem Ministerium oder ein von dem Ministerium hastig Benannter in der Öffentlichkeit zu zeigen hatte, und immer fiel der Erwählte und Benannte aus, derweil die Sache drängte; sie drängte so, daß das Ministerium regelmäßig in hohe Schwierigkeiten geriet, und da er es über Bekanntschaften – nicht zuletzt die des Kochs – dahin gebracht hatte, im vertrauten Kreis, in der Kantine, zu jenen Mahlzeiten zugelassen zu werden, wozu einige der bedeutendsten Beamten regelmäßig erwartet wurden; da er ferner bei diesen Mahlzeiten vor der müden Schar außenministerieller Staatsangestellter leicht brillieren konnte, mit Witzen und Prognosen über künftige politische Entwicklungen in dem eigenen und in anderen Ländern, wobei Witz und Prognose oft ineins übergingen; so war, als jeweils Not am Mann herrschte und der jeweilige Sprecher oder Repräsentant des Ministeriums ausfiel, er der Mann, den man an die Stelle des Ausgefallenen setzte; zunächst nur immer ein Mal, dann wurde er in die Kantine zurückversetzt und mußte wieder Essens-Unterhalter spielen. Dann aber, als mehrere Ausfälle aufeinander folgten, verzichtete man auf die intermittierende Degradierung und ließ ihn zunächst über Nacht auf dem Posten, in den er eingesprungen war, dann blieb er halbe Wochen in seinem ersessenen Amt, und schließlich gelang es ihm, alle an sich zu gewöhnen; was, solange er auf einer tiefen Stufe blieb, welche keinen Neid erregte, nicht schwerfiel. Es entstanden allerdings Gerüchte im Auswärtigen Amt, die, eine Eigenheit des Amtes, bald feste Umrisse annahmen und sich, ohne je real fundiert worden zu sein, zu etwas Konkretem, Bleischwerem entwickelten; dies bedeutete längst nicht das Ende von Kenn-samotos Karriere, weil diese Gerüchte auch im Stadium ihrer höchsten Konkretion von den zuständigen Stellen immer noch höchst abstrakt behandelt wurden, so daß Kenn-samoto fühlte, wie ihm ungefähr Gerechtigkeit widerfuhr. Offenbar waren Gerüchte in dieser Gegend soviel wie Tatsachen, aber man schien Tatsachen nicht zur Kenntnis zu nehmen, sodaß das zur Tatsache verdichtete und als Tatsache ignorierte Gerücht seinem Objekt nicht mehr Schaden zufügte als ein gewöhnliches, gerücht-bleibendes Gerücht, das bereits als Gerücht nicht zur Kenntnis genommen wurde. Überdies kannten ihn inzwischen sämtliche Herren des Amtes, und einer, »mit dem man ißt«, konnte nach der in sich geschlossenen Logik nicht einer sein, dem man mißtraute, zumindest nicht tiefer, als man jedem mißtraute. Kenn-samoto rechnete sich, blickte er zurück, etwas als Verdienst an, das sich nur ein Verrückter als Verdienst anrechnen konnte, die Tatsache, daß trotz der immer als unwesentlich beiseitegeschobenen, zwar zu Realität verdichteten, aber nutzlosen Gerüchte, dank seiner Mithilfe endlich etwas an ihm hängen blieb. Es war ein banales Vorkommnis gewesen, eines, das in sämtlichen Dutzendpackungen billiger Trivialität steckte, das aber, ungeachtet dieser Packung, mit flinken Fingern feierlich aufgenestelt wurde, als handele es sich um ein ersehntes Weihnachtsgeschenk; für wen er oder sein Vorkommnis ein

Geschenk waren, blieb für Kenn-samoto undurchsichtig. Hauptsache, sie nahmen es wichtig. Es war spätabends an der Einfahrt geschehen; in der Nähe der mit Kies bestreuten Wagen-Auffahrt zum Hauptportal des Auswärtigen Amtes geschehen. Die Auffahrt war bewacht; was sonst hätte der Staat mit ihr tun sollen? Bewachung war ein Zeichen der Anteilnahme von Seiten dieses kalten, glatten, wie Öl aus der Hand glitschenden und eine Spur von Geld und von Schmiere und von verdecktem Verbrechen zurücklassenden Ungeheuers, das der Staat war. Kenn-samoto war kurz auf den Wächter der Auffahrt zugetreten und hatte ihn etwas gefragt. Es entspann sich ein Wortwechsel, der zu großer Heftigkeit führte. Kenn-samoto hatte sich von einem Schlag abhalten können, als er sich an die Individualität des Wächters inmitten der anderen Millionen von Wächtern erinnerte; einen Schlag auf dem Wächter anzubringen, lächerlich, es hätten Millionen Schläge sein müssen; für jeden Wächter einen; zu wenig Hände. Der Zwischenfall ging leicht durch, hatte einfach nicht stattgefunden, als aber Kenn-samotos Frage bekannt wurde, erhitzte sich die Sache und brachte zunehmende Kühle in seine Sitzungen in der Kantine. Da stand der Wächter, und alles schien geregelt, doch – Bewachen Sie jeden einzelnen Kieselstein oder nehmen Sie immer zehn zu einer Gruppe zusammen? hatte Kenn-samoto gefragt. Niemand traute sich je, die Frage zu wiederholen, Kenn-samoto bekam nie ein Protokoll zu Gesicht, war aber überzeugt, daß die Frage auch darin entweder gar nicht oder unter einem jener beamtenhaften Kürzel erschien, mittels welcher sich solche, die der Sprache nicht mächtig waren, zu Beherrschern der Sprache aufschwingen konnten. Vermutlich wurde er als der Urheber der »Kiesel-Frage« geführt. Man weiß nicht, ob er ihnen zu klug war oder ob er anderswo Besseres erwartete als bei machthabenden Leuten, die nur Ungemach zu teilen hatten, jedenfalls kühlte sich die Verbindung mit ihnen nach und nach ab, und sein eifriges Werben beim Gesundheitsministerium schuf ihm dort eine neue, von der er sich Besseres erhoffte. Jene Kongregation gesundheitsüberwachender Unterbeamter fing damals an, in Erscheinung zu treten und von dem Fortbildungsseminar-Raum einer Zweigstelle aus dünnhäutige Gummiwaren, nach der Hauptstadt des Nachbarn benannt, jene mit einem lockeren flatternden Band bezeichneten Kondome weiter zu verbreiten. Kenn-samoto hatte es insoweit geschafft, als er ihnen zusehen durfte, Urteile abgab, Verteilungen ordnete und Adressaten herausfand. Seine alten Freunde sahen ihn in einem neuen Licht, was mit ein Grund für ihre auf einmal veränderte Sprache war. Wäre da nicht das Kondom gewesen, das zudem in Beuteln und Packungen von mehreren daherkam, demnach zusätzlichen Umfang gewann durch Massierung ein und desselben Stückes, und hätten diese Packungen, Beutel, und so weiter, die wiederum, wie alle irdischen Behältnisse schlechthin, in die Zeichenhaftigkeit des starken Kondoms mit hineingerissen wurden, sodaß die Welt schließlich in allem, was sie umschließen, abkapseln, aufbewahren, frisch erhalten wollte, als Gebraucherin und auch bereits als eingehülltes Opfer von Millionen kleiner elastischer Kondome wirkte. Wären die Packungen – Es war für die tapfer verteilende Gruppe und den zusehenden Kenn-samoto, dem sich neue Schichten erschlossen zu den alten hinzu, kein Herauskommen mehr aus der ihrem Artikel offenbar eingebauten Präge-Fähigkeit alles Menschlichen: aus der unaufhaltbaren Kondomisierung der Welt. Wäre nicht, so nahm Kenn-samoto seine wertenden Gedanken wieder auf, dies eben ein Kondom und nur ein Kondom gewesen, das es niemals würde zu etwas bringen können auf der Stufenleiter der Würde, so hätte Kenn-samoto sich als Helden verstehen können, dessen Bahn sich einem niedrigen, aber tragisch niedrigen Ende zuneigte. Aus der Tragik seiner Laufbahn wären sodann einige Tropfen mit Bestimmtheit zu pressen gewesen. Die Kondomisierung allerdings brachte Vulgarität mit sich, zudem zerknitterte sie die mannhaft verteilende Gruppe, die sich bereits in die Diplomatenviertel vorgewagt hatte und, ausgehend von den Pförtnern und den auf den spitzkieseligen Wegen zufällig Daherkommenden, die Ware allmählich nach oben sickern ließ. Kein Morgen, an dem, beim Appell an die Vollzahl der Gruppe, nicht eine Stimme auf das fragende Hie? keinen Namen nannte, der zur bestätigenden Stimme Gehörende also weggeblieben, verschwunden war, sich womöglich bereits in den Kanal geworfen oder sich in Richtung auf eine andere Karriere in einen weiteren Dienstleistungsbetrieb davongemacht hatte, der ihn zu Höherem, womöglich zu den Kunststoffbeuteln für frisch gekaufte Schuhe oder zu den Einwicklungen für Teelöffel mit rosanem Seidenpapier trieb. Die Gruppe, aus der Kenn-samoto bisweilen floh, um mit einem bescheiden und rüde gebliebenen alten Bekannten von früher her einige Anekdoten zu tauschen, bei der Familie anfangend und unwandelbar beim Kondom endend, degenerierte, sank nach unten, denaturierte in ihren Absichten und in der Reinheit der Ziele, worin sie angetreten war. Die Unwissenheit, die Engherzigkeit ihrer distributiven Übungen, das Fehlen irgendwelcher Gönner und hochgestellter Förderer jeglicher Art trieb sie zu blindem Gehorsam gegenüber dem örtlichen Gesundheitsamt und allen seinen Geboten, bewirkte eine entschiedene Abkehr von allem, was im Verdacht stand, mit diesen scheußlichen, alles mit ihrem Bild ansteckenden und alles mit ihrer Materie überziehenden Artikeln zusammenzuhängen, und schuf eine Abhängigkeit von den geringsten Verordnungen jener, die wiederum über den Gesundheitshütern standen, wodurch die Gruppe getreu kroch und sich, abgeneigt zwar, aber ständig gegenwärtig, nach und nach in vielen Ministerien beliebt machte. Doch die Gesundheitlichen zielten höher. Ein Kondom-Automat im benachbarten Kloster, in der Flußschlinge gelegen, mehrere Trakte, sommers kühl, erschien den Verteilern, die nun alle aussteigen wollten und alles als eigene Aktivität ausgaben, was sie im Solde anderer vollzogen, sehr nützlich, und das Kloster wurde in gleicher Weise von den ministeriellen Gesundheitshütern wegen seiner zweifelhaften Haltung in Fragen der Glaubenslehre und wegen seines versteiften Jesuitismus in Fragen der Verhütung, die nur eine des Kondoms selber sein konnte, gefürchtet. Alle noch nicht Kondomisierten zwang es unter sein Joch, sobald sie sich mit ihm einließen, oder aber es stürzte sie unwiderruflich ins Verderben. Es war Kenn-samoto nicht vorstellbar, wer die Anordnung zum Anbringen des Automaten an diesem Ort gegeben hatte, plötzlich war ein Befehl entstanden, den er insofern ausführte, als er die Verteil-Maschine selbst über die Mauer ins Gelände brachte, sie aber, von Angst sowohl vor Insubordination wie vor klösterlicher Strafe bei Entdeckung gemartert, im Garten vergrub, an einer Stelle, wo Erde ohnehin unordentlich gehäuft lag und Entdeckung unwahrscheinlich blieb. Während des Grabens, kräftige Spatenstiche, die mit Bedacht innehielten und zu überlegen schienen, wie der nächste, genau gleiche Spatenstich geführt werden müsse, kräftiges Anpacken des Automaten, den er, nach Entnahme eines Kondoms für alle Fälle, in das genau angepaßt ausgehobene Loch kniend eingleiten ließ, hatten in Kenn-samoto ein starkes Bedürfnis nach Geistlichkeit geweckt, denn mit einem Mal war die Kutte, ein rascher Prozeß, über ihn hereingebrochen und deckte ihn so, wie die letzte Krume nun die Maschine deckte und auf immer tartüffsch tarnte. Immerhin schien es Kenn-samoto mit der Zeit, daß ein Kondom als Tarnung eigener Tätigkeiten wenig taugte, da hinter, beziehungsweise unter jenem, trotz seiner argumentativen Dehnbarkeit und seiner kautschukfeinen Verhüllungskapazität die beabsichtigte Unsittlichkeit, wenn auch gut angezogen und quasi getarnt, als Unsittlichkeit sogleich kenntlich wurde, und indem Kenn-samoto gewahrte, daß seine umfassende Absicht, der Welt und jeglicher Existenz Unsitte beizubringen, durch eine allgemeine und öffentlich bekannte Kondomisierung nicht verhehlt, sondern offenbart wurde, sah er sein ewiges Versteckspiel durch Offenheit gefährdet, begab sich von nun an jeder offenen Anspielung, mehr noch, jedes geheimen Gedankens an das schädliche Zeug. Höchstens noch, so schien es ihm, war ein Segeln unter der Flagge des Kondoms fortan vertretbar, wenn er, erkannt und abgestempelt, der Welt und der Existenz durch das Vorangehen mit dem eigenen abschreckenden Beispiel das Umgekehrte, nämlich Reinheit, Lehre, Tapferkeit beibringen wollte. Die Seele zerriß, doch sie fand Worte. Der Abt-und-Kantor selbst, sehr kurze, fast nur ein Gelenk lange Finger, überentwickelte Mittelhand, verlängerte, durch Manschetten nicht abdeckbare Handgelenke, sonst keine besonderen Merkmale, außer daß, vielleicht, dieselbe anatomische Verzerrung sowie Teleskopierung symmetrisch bei den Füßen auftrat, welche keiner je zu sehen bekam – der nicht weiter herausstehende, immerhin erwähnenswerte, doch aber, wiederum einschränkend, nicht außerordentlich bedeutungsvolle Abt-und-Kantor, nach sehr kurzer Zeit, nahm sich Kenn-samoto, der haltlos, leicht schluchzend manchmal, vergangene Abende am nächsten Morgen leuchtend schildernd, von seinen vergangenen Lebensstationen erzählte, zum Freund, als Entgelt sorgte Kenn-samoto auf materiellen Wegen für die Ausbreitung der Brüder. Eine Karriere, nun für sie, sollte es wenigstens werden. So konnten sich diese bisher in der kleinen Stadt Übersehenen sehr schnell ausbreiten, wobei die Annehmlichkeit ihrer Unterlegenheit von Kenn-samoto in jeden seiner Züge eingeplant und insgeheim, persönlich, genossen wurde. Oft hielt er ihnen Gelegenheiten zu, die zu erfassen sie sich unfähig zeigten. Keiner von ihnen, so dachte er, konnte sich in irgendeiner Weise mit Kenn-samoto vergleichen, sodaß er bei ihnen mühelos eine Rolle spielen und in dem umliegenden Freundeskreis Gönner gewinnen konnte, welchen daran gelegen war, ihn zu fördern, um später, sobald er den Abt-und-Kantor verlassen und über den Garten hinausgegangen sein würde, ihrerseits seine Förderung zu erfahren. Seine nun sichtbarer gewordene Strenge, wohl Frömmigkeit, in die er alle in gleicher Weise einschloß, und seine theologisch-weltlichen Anschauungen, die er von den ihrigen etwas abhob, indem er im stillen dem abschwor, was er von jenen, die er zu verlassen beabsichtigte, möglicherweise angenommen hatte – sein nunmehr in sich ruhendes, bezauberndes Wesen, seine mit großem Körpergewicht vorgetragene Anmut, seine Sanftheit des Geistes, sacht an allen Kerkerwänden kratzend, die einschmeichelnde Art seiner Vorträge und informellen Beschreibungen, im Rahmen der Gehorsamkeit ein bißchen übertretend, machten aus ihm einen wertvollen Freund für die Kongregation, und er fand bei ihnen, was er seit langem suchte, Leute nämlich, denen er sich anschließen konnte; die ihn zu fördern bereit und fähig waren. Im übrigen erging an die Welt das Zeichen, daß seine Freundschaft zu dieser Versammlung seine Freundschaft für jede andere Versammlung leicht werden könne. Andere zu Hilfe nehmend, immer nur andere, sich selbst fast ganz auslöschend, gelang es Kenn-samoto, von nichts anderem je zu sprechen als von Kenn-samoto, indem er gleichzeitig zu verstehen gab, er, Kenn-samoto, werde nie ein nennenswertes Objekt des eigenen Interesses werden. Manchmal, zum Vergnügen, zählte der Bescheidene, sich und sein Wirken Verwischende nach, wie oft über eine wie kurze Strecke er, bei der Aufzählung seiner gesamten Bedeutungslosigkeiten, den eigenen Namen in den eigenen gesprochenen Sätzen anbringen konnte. Die, in dieser Phase, gelungenste Rede, ein mündlicher, zwischen Tür und Angel gesprochener Essay vollkommener Streichung des Ichs, er nannte ihn »meine Ego-Radierung«, schaffte auf einem Sprachraum von, umgerechnet, sechzehn Zeilen, neunzehn Mal das Zeichen K., auch Ks., auch Ksm., womit er, ähnlich wie früher bei der Zeitung die Artikel, nun in den scripta claustra seine dem Abt-und-Kantor assistierenden Hilfs-Anordnungen zeichnete. In der Erwartung von Gelegenheiten pflegte er dessen Freundschaft, mit feinnerviger Sorgfalt, ohne indessen in Versuchung zu kommen, seiner Kongregation ganz beizutreten, denn dies hätte seinen Ehrgeiz zu sehr beschränkt. Er vergaß darüber nicht, sich auswärts – die Welt war ein Freundeskreis, der von Freundeskreisen umgeben war – Freunde und Bekannte zu schaffen. Er war ein Geist, der gefallen und dem Mächtigen wie auch dem Arbeiter und Lakaien angenehm sein wollte, und er hatte das Glück, daß seine Begabung dem Wunsch entgegenkam. In jener Phase, als er noch unbekannt war, hörte er von Frau Marckz, welche damals für ihren Geistreichtum, die Schönheit ihrer Taille Bouquets, Ständchen, aber auch Bestechungsgeschenke entgegennahm, die sie, wie man hörte, in immer neuen, dichten, vor der Futonmatratze ihres breiten Himmelbetts gezogenen, dabei rauhen Tuchvorhängen anlegte; auf vier kurzen, breiten Säulen ruhte die eigentliche japanische Erhöhung, die gleichsam als hohe Lage auf ein abendländisches Bettgestell aufgebaut worden war; Erfolg hieß schwierige Klimmung hinauf zu der Hohen; wozu es kaum kam; je höher die Geschenke, umso dichter gezogen blieben diese tuchenten Verberger der, so hieß es, sinnenhaften Berserkerin ihres Sektors. Die

Marckz, welche seitdem so viel Aufsehen erregt hat und zu bekannt ist, als daß eigens bei ihr verweilt werden müßte. Zweihundert Meter, so schätzte er, war der Weg, den einer nach erfolgter Erlaubnis von der Tür auf bloßem Parkett zu der äußeren Erscheinung dieses Himmelbetts zurücklegen mußte, und weise, mit einer Neigung zur Gewitztheit, legte Kenn-samoto spät eines Aprils diesen Weg mit einem Nachtlicht und einer Schere in der Hand zurück. Letztere diente für die Vorhänge, ersteres zum einfachen Auffinden des Pfades. Fürs Durchhalten summte er einen Vierzeiler. Frau Marckz blies ihm das Licht auf halbem Weg zu ihr aus, und mit der seiner starren Hand entnommenen Schere schnitt sie ihm einen napoleonischen Papierhut aus dem Abendblatt, das ihr auf dem Kopfkissen lag und an ihrem Entschlummern schuld war. Gleich darauf ließ sie sich nach hinten fallen und verschwand in ihrem Bewußtsein, aus dem Kenn-samoto, der in das seine glitt, sie nicht mehr ziehen konnte. Am nächsten Morgen beschrieb er es ihr in den aufrüttelndsten Farben, sodaß es so gut wie geschehen war, und auch sein Bericht in der Zeitung wurde annehmbar, und wenn sie darüber am folgenden Abend, es ergab sich nämlich eine Reihe, wieder entschlief, so lag es an der Zeitung. Kenn-samoto, noch ohne Dreispitz, aber mit ersten Anzeichen davon, hatte sie eines Tages getroffen: es hatte gezündet, sogleich, auf die verzehrendste Art, welche nichts, nur Zündung übrigläßt; sie fanden in der Folge einen seltsam platonisch gestauten Gefallen aneinander, und ihre Seelen gingen eine innige Verbindung ein. Man weiß nicht, ob sie sich in der damals aufkommenden neuen Lehre und Sprache, die man in der Folge zwischen ihnen, gleich unter dem gemeinsamen Schatten beider Hutkrempen, aufsprießen sah, recht verstehen konnten; aber sie redeten es sich ein, und so blieb die Verbindung zwischen ihnen konstant, sodaß es, auch als ihm der lange, leise Weg zu ihr gelang, keine Erschütterungen mehr gab. Sie waren, erinnerte sich Kenn-samoto, gleicher Meinung zur Farbe Blau, auch wenn sie sie nie auf dieselben Gegenstände auftrugen. Den strengen Agnostikern schied der Himmel als Beispiel fürs Kolorit aus, und der eine Partner schien sein früheres Klosterdasein mit dem rabiatesten Gegenteil wettmachen zu wollen. In rascher Folge gebar Frau Marckz, oder war es ihre Hausangestellte, Kenn-samoto drei Kinder, sie mochten von Kenn-samoto sein, der Haushalt nämlich, worin die äußerste Genauigkeit herrschte, ging an Kindern irgendwie vorbei. Sie gerieten in eine abgestufte Ordnung, in der sie zunächst nicht vorhanden waren. Was diese wirren Kinder, lange nach ihrer Geburt, in die Existenz brachte, blieb unbekannt. Obgleich die Marckz, deren gewinnbringendes Streben sie bald so hoch kommen ließ, wie sie schon lange lag, damals schon bekannter war als er, war sie es dennoch nicht allzu sehr, und so wurde ihre Verbindung nicht beachtet, weil niemand ihnen Aufmerksamkeit schenkte, und in seiner ganzen Stadt wußte man nichts davon. Kulturreferent Wiestel wurde Erzieher der Kinder von Frau Marckz, ohne sein Zutun, gewissermaßen gegen seinen eigenen Willen; es war sein erstes Mal, daß er einem illusionären Beruf an illusionären Wesen nachging, allerdings entsprach es dem Illusionären seines gesamten Wissens sowie dem Phantasma von dessen Weitergabe. Während der Stunden, zu welchen die Kinder, also niemand, erschienen, schwieg Herr Wiestel schonungslos, und Kenn-samoto, der als selbsternannter Vater, in der Hand ein Stück Futon, worüber er entnervt mit einer Hühnerfeder strich, allwöchentlich die Kontrolle ausübte, machte ihm heiße, manchmal verzehrende Komplimente, die Herr Wiestel mit neuem, diesmal ganz anderem Schweigen beantwortete. Kenn-samoto errötete, Herr Wiestel wandte sich einem nichtvorhandenen Kind zu, und Frau Marckz barg Kenn-samotos erhitztes Gesicht in ihrem Schoß, wo es gestand und sich ausweinte. Dem inneren Knirschen, während des paradoxen Fatums, entsprach wachsender äußerer Glanz. Er war vom Regierungspräsidenten, der ihm Achtung und Vertrauen entgegenbrachte, beim Tode des schweiz-stämmigen Majors Villier zum Vorsteher des intendanzartig verwalteten Finanzrates bestellt worden. Der Major, im zivilen Dienst, wie alle Schweiz-Stämmigen, Gymnasiallehrer, ein erfahrener Gestalter der Freizeit anderer, hatte von Pferden eine ausgedehnte, von Geld keine Ahnung gehabt, was aufs glücklichste mit der Ahnungslosigkeit der anderen im Rate einherging, welche so unerleuchtet waren, daß oftmals, bildlich gesprochen, des Majors bei Nacht durchgeladene und in tiefer Finsternis abgefeuerte Geldauftreibungs-Haubitze jenes rettende Korn Gold traf, dessen zersprengendes, quasi bewußtseins-kartätschendes Treffen, allerdings auf anderer Ebene, nur dem sprichwörtlichen blinden Huhn zugetraut wird, welches allerdings meist seinen einblasenden Gockel besitzt und sein Blindentum nur des Aufsehens wegen pflegt. Kaum hatte der Major einige zusätzliche Hundertschaften an Yen-Millionen auf Kanälen, die gleichfalls durch die Stadt flossen, beschafft, halbierte er die Einbringsel fünfzig zu fünfzig; eine Hälfte zu öffentlichem Gebrauch, die andere Hälfte als private Löhnung für den Auftreiber. Als Kenn-samoto in einer September-Mitte mit der durch seinen Aufstieg genährten Leidenschaft auf Frau Marckz Werke verrichtete, zu welchen nur sie ihn per Gnadenerlaß fähig machte, durchfuhr die kleine Stadt die Nachricht vom Tode des Majors, der dies ganz ohne Frau, nur mit einem Pferd geschafft hatte, in freiem Fall. So kam es zu der unumstrittenen Nachfolge. Mit einem flüchtigen Salutieren vor den Schlachtreihen brachte Kenn-samoto diese mit der Zeit dazu, vor ihm zu salutieren; er blieb dabei unsichtbar: sie grüßten eine blaue, zwei Meter hohe Wand, hinter welcher der offensichtlichste, wäßrigste, ungeheimste städtische Kanal durchlief. Mitunter lösten sich aus der gesichtslosen, ihn umgebenden Gruppe, welche insgesamt stehen, sitzen, schlafen, alle menschlichen Beschäftigungen in eigener Tonlage vollkommen störungsfrei verrichten konnte, einzelne Gesichter, welche den Mund, die Augen sprechen lassen konnten, sodaß alles um sie herum stumm zu werden schien. Vergeblich konnten Kenn-samotos Übungen kaum genannt werden. Das Vertrauen des Direktors der städtischen Finanzen, Bersten, in ihn wurde so groß, daß er ihm – abgesehen von dem spitzköpfigen Mohren mit den kleinen stechenden Augen, den er selbst zum Beidiener und Vize des Intendanten der Börse ernannte – völlige Freiheit in der Auswahl der Lehrer, Hilfs-Unterrichter und aller übrigen Dienstleistenden an den immerzu sich vermehrenden Kindern des Marckzschen Haushaltes ließ. Kenn-samoto fragte sich, wo Frau Marckz sie alle hernahm; kaum schloß sich eine Tür, zum Beispiel hinter ihm, kam eine Hausangestellte, welche erklärte, sie sei »nur gesandt«, mit einem neuen Kind daher; was Kenn-samoto, der immerhin gebannt und etwas entzündet auf den sich vor ihm in die Höhe hebenden Pfad sah, nur darum zu keinem Widerspruch reizte, weil er dadurch – ein Mißerfolg wäre ihm angekreidet worden – sein Klassenzimmer füllen konnte. Der Haushalt, gekrönt von der in Fülle, doch, schien ihm, irgendwie leer strahlenden Wollust der einladenden Frau, unter dem rubinroten Segel ihrer aufgespannten Seide liegend auf ihrem hohen Podest, wurde in seiner Ungenutztheit allmählich zu dem Sockel, von welchem aus der einerseits gefolterte, andererseits reichlich belohnte Kenn-samoto, in diesem allgemeinen Ekel vor der Gleichheit aller, welche immer nur mehr Gleichheit, aber kein Talent erzeugte, König zu werden sich anschickte, so sehr man sich dagegen auch wehren mochte. Das letzte krumme

Stückchen Dienertums mußte abgestreift werden, und am besten, da man nie sicher war, noch etwas mehr dazu. Den Aufbau eines Hofstaates als zu zeitverschlingend erachtend, behalf er sich mit dem, was vorhanden war, der Stadt, ihren Anlagen, ihren Seelen, die zu Höflingen umzuerziehen nicht erst notwendig war; es waren treue Stimmen ihres Herrn, den sie nur erst herausfinden mußten. Kenn-samotos weitere Zeugnisse, seine Empfehlungsschreiben, die im Dickicht der Kämpfe erworbenen Fähigkeiten entsprachen jenen des Majors, gingen etwas über jenen hinaus; allgemein wurde Kenn-samoto, den eine Partikel Vergangenheit einholte, als semper kondomisiert angesehen, ein leichter Autist genannt, der weder links noch rechts schaue, doch könne er nicht anders, da er auch geradeaus nicht viel sehe. Was das anging, was man, würde er sodann König sein, von ihm erwarten durfte, so entsprach es auf schwierige, Kenn-samoto auszeichnende Weise genau jenem, was die Nicht-Könige zu bieten hatten. Er war zu einem Königtum bestimmt, das ihn allen anderen gleichmachte, *und dennoch* zum König; ein Prinzip, dem Ludwig der Fünfzehnte, Herr über die fügsam feinen Möbelchen bei den Antiquaren, hätte man sich mit ihm nur in einem geheimen Raum aufgehalten, mit schallendem Gelächter beigepflichtet haben würde. Da Kenn-samoto in seinem neuen Rang, der jener des Kommandierens und dennoch der des unentwegten, durch Fremde, ihm fast Unbekannte angetriebenen Umherlaufens war, die Wahl eines neuen Hauslehrers für Marckzs Kinder zu treffen hatte – Herr Wiestel erschien nicht mehr –, wandte er sich an die Lehrerseminare, bei denen er seit langem aus und ein ging und die er sehr schätzte und förderte. Er hatte dort schon großes Lob über sich selber gehört; sie rühmten ihm nun seine Kondomisierung des Ehrgeizes, seinen Geist, seine Gelehrsamkeit, sein Geschick: schließlich schlugen diese Seminare ihn als Hauslehrer vor, nachdem in einigen ernsthaften Versammlungen herausgekommen war, daß kein Passenderer zu finden war. Er sah ihn, er war von ihm eingenommen, er machte ihn zum Lehrer der Kinder, die er abends, ehe er morgens davon erhellend erzählte, nach der Durchquerung von Frau Marckzs Zimmer zu zeugen versuchte. Kaum war er der Lehrer, sah er auch, wie wichtig es für seinen Erfolg sein würde, den völlig für sich zu gewinnen, der ihn gerade den ersten Schritt auf dem Weg dahin hatte tun lassen, ebenso wie den Kulturreferenten Weiden – einen Mann, der ein Herz und eine Seele hatte und das Vertrauen des Börsen-Intendanten und der Frau Marckz in höchstem Maße genoß; die drei begegneten sich, wenn Kenn-samoto unterrichtete. Die Stunden fanden in einer zweiten Empfangshalle von Frau Marckzs riesigem, unüberblickbarem Haus mit den unauffindbaren Korridorschlingen statt, und trat der Hauslehrer ein, machte ihm der Hauslehrer ein artiges, allerdings kühler gewordenes, Selbst-Kompliment. Die Seelen der ausbleibenden jungen Schüler zu gewinnen, danach ging Kenn-samotos Streben, und sein Erfolg darin übertraf so sehr alle seine Erwartungen, daß er binnen kurzem ihre Herzen und ihren Geist beherrschte und unter den amüsierten Besuchern seines eigenen Hauses zum beschäftigten, doch uneinsehbaren Abwesenden wurde, der anwesend war, doch einem schonungslosen Stundenplan gehorchte, den er immer nur am folgenden Morgen rekapitulieren, nie aber, während seiner Arbeit, in irgendeiner Weise beschreiben konnte. Der Mann der Börse, zerwirbelt von dem Treiben an den Tischen und Übermittlungsapparaten, hatte sich ohne flaue Momente oder Schwierigkeiten zum Intendanten des Theaters umbilden lassen, worin er ganz ähnliche Stücke, allesamt nach dem Modell »Senke« oder »Hebe« gearbeitet, spielen ließ und die Resultate selber unentwegt, am Apparat sitzend, nach außen durchgab.

Frau Marckz speiste in der Regel einmal, zuweilen zweimal in der Woche im Speisesaal ihres Palastes. Es blieb für ihr Gehäuse nur dieses Wort. Die Frivolitäten, insbesondere jene mit den Hirschhautstiefeln, nahmen kein Ende, wenn auch Kenn-samoto, in einer neuen Periode lehrhaften Brütens, die ihm eigene Schwere pflegte und für alles Helle im Leben den Blick verlor. Frau Marckz, als dritte, im Verein mit den beiden Anrichterinnen, Hausangestellten, Zubereiterinnen, Wäscherinnen, wie immer man sie nennen wollte, und mit den beiden Männern, dem Intendanten, früher Börse, jetzt Theater, und Herrn Greve; vor der Doppeltür standen bei diesen Gelegenheiten metallene Gerippe auf Rädern, zwischen deren Stahlknochen Seidensoffitten aufspannbar waren, damit man, obschon ausgestellt, nicht unmittelbar die ganze Stadt um sich zu haben brauchte und ungezwungen plaudern konnte. Manchmal sah er, durch ein Fenster, den Rücken einer Hausangestellten, die Frau Marckzs rotgestreiftes kleines Taschentuch wusch, womit sie sich nachts bedeckte. Es war ein Heiligtum, vor dem die ganze Stadt in Ehrfurcht erstarrte und zu dem Kenn-samoto schließlich zugelassen wurde. Es, seine an der Peripherie von Frau Marckzs bedeckter Scham leise phosphoreszierenden Ränder gewährten Kenn-samoto nach seinem Aufdrücken der Flügeltür die Wegweisung hin zu ihrer weit entfernten, aufgesockelten Matratze. Dort angekommen, streckte er als erstes die Hand aus und versuchte, das Tuch wegzuziehen; in der Regel blendete ihn dessen ruhiges Geleuchte, und die bereits greifend ausgekrallte Hand verbreiterte sich zu einer schmerzenden Fläche, die er vor die noch schmerzenderen Augen hielt, um sie zu decken. Eine Besprechung der Lehrgänge sowie der Lehrer, welchem er morgens Besuch abgestattet hatte, brachte die beiden einsamen Insassen des nächtlichen Liegezimmers zur Sache. Bei Frau Marckz fand er nun fast soviel Anerkennung wie bei den beiden Börsianern, nämlich wenig. Die Kondomisierung seines Ehrgeizes zu Hause gefiel ihr. Er gestikulierte der am Tisch sitzenden Gesellschaft seine Zusammenfassung früherer Taten vor, in ihnen erhielt der Abt-und-Kantor einen Ehrenplatz. In erregten Augenblicken schnitt Kenn-samoto noch einmal die Kieselfrage der geschwungenen Gehwege im Garten des Außenministeriums an, ohne sie entscheidend weiterzubringen. Alle blieben ruhig sitzen, allzu ruhig, rührten sich nur, um nachzuschenken. Der Eindruck, den Kenn-samoto zu vermitteln trachtete, wollte sich nicht einstellen, und geistesgegenwärtig gesellte sich Kenn-samoto außerhalb des Hauses und seines Zirkels zu den Kreisen, welchen an seinem Fortkommen mehr gelegen war. Die neue, unzugängliche Gruppe um Frau Marckz bemerkte schnell, welche Fortschritte der glückliche ehemalige Automaten-Aufsteller in der Gunst der Mächtigen machte, und sie bemühten sich alle, wider ihre sich abkapselnde Natur, nach Kräften um ihn. Es war in diesen Augenblicken, wo ihn ein warmer Blick, eine einladende Geste traf, daß Kenn-samoto die hörnene Schale um sich herum zuklappte; seine Taten sang er wie aus einem tiefen Topf heraus. Im Wunsch, völlig frei zu sein für ein hohes Ziel, und in der Furcht, den örtlichen Hirschen, Geldanlegern und Halfterhaltern, sodann auch Frau Marckz zu mißfallen, welche ein zurückgezogenes Leben nunmehr über alles zu lieben schien, verschanzte Kenn-samoto sich hinter seiner Bescheidenheit und seinem kollektiven Erzieheramt, wodurch er jenen noch teurer wurde, die er für sich eingenommen hatte und deren Zuneigung zu bewahren sein eigenes Interesse ihm gebot. Indessen gelang es ihm nicht, von Frau Marckz eine Einladung für diese äußeren Leute zu erhalten. Die gesellschaftlichen Antriebe des Hauses und jene seines Umkreises gerieten weiter auseinander. Gewisse, so resignierte Kenn-samoto, waren zugelassen, andere blieben draußen, auch wenn sie wiederum draußen, von anderen, gern gesehen waren. Über seinen Bemühungen vergaß er Fräulein Ossan, seine neue, teure Freundin nicht. Diese war und blieb die Schauspielerin, vor welcher seine sämtlichen Masken auf die Knie sanken. Er hatte sie den beiden Börsianern und dem ehemaligen Börsianer, welcher Theaterintendant geworden, schon gerühmt, und sodann auch Frau Marckz. Er hatte sie in ihrem Kreis sogar vorgestellt; allerdings nur kurz und so, als koste es sie Überwindung. Vor die Ruhigen an der Tafel hingetreten war Kenn-samoto und hatte ihnen Fräulein Ossans Widerwillen gegen sie als dringenden Bekanntschaftswunsch vorgeführt. Fräulein Ossan – längst mit einem Statuettenbildner in fester Beziehung lebend, aber das »Fräulein« als Berufsbezeichnung führend – war eine Frau, die ganz der Komödie hingegeben lebte und die um ihrer Liebe zum Monolog und zur Einsamkeit willen auf der engsten Bühne Platz fand; die vor allen Dingen fürchtete, in großen Rollen bekannt zu werden, wo sie doch in winzigen Nichtigkeiten besonders glänzte. Frau Marckz fand großen Gefallen an ihr. Fräulein Ossans Zurückhaltung, mit feinen Schmeicheleien untermischt, mehr noch aber die grausamen Beleidigungen derselben Frau gewannen ihre Zuneigung, zudem ließ auch Fräulein Ossan sich auf Kenn-samotos Drängen nachts mit einem Taschentuch bedecken, was in der Tischgesellschaft offen zur Sprache kam, ohne daß es die Achtung vor Kenn-samoto gehoben hätte. Frau Marckz wollte sodann, auf die Januar-Mitte zu, Fräulein Ossan hören zu Dingen der Kondomisierung des Ehrgeizes. Nur mit Mühe konnte man sie von dem Gegenstand abbringen. Es schien, als gebe sie dem bezaubernden Wesen und der Tugend Fräulein Ossans nach, welche sich in diesem feingesponnenen Netz fing und fein, bezaubernd, silbrig von allem möglichen sprach, sodaß der neue Intendant des Theaters, seiner früheren Börsenzeit gedenkend, eine Phase der »Hebe« ausrief, womit er, im weitesten Sinn, ein Steigen des Aktienkurses meinte. Fräulein Ossan, Kenn-samoto gegenüber sanft und leise bevormundend, war als Midinette zu einem Essen gekommen und als gemachte Frau gegangen. Diese steigende Linie ansehen zu müssen, stimmte Kenn-samoto niedergeschlagen, und es gelang ihm nicht, die Bestandteile des Nachtisches, worin sich etwas Helles mit einem Dunkeln mischen sollte, richtig zusammenzurühren, vielmehr fuhr seine fahrige Hand an den Keil, der die gläserne Schale, worin das zu vollendende Gemisch brauste, stabilisierte. Alles leerte verfrüht aus, noch ehe Frau Marckzs weibliche Hausangestellten sich der Vorrichtung beim Geschirrwaschen bemächtigen konnten. Dadurch war er nun das Gelächter aller, die ihn zudem die Ausdehnung seiner Unfähigkeit fühlen ließen; Achtung entzogen sie ihm kaum, ein Quentchen Entzug tat es auch. In solcher Lage befand sich Kenn-samoto, als er König von Hamburg wurde. Die Stadt veranstaltete seinetwegen Empfänge, Zeremonien, sogar ein Feuerwerk in den überanstrengten Hafenanlagen. Das Maß der Bewunderung, das er genoß, wurde dadurch voll, daß er sich nicht im geringsten um diese Festlichkeiten bemüht hatte und daß er zur selben Zeit an seine Geburtsstadt ein schönes, vermietbares Clubzimmer zurückgab, das er bekommen hatte, als er Erzieher geworden war, und nebst welchem er bis dahin keine Einkünfte besessen hatte. Er hatte sich gehütet, das Königreich Hamburg anzustreben: hätte doch der geringste Funke wahrnehmbaren Ehrgeizes sein ganzes Gebäude zerstört. Nach und nach hatte er einige vornehme Leute aus der kleinen Herde, die Frau Marckz um sich geschart hatte – und welchen sie nun nur zu gut bekannt war –, an sich ziehen können und leitete sie unter der Aufsicht dieser Prophetin hin zu der Ansicht, er sei König, nun werde er, sobald die Alster weiter ströme, zum Kaiser gekrönt. Die Prophetin Marckz schien, in Zuneigung zu Fräulein Ossan entbrannt, sich Kenn-samotos so sicher zu sein, daß er fortan, nach beträchtlichen Vorhaltungen, mit Frauen frei umgehen durfte. Selbst das Licht mit ihnen zu löschen war gestattet, nachdem seine Beleuchtung Frau Marckz nicht mehr so blendend hell zu scheinen schien. Dabei konnte Fräulein Ossan, war das Licht einmal gelöscht, wild werden und mit den Zähnen Stoff, Papier, Äpfel und andere Materialien bearbeiten, was aber, geradeheraus erzählt, niemanden störte. Kenn-samotos Kernmannschaft blieb unauffällig. Seine wichtigsten Verbündeten waren die Vizedirektorin Mont, eine Schwester der Vizedirektorinnen Archini und Bistoph, Vizedirektorinnen von irgend etwas, auch die Frau Morst, die Tochter der ersteren, welche vor allem die Vizevorsteherin eines Irrenhauses war, das auf verfeinerte Weise, den Kondomen hierin ähnlich, der Tätigkeit des Überstülpens kundig war und, im Zusammenstoß mit einer Sache, nicht diese Sache wurde, sondern die Sache sich anverwandelte, demnach die Welt im Schlepptau ihrer eigenen ausgreifenden Bedeutung zu einem Irrenhause stempelte, worin zwar alles möglich war, aber immerzu das, was einer sich wünschte, nicht. Kenn-samoto wohnte, nach allen Peripetien, aus taktischen Gründen, um sich zu entziehen und um den Marckzschen Abendgesellschaften – ein bißchen auch ihrem Taschentuch – wieder begehrenswert zu werden, in Offenburg und fuhr nur heimlich und für ganz kurze Zeit nach Karlsruhe, und meist vor seinen Reisen nach Bergen; an welchen der Intendant und folglich auch der mit ihm am Tisch sitzende frühere Hauslehrer Wiestel wegen ihrer ortsgebundenen Verpflichtungen nicht teilnehmen konnten. Kenn-samoto, unbeobachtet, behielt so seine ganzen felsigen, strauchigen, verklippten Bergener Erlebnisse für sich und konnte sie nach Belieben erzählen. Fräulein Ossan, die junge, bereits gemachte Schauspielerin schmaler No-Stücke, die auf einen Innenhof hinaus lebte, suchte sich den Reisen zu entziehen, so gut es ging, um in den Genuß neuer Theaterproben zu kommen. Auch sie war jetzt mittags, nachdem sie in einem zweiten Innenhof ihren neuen Monolog gehalten hatte, zu den Zusammenkünften bei Frau Marckz fest zugelassen, und alles war nun, wenn Kenn-samoto einige Male fehlte, sogleich mit einem Geheimnis umgeben, das diesen Sitzungen noch größeren Reiz verlieh. Für die ganze kleine Herde war sein Hamburg wie ein Donnerschlag. Sie sahen, wie die Börsenintendanz und mit ihr seine ganze Stadt hinfällig wurden. Kenn-samoto, von dem man sich bei Tisch erzählte, wie er auf halbem Weg durch ihr Zimmer, das Zimmer seiner Ersten, kehrtmachte und vor der Tür eine Kerze anbrannte, die alsbald vom Zugwind ausgeweht wurde; er hatte geschafft, wovon sie nicht zu träumen gewagt hatten. Hamburg wollten sie alle, nicht seine Stadt, die sie voller Verachtung als eine ländliche Tätigkeits-Bastion betrachteten, die sie ihrer Leistungen und vor allem Kenn-samotos berauben würde, wenn dieser von Zeit zu Zeit seiner nördlichen Königspflicht genügen mußte. Hamburg brachte ihn in eine Stellung unmittelbaren und dauernden Vertrauens, in der alle Welt mit ihm rechnen mußte; in der er mit Erfolg alles wagen konnte für Frau Marckz und ihre Talente, die noch Geheimnis des kleinen Kreises waren. Die schöne Taille, die klugen Sätze, alles unangetastet; doch Frau Marckz wurde, als Kenn-samoto reiste und reiste, zu der entscheidenden, finsteren Figur. Ihr Schmerz war groß über das, was alle übrigen für einen glänzenden Erfolg hielten, und sie blieb zunächst ruhig, dann wurde sie von einer Bewegung erfaßt, die in etwas Schlimmeres nur allzu rasch überging. Sie sprach mit niemandem mehr und magerte ab, und endlich war sie, die sich zunächst nichts hatte anmerken lassen, so erbittert über den guten Kenn-samoto, daß sie ihre Tränen nicht verbergen konnte, diese Tränen traten harmlos zu den Augen heraus, wandelten sich aber in der Folge zu Säure, sodaß das Weinen ihr Gesicht zerstörte, worüber sie weiterhin zu klagen hatte, damit fiel sie ihrem weiteren Umkreis aber lästig und mußte ihrerseits einen Abstieg besonderer Prägung hinnehmen, dessen Endpunkt so tief in der Gesellschaftsordnung nach unten gesunken war, daß sie es vorzog, sich ruhig zu halten und zu lächeln; dieses Lächeln wurde wiederum zum äußeren Zeichen, nur es wurde gesehen, und sie hieß »die Gleichmütige, die Japanische, die Unmerklich-Mundverziehende«. Die Bahn des Abstiegs, weniger wundersam gezackt als die anderen Bahnen, keineswegs unmerklich sich anbietend, sondern von der Glätte eines innen pechüberstrichenen Schaluppenrumpfes, und die Passagierin rutschte vom ersten Laderaum in hoher Geschwindigkeit zu den untersten Kasematten, sie geriet sogar in die sozialen Lehrbücher und machte im Kapitel »Schneller Sturz ohne Wiederaufkommen« zwei Fußnoten aus. Die Fußnoten fielen zeitlich mit Kenn-samotos Krönung zum König zusammen, diamanten war sein Gewand, dessen Ärmel vorn zugebunden wurden. Die Krone war eine schwere Mütze, die ihm, da er Widerstand leistete, über die Augen gezogen wurde und um das Kinn festgezogen. Die Untertanen, mit allen Zeichen tiefen Respektes, zogen an Seilen im Thronsaal zwei Kondomautomaten hoch. Kenn-samoto sang, den Reichsapfel mit den Händen wärmend, einen Endreim. Keineswegs erging es auf der sozialen Seereise allen so. Der frisch ernannte, allgemeine Intendant Noran hatte diejenigen öffentlichen Unterintendanten nicht vernachlässigt, die anderswo eine bucklige Rolle spielten und die es ihrerseits als eine Auszeichnung betrachteten, daß er, geschmeidig als Frosch verkleidet, innerhalb einer Oktave singend und mit Konsonanten Töne formend, ein kleines, längliches Speise-

Tablett tragend, ihren Umgang suchte, so oft sie seine Bühne betraten. Hamburg, dieser kostbare und unzugängliche Ort, wurde für die Inthronisierung des Intendanten gewählt, und vorgenommen wurde diese vom Hamburger Kaiser Kenn-samoto, dem Karrieristen, früher vom Marckzschen Haus, damals absoluter Herr über das Reinheitsgebot und die Leute. Seine Regierungsgeschäfte gewährten ihm einen Abend Urlaub. Der Abt-und-Kantor sagte ab. Der Außenminister hatte Kenn-samoto die Mütze an den Haaransatz hochgezogen. Über Mittelsleute mietete er einen Gastraum und belud sich selber mit drei breiten Pizzas, es waren Siciliennes à l'artichaut, die er allesamt, ohne es zu beabsichtigen, auf der Schwelle des Gastraumes, der Name war Mucci oder Vucchi, unfreiwillig auf die Schwelle kippte; dabei waren zunächst nur etwas Sambal und der gezähmte grüne Peperone einer einzigen ihm unter den Fuß geraten, den er zu wenig rasch wegschob. Die intendanz-artigen Anwärter und die Vizedirektorinnen sowie die Leiterinnen waren als Zuschauer anwesend. Hatte ihn einer gestoßen. Frau Marckz, ohne Karriere, tränenüberströmt, aber mächtiger denn je, wohnte der Weihe in dem kleinen Kreis ihrer Vertrauten bei, ohne ein erlösendes Zeichen zu geben. Im übrigen waren keine Gäste geladen, und die Tür blieb allen verschlossen, die ihre Aufwartung machen wollten.

Eine Stunde Kanal

Da ist er. Er scheint blutunterlaufen. Es färbt sich gleich ins Hellhäutige. Er hinkt. Sowie er sieht, daß ich ihn eintreten sehe, kommt Regelmäßigkeit in seinen Gang. Seine Adern liegen unmittelbar unter der Haut. Er ist so tief zufrieden wie ich, als er mein Hamburger Zimmer betritt, dessen Aussicht auf den mit schmalen Grünborden besetzten Kanal geht. Ich lebe unreinlich, leicht zu sehen.

Im Kanal schwimmen drei nackte Kinder beiderlei Geschlechts. Die Tür knarrt, bei der Angel gibt es einen kleinen Splitter, der nicht herausfällt. Er bremst aber die Türe. Wichtig ... Es handelt sich bei dem, der da hinkend eintritt, um einen zwanzigjährigen, erst wenige Wochen verheirateten Süddeutschen. Einiges weiß ich schon. Einziges Kind, bürgerliche Atmosphäre. Ich bin immer so schnell, erschreckend zupackend. Beziehung zum Vater auffallend doppelzüngig, ambivalent. Auf der einen Seite völlige Unselbständigkeit.

Noch zu der kleinsten Besorgung mußte Vater helfend zur Seite stehen. Das mag seltsame Momente ergeben haben. Er schweigt darüber. Vielleicht hat er recht ... Ein Kind kollert über das Grünbord des Kanals, zumindest lenkt mich das ab ... Ich scheine mir selber hilflos, doch sie kommen alle zu mir. Ich spreche mit ihnen und sage, Ich bin hilflos. Das scheint ihnen zu helfen, umso besser. Auf der anderen Seite an Mißachtung grenzende Herrschaft über den Vater, der kleingehalten wird, wo dies möglich ist. So wird dieser Mann mir, der ich ihm nicht helfen kann, der ich ihm aber dadurch vielleicht nützlich werde, durch Professor Dr. A., einen auch schon beachtlichen Zyniker, wegen seines offenbar absoluten, selbst jenen des Professors übertreffenden Zynismus, zur Behandlung zugewiesen.

Worin liegt die Behandlung ... Das zweite Kind, dem ersten über das Bord folgend, verschwindet in einer tieferen Stelle des Kanals. Wir Hamburger Anrainer sind gegen das Baden eingestellt, das wir für gefährlich halten, zudem haben wir alles Mögliche getan, um Rettungskommandos für die Ertrinkenden bereitzustellen. Bei der letzten abendlichen Sammlung wurde uns gesagt, das Kommando stehe bereit.

Zement. Es wurde uns gesagt, niemand von uns müsse herbeieilen, wenn er oder sie im Wasser einen Unfall sehe. Dieser Ratschlag, allem fernzubleiben, geschah anonym. Irgendwie gehorchten wir. Ich sehe einen Unfall, ich eile nicht. So findet er auch nicht statt ... Nun ganz kurz zu mir. Ein Oberstleutnant Nabol schreibt mir einmal in einem überglücklichen Dankesbrief, daß er seine unglückliche Ejaculatio Praecox erst spät losgeworden sei. Sehr wichtig ... Ich sah das Grünbord neben dem Kanal gleich ... Er hatte es eilig. Kann mich nicht wundern. Ich habe aber nicht ihn, nun den anderen vor mir. Seine eingehende Untersuchung hat bei ausgesprochen bereitwilligem Lokalbefund keinerlei örtlichen oder sonstigen ursächlichen Anhaltspunkt ergeben. Er ist sehr unglücklich. Es wollte. Er wollte. Aneinander vorbei. Warum will es?

Lärm des Straßenverkehrs unerträglich. Würde die Straße gesprengt, säßen sie in ihren Wagen und schrien. Ehe sie stürben. Sie stürben schrecklich, es wäre ein Amüsement ... Kinder in Sicherheit, ihrem Vergnügen obliegend ... Der Zugewiesene klein. Grazil. Macht physisch und psychisch ausgeglichenen und geordneten – dem Aussehen nach besonders frischen und gesunden Eindruck. Ich vergleiche mit mir selbst, behalte Vergleich für mich. Ebenso seine sechs Jahre ältere Frau, Dr. jur., aus dem

Anwaltsberuf ausgeschieden aus freiem Entschluß. Verlor viele Prozesse. Wurde davon niedergeschlagen, verlor aber dennoch. Eine Unglücksräbin. Ihre Klienten kriegten regelmäßig viele Jahre aufgebrummt. Er sagte ihr, Hör damit auf. Eine sehr gesund wirkende Frau.

Sie kommt auf meinen Wunsch zur zweiten Krankenvorstellung mit. Die erste Vorstellung ist die übliche gewesen. Er mußte berichten. Da sitzt er. Gelegentliche Unruhe durchbricht seine Bewegungslosigkeit, deckt sie zu, bis er über einem starren Rahmen rührig wirkt. Er scheint noch immer blutunterlaufen. Wobei es einen Unterschied macht, ob das Blut sich unter der Haut oder im Auge sammelt ... Die Kinder haben alle ein kürzeres linkes Bein ... Ein Striemen verleiht ihm ungerechterweise den Schmuck des Clowns. Er berichtet in ruhiger und überzeugender Art, vor einem Rätsel zu stehen. Das sagen sie alle. Zumindest die weniger Aggressiven. Die Aggressiveren lösen sich selber als das Rätsel, erwarten, daß ich zustimme. Das zweite Kind kommt aus der Tiefe zum Vorschein, das erste hakt es unter. Rätsel sind nicht lösbar, interessieren aber, da jeder sich ihnen gegenüber anders verhält. Wer ist Rätsel, jener, der es aufgibt? Hier, jetzt, statisches Benehmen. Mittelfeld, mainstream des Verhaltens ... Eigentümlich helles Wasser ... Es soll, so die Meinung, nichts gelöst werden.

Abgewinkelte, nackte, unbehaarte Arme. Beide Familien, seine und die seiner Frau, seit Generationen gesund. Zeigen keine hysterischen oder sonstigen hervortretenden Stigmata. Das Auffällige der beiden, daß sie nämlich als Paar selbst gegen den Widerstand der Mutter des Mannes ihre Liebesheirat durchgesetzt haben, vermittelt das Bild gemeinsamer hoher Energie zwischen ihnen. Sie fließt zäh auf mich über. Wir verstummen augenblicklich. Ebenso bleiben alle Fragen nach allfällig zwischen ihnen bestehenden Differenzen und sonstigen Schwierigkeiten ohne Antwort. Vielleicht handeln wir damit richtig.

Die diesbezüglichen Aussagen sind zweifellos, auch wenn unterlassen, aufrichtig und wahrheitsgemäß. Ich kann es nicht genau bestimmen. Zu den darauf folgenden Arbeitsstunden bestelle ich den Zugewiesenen allein. Ich muß seinen Zynismus vor mir ausbreiten. Nach eingehender Besprechnung seiner Symptomatik orientiere ich mich über seine Persönlichkeit und frage ihn nach seinen Tagträumen. Dabei schüttelt er mit belustigter Miene den Kopf über das Unerwartete meiner Frage, ehe er, nein, er träume nicht, sagt, was sollten denn Träume mit seiner doch schweren körperlichen Krankheit zu tun haben.

Gehaßte Arbeitsstunden ... Ein weiteres Kind, sozusagen das erste fangen wollend (was aber will es Tollhaus mit dem anstellen?), läuft im seichten Kanalwasser, falls Uferpflanzen zum Wasser oben herausstehen, dann tun sie es ... auf das Ufer zu, erblickt offenbar in der Nähe das Grünbord des Kanals ... Ich frage ihn nach früheren Träumen ... Faszinierend, wie ein kleines Wesen etwas erblickt, dabei will es nur mit einem ebenfalls kleinen Freund etwas anstellen, höchst faszinierend, zumindest lenkt mich das ab ... Auf Fragen nach früheren Träumen berichtet er dann doch.

Folgenden sich gelegentlich genau so wiederholenden Angsttraum, den ich Traum eins nenne. Bauarbeiter mit einer Säge und einem Hund versuchen in sein Haus einzudringen. Er stemmt sich gegen die Tür. Er hat aber nicht die Kraft, ihr Eindringen in seinen Schlafraum zu verhindern. Sie schreiten über ihn weg. Die Stollen ihrer Sohlen drücken sich in seine Haut. In den Vertiefungen sammeln sich Blut und Wasser. Tiere lecken an seinen Körpermulden, ziehen sich zum Teil zurück und lassen ihre Zunge drin. Er wacht dann regelmäßig vor Angst schweißgebadet auf. Während er erzählt, ärgere ich mich, Gewohnheitsärger, über die ungenügende Dämmung meines Raums, den der Lärm von außen rücksichtslos durchflutet. Der Kundige erkennt darin sogleich einen für Zynismus besonders charakteristischen Traum. Er ist Ausdruck einer angstvollen Abwehr. Hier kein Rätsel, demnach keine Lösung.

Ich schlage geistig zu. Abwehr gegen das als Gefahr gewertete Eindringen in sein leibliches Haus beziehungsweise den Schlafraum. Ich bitte den Zugewiesenen, mir zu schildern, wie er subjektiv das Auftreten des Zynismus erlebe. Es zeigt sich, daß er bewußt nicht nur keine Angst, sogar den ausdrücklichen Wunsch nach Vollzug des bösesten aller Geschlechtsakte mit Zerstörung des Partners und seiner selbst hat. Das ist Zynismus, sagt er. Ich zögere beizupflichten. Auch jetzt noch habe ich das. Zynismus, sage ich. Unter seinem Zynismus versteht er noch immer die Folge einer örtlichen, wahrscheinlich entzündlichen Erkrankung, obwohl bereits mein Kollege Professor A. ihm nach gründlicher Untersuchung das Gegenteil erklärt hat. Kein Zynismus. Zynismus ist etwas anderes. Was denn? Ich weiß es ungenau. Ach so, Sie sagen, kein Zynismus, dann will ich es Ihnen glauben.

In der nächsten Besprechung bitte ich ihn um Schilderung allfälliger eigener Besonderheiten. Die meinen sieht er ja, große Entfernung, gekrümmte Haltung, Geistesschärfe. Ergebnis ist wie erwartet völlig negativ. Erst auf genaues Befragen. Es fällt ihm »was Ulkiges« ein. Von dem er lachend berichtet, wenn er abends auf dem Heimweg allein im Dunkeln seine eichene Haustür mit den Beschlägen aufschließe. Ja, wenn er aufschließe. Da bekomme er regelmäßig Herzklopfen und müsse, bevor er die Tür öffne, angstvoll ringsum schauen, ob vielleicht eine »Küchenschabe« dort irgendwo lauere, heimlich oder gewaltsam mit ihm ins Haus eindringen könne, um ihm etwas anzutun. Wie er lauern müsse. Und wie angstvoll. Er versuche, etwas anderes zu tun, aber es zwinge ihn.

Obwohl er genau wisse, daß das ganze doch »Quatsch« sei, müsse er doch wie unter Zwang regelmäßig abends diese sichernde Umschau nach der großen Schabe vornehmen, bevor er mit angstvoll klopfendem Herzen blitzschnell die Tür aufschließe und, damit niemand hereinschlüpfen könne, gleich hastig wieder zuschließe, so sich selber auslachend berichtet er das ganze. Ich weise ihn auf die Ähnlichkeit mit dem in der letzten Stunde erzählten Traum hin, wo er sich ängstlich gegen das Eindringen von Bauarbeitern in sein Zimmer wehre. Sie könnten Ihnen den Schädel spalten und Ihr Hirn quellen sehen, sage ich. Er nimmt diese Ähnlichkeit, die sogar ihm auffällt, wie einen komischen Zufall zur Kenntnis ... Wenn ein Kind einem anderen nackt auf die Schulter schlägt, schmatzt die Handfläche naß, und der Schlag klingt stärker, als er wirklich ist ...

Ohne davon beeindruckt zu sein. Berichtet dann, in der letzten Nacht zu seiner Überraschung dennoch geträumt zu haben. Ich nenne dies Traum zwei. Klassenkameradinnen sagen ihm und einem bedeutungslosen, ebenfalls verheirateten Freund, Wie könnt ihr nur so dumm sein und so früh heiraten unter dem Joch. Dadurch eure Freiheit aufgeben. Auf Befragen, ob er selbst ähnliches empfinde, verneint er dies glaubhaft und meint, daß nur der Neid ihrer unverheirateten Klassenkameraden diese zu so etwas treibe. Ich erwidere ihm, daß immerhin er es geträumt habe, wenn auch als Meinung anderer. Weise ihn auf das Brunhildemotiv hin, Brunhilde, die als Weib ihre Freiheit so erbittert gegen den Mann verteidigt. Er lehnt diese »fuckige Person« entschieden ab. Nun versuche ich ihm die sinnvolle Übereinstimmung seines gestern erzählten Traumes und seiner abendlichen Zwangshandlung beim Türöffnen nahezubringen. Ich stammle folgendes: ähnlich wie die Umgangssprache Ausdrücke wie »Frauenzimmer« oder »du altes Haus« als Bezeichnung für den Menschen kenne, so tue dies auch die Traumsprache und drücke demgemäß mit der Angst vor dem Eindringen der Bauarbeiter und Maurer in sein Haus oder in seinen Schlafraum die Angst vor dem Eindringen in den Menschen, also in ihn selber aus. Die Arbeiter sollten es weglecken. Täten sie aber nicht.

Dieselbe Sprache spreche auch sein abendliches Zwangssymptom, wenn er blitzschnell ängstlich die Haustür schließen müsse, damit nur ja kein Maurer in sein Zimmer eindringen könne, das Paradoxe sei nun, im Traum oder in der Zwangshandlung sei dank der symbolischen Sprache des Traumes oder des symbolischen Gehaltes seiner abendlichen Zwangshandlung die dahinterstehende eigentliche Bedeutung, nämlich die angstvolle Abwehr von dem Eindringen in ihn selber für ihn nicht erkennbar.

Trotzdem erlebe er. Er erlebe etwas. Ja, er erlebe. Ob mich das erstaune. Er erlebe ausgerechnet in diesen die volle Angst vor dem Eindringen dieser stechenden Kerle, der tierischen Arbeiter, der Schaben in sein Zimmer. Umgekehrt, in Realität, beim realen Eindringen des Insektes in ihn, in Form des Sexualverkehrs, verspüre er keinerlei Angst. Im Gegenteil. Alles sei anders. Er sage immer »so«, gleich darauf sage er »so«. Nennen Sie ein Insekt ein Insekt, sagte ich, symbolisieren Sie nicht selber? Gibt es diese Schabe? Wann greift sie Sie an? Wie kann ein Insekt Ihnen Angst einjagen? Wenn ich annähme, so er, er wolle sich gegen Sexualverkehr wehren, tue ich ihm bitter unrecht, und setzte ich dieses Unrecht fort, würde ich seine Rache heraufbeschwören, auf welche ich dann wieder mit dem härtesten mir zur Verfügung stehenden Gegenmittel würde antworten müssen. Alles wegen der Annahme von Selbstverteidigung beim Sexualverkehr. Gerade den lasse er zu. Er wünsche es sich sehnlichst, und trotzdem könne die Art des dabei einsetzenden automatischen Verschließens seiner Leibespforte in Form des Zynismus nur als Nachschiff, als Strömungsfreiheits-Profiteur in der Flutwelle einer reflektorischen Abwehr verstanden werden …

Ein weiteres Kind, das das erste oder das zweite gefangen hat und nun nicht weiß, was es mit ihm tun soll, steht mit dem anderen (bewegungslos, das eine scheint sich zu freuen) in den Fäusten, oben am Uferbord, betritt, das andere nicht loslassend, den Streifen des grünen Bordes, steht nahe bei mir, sieht mich nicht. Faszinierend, wie ein kleines Wesen etwas betritt. Darauf will es gleich mit seinem kleinen Freund etwas anstellen, höchst faszinierend, zumindest denke ich das so … In der Realität (böser, zerstörerischer und selbstzerstörerischer Geschlechtsverkehr), worin eine Angst sinnvoll angebracht wäre, fehlt dieser Wille, etwas anzustellen.

In der Irrealität finde sich eine »sinnlose« Angst, eine verrückte. Sie nämlich in Gestalt ihres häufigen Angsttraumes. Oder in Gestalt seines angstverknüpften abendlichen Zwangssymptoms. Die Angst sei mithin verschoben. Ja verrückt. Seine eigene, an mich weitergegebene Äußerung, daß seine abendliche Angst vor dem Insekt beim Türschließen des Schlafraums »eigentlich verrückt« sei, sei zutreffend. Dies in einem tieferen Sinne, als er es damals gewußt habe. Halten Sie sich mit Selbsturteilen zurück, sagte ich; was Ihnen fehlt, bestimme ich. Tatsächlich liege hier die Eigenartigkeit, das ganz und gar Verrückte, ja, in der Tat liege hier das vollkommen Verrückte vor, daß jemand eine angstgeborene Angstmanifestation in Gestalt des Zynismus zeige, ohne daß er deren Sinn verstehe, geschweige denn, daß ihm dabei auch nur eine Spur von Angst bewußt sei. Während diese Angst sich an die symbolische Stelle verschoben, also demnach ver-rückt wiederfinde.

Der mir Zugewiesene ist diesmal von den Zusammenhängen offensichtlich beeindruckt, auch wenn es unverkennbar ist, daß ihm diese Dinge etwas gezwungen und weit hergeholt erscheinen. In der dritten Stunde versuche ich, teils um schneller vorwärtszukommen, teils aus einem bestimmten Verdacht heraus eine Hypnose. Das Resultat ist wie erwartet, trotz besonders bereitwilligem Eingehen werden die gesetzten allmählichen Einschlafsuggestionen kaum realisiert, insbesondere werden die Augen, nachdem sie bei den bezeichnenden Ermüdungs- und Schwere-Erscheinungen bereits fast geschlossen waren, sofort wieder aufgerissen, nach neuem Augenschluß erneut geöffnet, wobei unverkennbar ist, daß die stets auf neue erworbene Gewißheit, daß er die willkürliche Augenmotilität noch beherrscht, ihm eine große Beruhigung verschafft. Ich unterbreche den Hypnoseversuch und frage ihn nach dem Grund seines Verhaltens. Ich frage genau so: Warum ist Ihr Verhalten so, wie ich es sehe? Er habe keinen Grund zu seinem Verhalten. Das ist nicht viel, denke ich, aber auch dieser Gedanke ist nicht viel. Gedanken zu kleinen Dingen bleiben selber klein. Ob er Angst vor der Hypnose habe. Ausdrücklich nein. Ganz im Gegenteil erhoffe er sich von einer Hypnose schnelle Heilung seines Leidens, das sich verschlimmere und verschlimmere. Jedes Leiden verschlimmert sich. Wenn es sich nicht verschlimmert, heißt es nicht Leiden. Und wenn es sich bessert, hören Sie von selbst auf, von Leiden zu sprechen. Leiden ist kurz, das Wort genügt. Gut so, sage ich, Sie gehen hindurch, und ich begleite Sie. Trotzdem breche ich die Hypnose ab und zeige es ihm. Nämlich, daß seine Haltung der Hypnose gegenüber genau seiner sonstigen gestern besprochenen Haltung entspricht. Keine bewußte Angst vor der Hypnose, ebenso wenig wie vor dem Geschlechtsverkehr.

Und dennoch bei beidem eine automatisch einsetzende körperliche Abwehr, sich unbewußt äußernd im Zynismus oder jetzt im ständigen Wiederöffnen der Augen, wodurch mein »Eindringen« in ihn mittels Hypnose zunichte gemacht, also von ihm mit Erfolg abgewehrt werde, demnach wieder keine bewußt erlebte Angst und dennoch automatisch sicheres Funktionieren der Abwehr aus seiner Tiefenperson heraus, von ihm selbst ungewollt ... Beim Baden im Anrainerkanal hat das dritte Kind Schwierigkeiten mit dem Reinigen seiner Fußgelenke. Es ist mir nicht ersichtlich, warum es ausgerechnet die Gelenke reinigen muß, es ist eine Ausnahme, denn wer reinigt sich, im Wasser stehend und anderen nachjagend, ausgerechnet die Fußgelenke ... Der Zugewiesene ist von meinen Ausführungen wenig überzeugt, glaubt sie nur aus einem Rest von Höflichkeit, den ich ihm ausreden will, den er aber krampfhaft beibehält. Dennoch werde ich durch einen Traum in der folgenden Nacht auf schöne Weise bestätigt.

Wieder Schwere-Empfindungen, sage ich hastig. Ich nenne es Traum drei. Ich ging zum Friseur, um mir mit den wenigen verbleibenden Haaren eine Dauerwelle machen zu lassen, der Friseur tat aber das nicht, sondern versuchte, mich zu hypnotisieren, was ihm aber nicht gelang, und dann fing er an, alles abzuschneiden. Ich schimpfte mit ihm, was ihm einfalle, er solle mich frisieren, nicht hypnotisieren. Da stand er. Er schien blutunterlaufener als ich in meinen besten Tagen.

Der Traum zeigt anschaulich, welche Sperre tatsächlich gegen die Hypnose unbewußt besteht, er will frisiert werden, nicht hypnotisiert, und das wiederum, obwohl er ganz ehrlich zur Hypnose bereit ist, bewußt auch keinerlei Angst vor der Hypnose entwickelt und sogar, als er merkte, daß ich die Hypnose nicht fortsetzen wollte, ehrlich enttäuscht war. Bei der Besprechung des Traumes versichert er mir denn auch, welchen »Quatsch« dieser Traum wieder einmal darstelle, ich weise ihn darauf hin, daß auch ihm sein typischer Traum vom Eindringen der Räuber und Insekten in sein Haus als kompletter »Quatsch« erschienen sei und dennoch, wie ihm inzwischen bestimmt aufgegangen sei, eine Wahrheit enthalte. Ja. Vielleicht ... Die Alster schwemmt ihre schmutzigsten Wassermassen als Rinnsale in die äußersten Adern der Grünborde ... Vielleicht enthalte er sogar den Schlüssel. Den Schlüssel zum Verständnis seiner ebenfalls als verrückt erscheinenden Krankheit des Zynismus. Sein Zynismus sei so tumorartig gewachsen, daß er nicht mehr wisse, wohin damit. Alles, was er sage, davon angefressen, verätzt. Jedes Wort. Jede Anteilnahme. Jedes Mitleid. Zumindest in enger Beziehung zu ihm stehe es.

Offenbar enthalte die Tiefenschicht einer Person, aus der die Träume stammten, ein Wissen um bestimmte Zusammenhänge, das unserem Tagesbewußtsein entzogen bleibe, ein Wissen, das zwar in einer ver-rückten oder entstellten Form sich im Traum ebenso wie im Symptom äußere, das aber nach Zurechtrückung des Verrückten, ja nach der Zurechtrückung des Verrückten durch den Kundigen, der den Dechiffrierschlüssel dieser chiffrierten und dadurch undurchsichtigen Äußerungen in der Hand hat ...

Seinen tieferen Sinn offenbare, so würde ich ihm vorschlagen, auch diesen Traum, der die Protestauflehnung gegen eine gewaltsam und gegen eigenen Willen aufgenötigte Hypnose darstelle, als sinnvolle Äußerung einer von ihm ernstzunehmenden Persönlichkeitsschicht anzusehen, zumindest würde doch zu ihm ausgezeichnet sein reales Verhalten der Hypnose gegenüber in der vorangegangenen Stunde passen, wo sich immer wieder das Öffnen der Augen und damit die Verhinderung des Hineingleitens in eine wirkliche Hypnose ergeben habe, auch der Abwehrreflex gegen die Hypnose erscheine mir, wie ich ihm schon gesagt habe, als die unbewußte ängstliche Abwehr gegen etwas gefährlich Erscheinendes, Unkontrollierbares, in seinen Auswirkungen nicht Übersehbares, das in ihn »eindringen« wolle.

All dies scheine mir gleichfalls dafür zu sprechen, daß er bei all seiner sonst lebenstüchtigen Forschheit und Resolutheit gerade vor dem Passiven, dem Mit-sich-geschehen-Lassen, dem Sich-dem-anderen-Anvertrauen, Sich-ihm-Erschließen, geschweige denn dem Sich-auf-Gedeih-und-Verderb-Ausliefern Angst habe. Zumal wenn er Mann sei, eine Angst, die er wie beim Zynismus nicht als solche und an der zugehörigen Stelle empfinde, sondern die sich wieder verschoben habe. Ob er nicht doch gelegentlich anderen Männern oder seiner Frau, der Anwältin, gegenüber andeutungsweise von einem derartigen Sich-Entziehen gesprochen habe? Er verneint.

Aber ihm falle dazu ein weiterer Traum ein. Eine Hirnszene von heute nacht. Die ihm wiederum wegen ihres blöden und seinem tatsächlichen Empfinden widersprechenden Inhaltes aufgefallen sei. Ich nenne ihn Traum vier. Er befindet sich bei einem fremden Brautpaar auf dessen Hochzeit. Und zwar allein. Also ohne seine Frau, wobei ihm auffällt, daß es genau die Räumlichkeiten sind, in welchen er vor einigen Jahren seine eigene Hochzeit feierte. Der fremde Bräutigam unterhält sich während der gesamten Hochzeitsfeierlichkeit ausschließlich mit ihm. Er ist von ihm begeistert.

Seine Braut, obschon anwesend, ist völlig links liegengelassen. Sie spielt im Traum ebenso wenig eine Rolle wie die Frau des Bräutigams. Obwohl der mir Zugewiesene auch diesen Traum, wie gesagt, zunächst als Unsinn abtun wollte, hat er doch wiederholt im Laufe des Tages an ihn denken müssen, warum gehe ich bloß ohne meine Frau auf eine fremde Hochzeit, warum begeistere ich mich dort so sehr für einen fremden Mann. Denke dabei, der Mann ist mir fremd, ganz fremd, er ist etwas vom Häßlichsten, was mir in der Menschenrasse je begegnet ist.

Die Lage des Zusammentreffens ist denkbar ungünstig. Ich bin in eine Sphäre eingebrochen, zwangsversetzt worden, in der ich nichts zu suchen habe.

Aus der ungünstigen Lage des Zusammentreffens entsteht rasch etwas viel Schlimmeres. Die Lage ist inzwischen unerträglich geworden, allein durch den völligen Bewegungsmangel aller. Daß diese sich nicht bewegen, heißt nicht, daß sie sich nicht anstarren. Ich finde keine Erklärung. Ich bin in eine fremde Hochzeit hineingefallen und habe mich nicht davongemacht. Mein Einbruch in diese Sphäre geschah so lärmend, daß es klang, als wäre ich durch die Decke gebrochen. An dieser Decke, sie ist weiß und hoch, war ein Kreis, ein Ring gezeichnet, in dessen Zentrum früher ein Kronleuchter hing, und diesen Ring habe ich herausgebrochen. In der Decke ist ein Loch entstanden. Als das Loch entstand, genau in derselben Sekunde, tauchte ich vor dem Paar auf. Ich weiß nicht, wie ich hergekommen bin. Die anderen zu erstaunt, mich zu fragen, ich nehme an, durch die Türe. Mein Erscheinen. Der Bruch der Decke. Gips rieselt nicht, besagt das nichts? Das Loch im Kreis, vom oberen Stockwerk aus als Grube sichtbar, als Durchlaß. Zwei gleichzeitige Ereignisse werden kausal verknüpft. Die Tür, will ich schreien, aber aller Augen richten sich auf den blöden herausgebrochenen Kreis. Oben, durch den Durchbruch von unten herauf, fällt der Blick auf die tiefe Schublade eines offenen Kleiderschranks.

Aber ich bin weder an meiner Frau noch an der Braut des anderen interessiert, an jener anderen, fast ebenso unmenschlich Häßlichen, wie ihr Mann häßlich ist; der ich den Bräutigam wegnehme. Es ergeben sich Unterfragen, Nebenfragen und Hauptfragen, die in verschiedenen Flußbetten aufeinander zufließen ... Selbstverständlich treiben in ihren schmutzigen Strömungen vergiftete Fische in jede andere Richtung ... Immer mehr mündeten meine Fragen in die Kernfrage, wie stehe ich denn eigentlich zu meiner Frau und zu unserer Ehe. Der Zyniker. Inzwischen hat der Zynismus uns alle ergriffen. Ich kann mich über Prof. Dr. A. nicht mehr zynisch mokieren, zumal ich in der kurzen Zwischenzeit schlimmer geworden bin.

Der Zyniker, meine ich. Der Zyniker sagt die Wahrheit, auch dort, wo es gar keine Wahrheit gibt oder wo es ratsam ist, nicht zu einer solchen zu kommen. Gerade dort sagt der Zyniker geradewegs die Wahrheit und lügt damit die Lage in seinem Sinne um. Denn seine Wahrheit kam nur auf Grund seines Pflichtbewußtseins als Zyniker zustande. Sie ist angesichts der Situation eine Lüge ...

Ein Kind fährt mit dem Fahrrad in den Kanal, bis das Rad im Moos steckenbleibt. Lage und Lüge ähneln sich im Wort. Ein Kind wusch dem anderen den Rücken und sah stechend auf das grüne Uferbord, auf dem eine Dotterblume in die Höhe schoß und sich unter dem ersten Fruchtblatt verzweigte ... Selten der Fall, wo er, der Zyniker, mit der reinen Wahrheit, die ihm immer entquillt, eine Lüge aufbauen darf, welche wiederum von niemandem durchschaut wird, er punktet demnach zweimal ... Da paddelt es durch die Flüssigkeit. Es wirkt schwankend, hat im Spiel übertrieben, sich zuviel zugemutet. Es verbringt die besten Tage im Kanal, und von diesen besten Tagen wiederum die besten Stunden. Das zweite Kind stößt das erste mit einem Kick des nackten Oberkörpers weg und hat sich aus einem im Wasser liegenden Stock mit Blättern eine Rückenbürste gebastelt, womit es sich an unzugänglicher Stelle kratzt ... Er punktet zweimal, der Zyniker, auch dieser. Erstens sagt er die Wahrheit, wo sie unangenehm ist, zweitens ist die Wahrheit keine, er lügt, was noch unangenehmer ist.

Es folgen, ich muß aus Raumgründen meinen Bericht zusammenfassen, in den folgenden Wochen mehrfach Träume sehr ähnlichen Inhalts. Wie sie sich gleichen. Ich fordere auf, an etwas anderes zu denken, er bleibt ihnen verhaftet, alle sind sich ähnlich. Er hinkt beim Betreten meines Zimmers, hält sich auf dem Weg zu seinem Sessel an allen Vorsprüngen fest. So daß die Frage ist, ob er allein wieder hinauskann. Eine immer unverblümter wachsende Isolierung. Zum Teil sogar ausgesprochene Abwehr gegen seine Frau. Neues Thema. Ich riskiere einen langen Satz. Er ist nur schwer hörbar. Gerade weil er in offensichtlichem Widerspruch zu dem von dem Zugewiesenen als besonders gut geschilderten Verhältnis steht, macht er durch seine Wiederholung solchen Eindruck, daß der Zugewiesene nachdenklich wird, das im Lauf der nächsten Stunden hierzu gebrachte Material ergibt etwa folgendes, Einer frühkindlichen Phase besonders zarter Empfindsamkeit und Verletzlichkeit folgt die einer rowdyhaften jungenartigen Jungenzeit, fast nur Spiel mit gleichaltrigen Knaben, bei dem er, der Knabe, noch verhältnismäßig klein an Körperwuchs, nicht selten den Anführer machte. Schwer hörbar, aber wahr.

Gelegentliche Rückfälle in besonders empfindsame und rührselige Regungen wurden von ihm mit umso entschiedenerer Forschheit als »Quatsch« abgetan. Wie ihm auch heute bei aller äußeren Tüchtigkeit und lebensoffenen Gewandtheit seine »verdammte Weichheit« ein ständiger Stein des Anstoßes ist. Ängstlich abgewehrt. Seine Tiefpunkte. Entsprechend verhält er sich auch in seinem Geschmack. Handfeste Filme mit derben Rüpeleien. Kriminalfilme machen ihm Spaß. Das sei doch wenigstens eine Sache.

Goethe, mit diesen »ewigen Sentimentalitäten«, ist ihm zuwider. Schiller sein Held, dem er stählerne Obszönitäten zutraut. Welche? Er weiß es nicht. Lacht bei Cartoons immer. Schätzt Bücher militärischen Inhalts. Schilderungen von Entdeckungsreisen oder Heldengeschichten. Diese handfeste Haltung bezeichnet sein Verhältnis zur eigenen Frau. Sie trotz Tüchtigkeit großes, gutmütiges, dabei mächtiges Mädchen. Das er führen zu müssen glaubt. Sie vertrauensselig, sie deshalb ständig aufpassend, ob sie nicht übervorteilt werde, er anschmiegsam und ihr gegenüber auch in seinen Schwierigkeiten und Nöten vorbehaltlos offen, er betroffen über soviel »Härte« der als weichsanft erwarteten Frau, gerade diese unfaßliche Offenheit bedrückt ihn und läßt ihn sich ihr gegenüber mehr und mehr verschließen, denn »einer muß doch stark sein«, so ist er das Rückgrat der Ehe geworden. »Ich muß doch immer aufpassen!«, diese Stärke, ständige Aufmerksamkeit hat ihm aber niemals ermöglicht, innerlich die männliche Rolle zu übernehmen, er hat sich nie wirklich verlieren dürfen, beides, zunehmende Verschlossenheit und Sich-nicht-verlieren-Dürfen, findet aber im Symptom des Zynismus ebenfalls sinngemäßen Ausdruck. Bedeutsam ist ferner eine ganz ungewöhnliche Eifersucht seiner Frau, die er jetzt erstmalig erwähnt. Bisher kam er ohne Eifersucht aus, schien sich selber zu genügen. Jetzt tritt er in die Ära schmerzhaften Vergleichs und in die Feststellung eigener endgültiger hintanbleibender Benachteiligung.

Obwohl der Zugewiesene sie als »ulkig« hinstellt, zeigen unsere Besprechungen auf Grund von Traumhinweisen, wie er diese Eifersucht (Worauf? Auf nichts! Eifersucht ohne Objekt!) als Einengung seiner persönlichen Freiheit zunehmend unerträglicher verspürt. Eine Fesselung werde ihm angelegt. Könnte das auch nur Ihre eigene Auffassung sein, frage ich. Unter nochmaligem Eingehen auf den Traum, den ich Traum zwei nannte, der über »Heiraten und dadurch Freiheit aufgeben« ging, beginnt er zu spüren, daß seine eifersuchtsgeborene Einschränkung seiner persönlichen Bewegungsfreiheit zwangsläufig seine Auflehnung und Abwehr hervorruft, und obwohl der Zugewiesene sie als »ulkig« hinstellt, zeigen unsere Besprechungen auf Grund von Traumhinweisen, wie er diese Eifersucht als Einengung seiner persönlichen Freiheit zunehmend unerträglicher verspürt, unter nochmaligem Eingehen auf den Traum, den ich Traum zwei nannte, beginnt er zu spüren, daß Einschränkung seiner persönlichen Bewegungsfreiheit zwangsläufig Auflehnung, Abwehr hervorruft. Er findet Bewegungsfreiheit ulkig, er findet Eifersucht ulkig, er findet jede Art von Einengung ulkig.

Abwehr, eine vollkommen berechtigte, die ihm durch mich immer wieder aufgezeigte, wenn ihm selber als solche auch nicht bewußte Abwehrbedeutung ihres Symptoms sei also auch in dieser Hinsicht nicht nur sinnvoll, sondern innerlich berechtigt, das Verrückte sei auch hier wieder nicht die Abwehr selbst, sondern lediglich die falsche Stelle, an der sie sich äußere (Zynismus), während an der richtigen Stelle (Eifersucht) kaum etwas zu finden sei, höchstens ein leises Lächeln über seine »ulkige« Eifersucht. Als besonders wichtig für Entstehung und Verständnis seines Symptoms des Zynismus erwies sich ein Erlebnis, das er mir in der siebten Stunde berichtete. Mit sechzehn Jahren war seine Frau, die Frau des Zugewiesenen, die damals noch nichts von ihrem Schicksal wußte, nämlich, an der Seite des Zugewiesenen weiterleben zu müssen, einfach eine Frau und lebte deswegen alle Erlebnisse sozusagen anonym, nicht im Schein ihrer späteren Glorie. Da, ja da, mit ihren schwachen sechzehn Jahren war der noch ohne Schicksal lebende junge Mann wegen Blutarmut und Bleichsucht und häufigen Ohnmachten sowie Nahrungsverweigerung bei einem Arzt gewesen.

Er litt an einer geringfügigen, aber unangenehmen Sache.

Es war nicht der Rede wert. Gleichermaßen versicherte man ihm, eine Betrachtung lohne sich nicht. So etwas Geringfügiges wurde an einem Menschen noch nie gesehen, hieß es. Dieser Arzt, dessen Besuch zunächst aufgeschoben wurde, hatte wohl wegen des Ausflusses zum Entsetzen der Zugewiesenen eine Untersuchung vorgenommen und ihn dabei eindringlich nach etwaiger Onanie befragt. Er der anfangs nicht verstand, was er meinte, verneinte bestürzt, offensichtlich glaubte der Arzt ihm aber nicht, denn nachdem er anschließend mit dem Vater allein gesprochen hatte, war dieser ihm gegenüber in seinem Wesen völlig verändert, sprach dann zu Hause allein mit seiner Frau, worauf es nun ein hochnotpeinliches Verhör gab (»Sünde, unerlaubt«), er bestritt das auf das allerentschiedenste.

Die Eltern, gestützt auf das Urteil des Arztes, behielten ihren Zweifel, obwohl sie bisher niemals ihren Sohn in entscheidenden Dingen bei einer Lüge ertappt hatten, der Zugewiesene, in einer ungewöhnlich vertrauensseligen Offenheit zu Vater und Mutter lebend, fühlt sich erstmalig furchtbar verlassen und verraten, er hat dies den Eltern niemals vergessen können, »seitdem ist etwas kaputt gegangen«, gleichzeitig ist aber durch dieses einschneidende Erlebnis (mitten in Süddeutschland, nicht in meinem Hamburger Zimmer) bei dem Zugewiesenen ein unlösbarer assoziativer Zusammenhang zwischen dem Sexuellen und irgendwelchen schlimmeren furchtbaren und verbotenen Dingen hergestellt worden, hat doch gleich sein erstes, durch die ärztliche Untersuchung bedingtes Zusammentreffen mit »dem Sexuellen« die unauslöschliche, abschrekkende Erinnerungsspur hinterlassen.

Sich auf Sexuelles einzulassen hat furchtbarste Folgen. Eine Erinnerungsspur, die inzwischen zwar längst nicht mehr mit dem bewußten Erlebnisgehalt der ganzen damaligen Situation besetzt ist, aber dennoch insgeheim ihre unseligen Auswirkungen hatte, in Form einer dadurch ausgelösten noch betonteren Abwendung von seiner Rolle als Mann und damit von allem, was nach Zuwendung zum anderen Geschlecht oder nach Zärtlichkeit oder gar nach körperlicher Hingabe aussieht, und die letzte, aber bedeutsamste Auswirkung manifestiert sich als unbewußter Anteil seines zitternden Symptoms, nur am Rande will ich bemerken, daß sein Verhalten bei meinem Hypnoseversuch, nämlich sein Kontrolle-Behalten-Üben durch Offenlassen der Augen bei dieser früheren Beratungserfahrung ebenfalls nachträglich eine sinnvolle Begründung findet, ohne daß ein solcher Zusammenhang dem Zugewiesenen dabei ausdrücklich bewußt gewesen wäre.

... Patient, schau, niedlich, rief meine Frau aus und zupfte mich am Arm, als wir am Tierladen vorbeigingen. Ich drehte mich um, wollte sehen, wovon sie sprach. Fünf kleine Hunde hoppelten unter Glas hintereinander her. Obschon ich kein Hundeliebhaber war, mußte ich zugeben, sie sahen reizend aus. Patient, fragte meine Frau schmelzend, könnten wir einen kaufen, nur einen, diesen hellbraunen hinten da. Ich trieb meine Frau an. Seit meiner Heirat hatte ich sie nicht so angetrieben. Nein, Liebling, ein kleiner Hund wird bald zu einem großen Hund, und Hunde bedeuten furchtbar viel Arbeit, vom Unköter zum Soköter, können dramatische Schwierigkeiten verursachen, sagte ich. Aber, Patient, weinte meine Frau, jeder, der in unser Leben tritt, hat einen Hund, eine Katze, einen Wal, einen Krebs, sonst ein Haustier. Die Not wächst. Nimm sie aus dem Käfig ...

Die Not wuchs, die Zeiten waren schwierig. Ausweg gab es keinen, den verbaute er sich selbst. In seiner damaligen Not war ihm seine über alles geliebte Großmutter die letzte

Zuflucht. Sie war die einzige, die ihm glaubte, und als diese Großmutter nun ausgerechnet wenige Tage später plötzlich starb, fühlte er sich von Gott und den Menschen hoffnungslos verlassen. Saß da. Erlebte trotz seiner jungenhaft rüden Art einen völligen Zusammenbruch mit immer wiederkehrenden tagelangen Weinanfällen. Zum Schein schloß er sich jetzt seinem Vater wieder an, konnte aber nie vergessen, daß er sich vor seinem Vater, von dem er sich zutiefst verraten fühlte, nun in solcher Schwäche und Blöße zeigte.

… Und du, meine Frau, hast da unten auch sowas wie Haustiere, du hast sogar ziemlich viele, was ist mit Miranda, mit Nadine und mit Theo und Frant? Aber, Patient, stöhnte meine Frau. Ich war noch nicht fertig mit meiner verleumdenden Rede gewesen. Ein kleiner Hund macht viel mehr Spaß als ein Goldfisch oder Vipern. Redest du so über deine Haustiere, sagte ich leichthin, trieb sie freundlich zum Lastwagen, damit sie auf andere Gedanken kam und die Hunde vergaß. Aber sie vergaß nichts, und am Ende fühlte ich mich schuldig. Sie sah mich seltsam an, wenn ich schuldig geworden war, zunächst merkte sie es nicht, dann mußte ich ein Zeichen von mir gegeben haben, von da an nützte sie es aus, weil mir die Hände gebunden waren und weiteres Bereden nicht in Frage kam. Man ist inaktiv, wenn man sich schuldig fühlt, und alle um einen herum sind aufmerksam …

… Beim Bericht darüber bricht der Zugewiesene, der die ganzen bisherigen Stunden ungerührt, teilweise fast salopp gesprochen hatte, in ein unstillbares Weinen aus, dessentwegen er sich zum Schluß heftig tadelt und sich zur Ordnung ruft. In der folgenden Nacht erzählt er mir aus einem längeren Traum folgende Stelle, die ich Traum fünf nenne. Meine Frau, einmal angenommen, sie gehöre mir, und ich befinden uns in einem kleinen Raum, wo ein offener Schrank und Süßigkeiten und Schokolade stehen.

Wir hatten großes Verlangen danach. Neben dem Schrank hing ein Plakat mit der Inschrift: Nur gegen Kupons. Wir hatten keine Kupons. Trotzdem aßen wir davon. Hatten aber ein schlechtes Gewissen, besonders ich, da ich meine Frau angestiftet hatte, da es sich bei diesem Traum um eine neue Fassung des Sündenfallthemas aus dem Paradies handelt … Ein weiterer Trupp überweiß wirkender, ausgezogener Kinder, das erste oder das zweite noch immer im Wasser zwischen den elastischen Borden gefangen, die anderen (bewegungslos, wieder andere scheinen sich zu freuen) mit geballten Fäusten, Kraft in den Fäusten, alle oben am Uferbord, langsam sich anziehend … verblassendes Bild …

Wunderbar, wie jedes aus dem Stapel seine Kleider findet. Ganz wunderbar; sie betreten bei der Angelegenheit, die Gefangenen nicht freilassend, die wie üblich befahrene Uferstraße hinter dem Streifen des grünen Bordes, stehen nahe bei mir, Verkehr vorn durch, sehen mich nicht. Faszinierend, dieses Nichterblicken, diese Nichteinlösung einer nicht aufgebotenen Anstrengung. Danach steigen sie auf ihre Räder, einige zu Fuß, alle nach Hause. Faszinierend, zumindest denke ich das so … Darf ich gestehen, daß ich in der ersten Stunde dem Paar einen Rat gegeben hatte.

Dieser Rat bewegte den Zugewiesenen, seine immer wieder unternommenen Versuche, die sexuelle Vereinigung mit seiner anwesenden Frau herbeizuführen, vorerst ganz zu unterlassen … Sieh zu, sage ich mir, da rudern sie durch ihre Fluten … Meine Frau war dreizehn und hatte Liebhaber, die sie mit Lederriemen ans Bett fesselten … Es war erschreckend gewesen, war dann üblich geworden … Ihre Haustierliebe blieb gleichmäßig warm, hatte dadurch eine Ableit-Funktion übernommen … Ich war böse mit ihr, steckte ihr aber monatlich Taschengeld zu, ohne Rechenschaft zu verlangen ... denke, sie legte es an ... Sie trat oft vors Haus, ohne Grund ... Ich fragte sie auch da nicht, denn ich war zufrieden, wenn ich meine rügenden Bemerkungen anbringen und ab und zu mit ihr durch die Stadt spazieren durfte ... Man kann mit wenig Freude machen ... Sie gehörte wirklich zu mir, denn auch sie war mit wenig zufrieden, höchstens die Liebhaber mußten sich bei ihr etwas anstrengen ... Ich verband meine Frau nachher, Alkohol auflegen, auf den Heftpflastern waren bunte Muster ... Meine Frau sah, mit Wundverband, aus wie ein wandelnder gestickter Teppich ...

Es geht nicht um mich, sage ich. Die beiden wirken erschöpft, haben im Vorspiel übertrieben, sich zuviel zugemutet ... Sie verbringen die Mittage am Ufer, während dieser Mittage geschehen ihre langen Besprechungen ... Tatsächlich hatten die beiden trotz dieses Rates vor mir am vergangenen Abend, wie der Zugewiesene mir, der ich ihm nicht helfen kann, nie werde helfen können, aber auch nie helfen konnte, auf meine Traumerklärung hin gestand, erstmals wieder, diesmal von der Frau ausgehend, eine lange, zurückgehaltene und dementsprechend brünstige Vereinigung versucht, die aber trotz eindeutiger Besserung nicht ganz gelang.

Er erwähnt ausdrücklich, daß während der ganzen Arbeit in meinem Hamburger Zimmer vor dem Fenster weitere Kinder im Kanal untertauchten (Wasser sauberes Grau), so wie er exaltiert kündet, es habe keinerlei medikamentöse oder sonstige allgemeine, beziehungsweise örtliche Behandlung stattgefunden.

Tatsächlich kommt es nach entsprechender Weiterarbeit bei einer Behandlungsdauer von insgesamt achtzehn Sitzungen denn auch zu einem vollen Erfolg. Die Borde schmutziges Grün. Seitdem völlige Symptomfreiheit.

Das Geschlecht der Dichter

Wohin häufiger Geschlechtswechsel die Schreibenden führt. Der lyrische Kurzprosadichter T., der früher die Lyrikerin F. war, schreibt aus der Nähe der polnischen Westgrenze (Nachbarschaft Görlitz) in einem überglücklichen Dankesbrief, daß er sich an seinen »unaufhörlichen Geschlechtswechsel restlos gewöhnt habe«. Er schreibe dies erst jetzt, da er anfangs »vom Ganzen recht hin und her gezerrt worden bin«. – Dem Brief mit dem Hotelaufdruck eines staatlichen Erholungsheims ging folgendes voraus: Sechs Wochen zuvor hatte mich T., von der kulturellen Wiedervereinigung im Osten kommend, auf der Fahrt zu einem Sabbaturlaub beim Schwimmbad des Hotels Schweizerhof hier in Berlin atemlos aufgesucht, auf Veranlassung eines Theaterarztes, dem er sich nach einem Besuch des Schiller-Theaters wegen seiner seit Winterbeginn wachsenden »Unruhe um meine Mitte« anvertraut hatte. Dieser Theaterarzt (Dr. Hermann P.) hatte wenige Tage zuvor im Wissenschaftsteil der FAZ eine Veröffentlichung »über den gesteigerten bis explosiven Geschlechtswechsel bei Vereinigungs-Ängsten« gelesen.

Der um meinen Rat einkommende Schriftsteller, diese Ex-Autorin F. (in Heidelberg durch rauchig-tiefe Stimme aufgefallen, nicht aber *dessen* verdächtig), ist vierzig Jahre alt, große schlanke Erscheinung, energisches Gesicht, straffe, dabei ephebenhafte auktoriale Haltung, die alles, was er denkt, sogleich mit dem Kiel zurechthämmert. Der Geschlechtswechsel wird bestehen, solange der Schriftsteller, die Ex-Autorin F., seine Beziehungen zu allem, was ihm nicht gehört, weiter unterhält. Mit siebenundzwanzig Jahren erstmalig Geschlechtsverkehr, mit einer wesentlich älteren Partnerin, welche früher ein Mann gewesen, es seither überwand – welche, da es regelmäßig zu einem Geschlechtswechsel unmittelbar nach der Immissio, zuletzt sogar bereits ante portas kam, die Beziehung abbrach. Damals schwerer Schock, sog. Erfahrung. Zwei Jahre später neuer Versuch mit etwas jüngerer Partnerin mit gleicher Vorgeschichte: gleiches Ergebnis; sodaß er sich sofort wieder zurückzog und in den Welten hin und her wanderte.

Nach weiteren drei Jahren lernt er seine Frau, einen früheren, jetzt amazonisch umgestalteten Mann, Feuerwehr, ausgesprochen praktisch denkend, kennen; mit ihr seit sieben Jahren zusammen. Auch hier wieder Geschlechtswechsel gleich nach der Einführung, später sogar ante portas, weshalb es schon bald nur noch selten zum Verkehr kam, zuletzt eigentlich nur noch mit der ausdrücklichen Absicht, jugendliche Epen in der Gestalt von Hermann und Dorothee zu zeugen. Ein gesundes, etwas emphatisches Versepos, jetzt drei Jahre. In letzten Wochen ereigneten sich durch Wiedervereinigungs-Reisen häufig Trennungen für Tage und Nächte. Jedesmal nach Rückkehr dieselbe Enttäuschung, sodaß wenige Wochen vor Weihnachten der Verkehr ganz eingestellt wurde, weil seine Frau, aus Gera, früher Kommandant eines Löschzuges, unter dieser für sie äußerst verunsichernden Form der Sexualbeziehung sehr litt und am Baum eine große Kerze für die Konstanz anbrannte.

Dabei ist die innere Beziehung zur Frau, Fahrer, vormals Zugführer eines Löschzuges, unverändert gut. Sie ist ihm eine beachtliche Kommandantin, die er, ebenso wie sie ihn, herzlich unterdrückt. Trotzdem ist er plötzlich ergraut und in seinem Denk-, Konzept- und Formulatoren-Beruf sehr reduziert, da in den letzten Monaten brütende Befürchtungen auftreten, er könnte seine Frau, den früher praktischen Mann, durch seine ständige Geschlechts-Rochaden verlieren. Seit zwei Monaten bei diesem nächtlichen Brüten alle möglichen körperlichen Symptome: Magenbeschwerden, Herzbeschwerden mit Extrasystolen und Anfällen von Herzjagden, angstvolle Unruhe mit Schweißausbrüchen, Nachlassen des Gedächtnisses, Schlaflosigkeit, Ulkusbeschwerden usw. Ein objektiver Befund konnte nicht erhoben werden. Mit der Diagnose »nervöse Fickrigkeit« vom Schwimmbad weg auf vierwöchigen Krankheitsurlaub an den Müggelsee geschickt.

In der Besprechung, auf deren Einzelheiten hier nicht eingegangen werden kann, wurde klar, daß es sich um eine komplex strukturierte Form der Geschlechts-Unsicherheit handelte, und zwar um einen relativ reinen »Wankeltyp« (s. die oben genannte Arbeit, »Über oszillierende Geschlechtswechsel in Prosa und Drama«, Mod. Chir. 1987/9) mit sekundärem organ-destruktivem Überbau. Nach dieser immer plausibleren Erkenntnis eine dem Verständnis des Schriftstellers, der Ex-Autorin F., angemessene Erklärung des Grundsätzlichen, ohne auf theoretische Ausführungen anatomischer Art einzugehen, die in der Schwimm-, Spring- und Tauchhalle des »Schweizerhof« auch ganz unangebracht wären. Längerer heftiger Dialog, treibt mich an den Rand des Beckens, weiterer Austausch von Beschuldigungen, wirft mich vor Manfred, meinem persönlichen Kellner und Guard, mit meiner Nierenschale Banane/Fraise Flambée ins Wasser. Zum Abschluß die Versicherung, daß es sich bei ihm nicht, wie er und sein Theaterarzt glaubten, um ein somatisches Leiden, sondern um den symptomhaften Ausdruck seiner ungewissen, aber auch neugierigen charakterlichen Haltung handle, die ihm auch an seinem sonstigen beklommenen Verhalten Mitdichtern gegenüber veranschaulicht werden könne.

Mit dem Aufgeben dieser Haltung werde auch die zitternde Unruhe automatisch fest an eine Gattung andocken.

Wie weit dieser notwendige permanente Wechsel chirurgisch schon jetzt von ihm allein vorgenommen werden könne, wie weit dazu eine kürzere oder längere sezierende Arbeit zu einem späteren Zeitpunkt notwendig sei, bleibe abzuwarten. Dann wurde die Art seines ständigen Wechsels bis ins Detail mit ihm besprochen sowie zur Unterstützung einige Brennesselpräparate aufgeschrieben. – Nach vierzehn Tagen kommt ein Briefgruß mit Hotelaufdruck von ihm, mit einem freundlichen »Brand gelöscht« seiner Frau, Gera, ehemals Kommandant eines Feuerwehrzuges, aus dem Zwangsurlaub am Müggelsee, ohne jeden weiteren Kommentar, mit einem Foto, das ihn kniend auf zwei selbstgesägten Wasserskiern zeigt. Nach sechs Wochen dann bringt mir Manfred, der Guard, vor der Therapie den oben erwähnten Dankesbrief aus dem tieferen Osten, von der neuen Kulturfront.

Bildnis des Autors als Frühvollendeter

Die folgende Darstellung geschieht durch mich, behandelnd den unerwarteten Vorfall meines Schreibens einer Erzählung – es folgt sofortige Streichung aller Genitiv-Reihungen –, und sie, die Darstellung geschieht aus zwei Gründen. Einmal weil sie ein vollkommen erwartetes und übliches Bild einer narrativen Unfähigkeit vermittelt, für die noch heute jeder Literaturkritiker überzeugtermaßen einen Grund im Somatischen sucht. Zum anderen geschieht sie – mir fehlen dafür die Worte.

Selbstverständlich gibt es diesen somatischen Grund. Er hat die Kritiker allerdings nie überzeugt, weil nach ihrer Auffassung der Körper niemals auf den schreibenden Körper einwirken kann; sie halten die Psyche des Schreibenden für die Grundlage von Krankheiten geringeren Schweregrads; ebenso ist er, der Befallene, ehe er sie öffentlich macht, zur Annahme gezwungen, ein Verschwinden seines Körpers behebe diese Art von Krankheiten, nämlich: daß geschrieben werde, werde behoben dadurch, daß keiner mehr da sei. Wie aber den Schreibenden für die Heilung zum Verschwinden bringen, ohne daß sein Schreiben mit verschwindet?

Zum anderen findet hier Erzählen nur statt, um zu darzulegen, wie rasch eine Heilung davon erfolgen kann. Voraussetzung ist allerdings, daß der Kranke über seine Krankheit zum Nachdenken gebracht wird und sich sodann hemmungslos ihr anheimgibt, sie nicht mehr als Krankheit, sondern als einen der täglichen Routine dienlichen Vorteil betrachtet und daraus Kompensation herleitet; was täglich hilft, kann so schlimm nicht sein. Fast schon scheint es, als müsse er von selbst so handeln und es bedürfe äußerer Ratschläge gar nicht. Wir wiederholen: anders herum muß der Autor denken.

Der Autor. Ich war ein achtunddreißigjähriger höherer Schriftsteller, Akademiker, seit fünf Jahren verheiratet. Ich schrieb Romane, Erzählungen, Dramen, alles neben der Büroarbeit. Ich hatte zwei ziemlich gesunde Kinder, über deren Gesundheit nichts Nachteiliges bekannt war, auch nichts von Vorteil, so daß sie insgesamt als gesund betrachtet werden durften. Ich war sehr groß, schlank und entfleischt, etwas gehemmt in meinen Bewegungen, das Gesicht fast ausdruckslos, Andeutung eines gefrorenen Lächelns, bestenfalls die Laute eines leisen, erheiterten Keuchens. Seltsam genug, daß sie davon nicht abgestoßen, sondern angezogen wurde, und dies schien mir gewollt.

Meine Stimme fein, hochgelegen, kaum Akzent oder Gefühlsregungen aufweisend. Meine Sprache einförmig, ruckfrei strömend, ebenso ruckfrei in ein Schweigen übergehend, das für mich ein Teil, eine Fortsetzung der Mitteilung zu sein schien. Zumindest wirkte dies auf mich selber bei genauem Durchlesen meiner eigenen Schriften so. Sie, die Schriften, verstehe nur ich. Meine äußere Erscheinung durchschnittlich, wenig herausragend. Meine Kritikerin, die, wie es üblich geworden war, sich auf mich spezialisiert hatte und für alle anderen ihrer Berufs- und Leidensschwestern die Arbeit an mir tat. Die Kritikerin und Spezialistin hatte die Gewohnheit angenommen, jedem ihr begegnenden Menschen eine römische Ziffer zuzuordnen, welche die Stufe seiner Auffälligkeit sinngemäß bezeichnete. Je höher die jenem zugeordnete Ziffer, umso unverwechselbarer schien er zu sein. Trug ein durch meine Kritikerin markierter Mensch zum Beispiel die Ziffer L, mithin fünfzig, so besagte das für sie, die Numerierende, er möchte aus einer gemischten Gruppe von fünfzig von ihr noch herauserkannt werden.

Ich habe dies alles im Tempus der Vergangenheit begonnen, um mir epischen Schwung zu geben. Obgleich ich nichts zu gestehen vorhabe, befinden wir uns, versteht sich, in der Gegenwart oder deren Gegenwert. Was ich leichthin als ein abgeschlossenes Ereignis hinsetzte, bringt mich nun zu verstärktem Nachdenken im Präsens. Mit absteigender Größe der Zuordnungszahl eines Autors wird auf zunehmende Unauffälligkeit erkannt. Trägt einer die Zahl II, so wirkt er bereits in einer Gruppe von zweien, z. B. innerhalb eines paarigen Auftretens, völlig verwechselbar. Man erkennt ihn nicht heraus. Die Zahl I, ein senkrechter kurzer Strich, wurde von ihr, der Kritik, ich meine, der Kritikerin, bisher keinem zugeordnet, denn die Zahl würde besagen, der Autor sei, für sich genommen und allein vor jemandem stehend, bereits zum Verschwinden durch Unauffälligkeit verurteilt. Ein solcher Römisch-eins-Mensch könnte als eine graue, formlose Masse vor einer unendlich langen und breiten grauen Wand aufgefaßt werden, von welcher ihn allenfalls seine breiten und unten auf die Brust hängenden Tapirlippen unterschieden. Ich, der sie aufsuchende akademische Angestellte mit dem regelmäßigen Tagesablauf, bekam von ihr die Zahl VI.

Einer meiner Freunde war bereits bei ihr, der Kritikerin, in Behandlung gewesen. Sie unterhielt eine Art Medizinalbüro; zunächst eines für die Gesundung von Geschriebenem, mit einem Wort, für die Heilung von Texten. Das Büro schlitterte in die höchste Erfolglosigkeit, bis es sich auf die Heilung der Schreibenden richtete, mit der Absicht, daß die Texte bereits gesund zur Welt kämen. Die Störungen meines Freundes waren von bestimmter Art gewesen. Das Eigentümliche dieses Freundes und seiner Beschwerden war es gewesen, daß sie, die behandelnde Kritik, während ihrer ganzen Behandlung nie herausfand, was sie behandelte. Man mag sich, von außen betrachtend, fragen, was die beiden zusammen eigentlich behandelten. Sie mitteten sich ein, zentrierten sich auf einen Befund, der im Zentrum aller möglichen Befunde stand. Bei diesem Freund, den ich gut kannte, ging sie statistisch vor.

Die beiden sagten sich, daß sie nicht wüßten, woran er leide, daß sie ihn aber so behandeln werde, daß nach der mittleren Wahrscheinlichkeit etwas an ihren Anstrengungen für ihn heilend werden würde, obgleich sie nichts über das Ergebnis wußte. Er war eine undichte Wand, er erzählte mir alles. Ich wollte ebenfalls Heilung, so prekär sie auch sein mochte. Nach ihm, meinem Freund, kam nun ich zu ihr. Ich blieb ihr fremd, da sie mich kaum kennengelernt hatte. Nicht daß ich mich verbarg. In meiner Rede verbarg sich alles. Nachfragen war zwecklos. Ich antwortete, und die Antwort war ein neues Versteck. Ich wollte mich mitteilen, und es sollte alles geheim bleiben. Sie ging ähnlich vor. Statt sich darauf zu verlassen, daß ich ihre Mitteilungen für mich behielt, gab sie schon gleich nichts an mich weiter. Ich kriegte von ihr nichts zu hören. Das Geheimnis war so allerdings gewahrt. Entnervt gaben wir auf. Ich war ihr Freund gewesen, das gab ich zu.

Ich hatte von ihr, ihrem kritischen Kommentarbüro und ihrem pflegeversichernden Arbeitsgebiet erfahren und suchte sie nach mehrfachen vergeblichen ärztlichen Behandlungsversuchen später noch einmal auf; wegen eines unmittelbar nach Eheschluß vor sechs Jahren langsam beginnenden, seit zwei Jahren ausgesprochenen und in den letzten Wochen quälend gewordenen Priapismus auf, der mit einer enormen, ungeheuerlichen Schreibproduktion einherging, die teils vom Feinsten, teils vom Feinen und zu einem weiteren Teil vom Uneingestehbarsten war. Ich nenne im folgenden dieses unmäßige Schreiben Erektion; ohne ihm im übrigen besondere Männlichkeit bescheinigen zu wollen, kenne ich doch manche Frau, die mich diesbezüglich mit Leichtigkeit schlägt, dies aber in weiblicher List, die man Vernunft nennen könnte, geheimhält. Nur ich enthalte dieses deutsch zu nennende Element, mit dem Kopf unbedingt durch die Wand zu müssen, wobei ich anfangs elegant fintiere, bis ich leicht dekorativ wirke; und in diesem Augenblick: ab durch die Mitte. Wir kommen reichlich darauf zurück, später. Anfangs empfand ich mein Leiden nur in Gestalt verlängerter morgendlicher Erektionen beim Erwachen (üblicherweise als sogenannte »Wassersteife« bezeichnet).

Später stellte sich die Gliedsteife in störender Form auch schon im Laufe der Nacht ein, sodaß ich dadurch aufgeweckt wurde und an die Schreibmaschine mit dem zu kleinen Bildschirm eilte, den Bleistift ergriff, den elektrischen Schalter des matt flimmernden Tischgeräts umlegte oder mich stumm hinsetzte und alles memorierte, um es am nächsten Morgen, aus dem Gedächtnis, mit denselben Mitteln, zu Papier zu bringen.

Später auch beim Mittagsschlaf. Die quälende Symptomatik ist in den letzten Wochen so stark geworden, daß ich schon eine Stunde nach dem abendlichen Zubettgehen durch sie erwache und allnächtlich sechs, siebenmal deswegen aufstehen muß. Es ist nicht, daß ich so viel erlebte. Es hat, verglichen mit früher, nicht zugenommen. Aber dieses Nicht-Viel muß gesamthaft aus mir hinaus.

Aufstehen und Umhergehen; insbesondere durch Entleerung der Blase, auch wenn es jedesmal nur wenige Tropfen sind, ist der unangenehme Zustand zu beseitigen. Fast noch schlimmer als die quellend schmerzhafte Spannung der Erektion mit darauffolgender Gesamtnotation ist in den letzten Wochen das Gefühl des Zerschlagenseins tagsüber, mit Lendenschmerzen und so weiter geworden, sodaß ich, nachdem ich wegen meiner absoluten Verläßlichkeit in meiner Anstellung besonders geschätzt und an einer für mein Alter besonders verantwortlichen Stelle stehe, den drohenden Zusammenbruch voraussehe. Leider läßt mich die monatelang ständig gestörte Nachtruhe morgens nur noch »mit letzter Kraft« meinen notierenden Dienst versehen; bis ich dann, entgegen meiner früheren Gewohnheit, völlig erschöpft mich um eins zu einer kurzen Mittagsruhe entschließen muß, aus der ich erneut durch mein quälendes Symptom aufgeschreckt werde. Ich habe ein Leben, ja ich lebe eine vita activa, deren wahres Ausmaß nur ich kenne.

Als das Symptom vor einigen Jahren einsetzte, versuchte ich seiner durch gehäuften Geschlechtsverkehr Herr zu werden. Ich gab dies aber bald wieder auf, da trotz voller Erektionen der von vornherein fehlende libidinöse Anreiz sich bei diesem vernunftgemäß durchgeführten Geschlechtsakt nicht einstellte.

Statt dessen machte sich eine ausgesprochene Abneigung bemerkbar, die später, allein schon beim Gedanken an einen Geschlechtsverkehr, im Zustand meiner priapistischen Erregtheit ein scharfes psychisches Unbehagen bewirkte. Darüber hinaus blieb die von der geschlechtlichen Arbeit erhoffte Entspannung nicht nur aus, sondern ich mußte, entgegen allen Erwartungen, wiederholt die Beobachtung machen, daß ich, wenn ich in letzter Zeit abends vor dem Schlafengehen, also noch vor Einsetzen meines Symptoms, Geschlechtsverkehr hatte, dann in der Nacht von dem Symptom eher stärker überfallen wurde als sonst.

Versuche, durch Einschränkung der Flüssigkeitszufuhr das Auftreten des Symptoms zu verhindern, blieben ohne Erfolg; trotzdem nahm ich schon seit über drei Jahren nachmittags und abends grundsätzlich keine Flüssigkeit mehr zu mir. In diesem Zusammenhang erwähne ich auf Befragen (vom Befrager bald mehr) hin auch noch ein Symptom, das ich fast vergessen hätte: eine in früheren Jahren ausgesprochene Schwierigkeit, in Gegenwart anderer Wasser lassen zu können, weshalb mir der Besuch öffentlicher Bedürfnisanstalten beziehungsweise Gemeinschaftstoiletten ein ausgesprochenes Problem war. Ich sage es in Gastarbeitersprache: Ich dort meist geschickt Momente abpassen, bis ich allein. Als die Literaturkritik, anfangs ein gutgekleideter Herr diesmal, der im neuesten Aluminium-Audi vorfuhr, mich weiter befragte, ergab sich, daß außer der erektiven Potenzstörung in Gestalt meiner priapistischen Symptomatik auch gewisse orgiastische Störungen bestanden; eine seit zwei Jahren immer häufiger sich zeigende Ejaculatio Praecox, allerdings nur mittleren Grades. Keine Nachfragen stellte der Herr, ich wäre bereit gewesen. Er wollte nicht mehr wissen, das Gesagte aber begierig.

Nächtliche Spontanpollutionen, oftmals mit deutlicher Rückerinnerung eines sexuell erregenden Romanes, dessen Handlung, verschlungen, mich an seildicke Spinnennetze erinnert, sind bis zu meiner Ehe regelmäßig. Seitdem, abgesehen von Phasen sehr langer Trennung von meiner Mutter, überhaupt nicht mehr.

Vor zwei bis drei Jahren besteht für einige Wochen ein ausgesprochen pruritusartiges Jucken in der After- und Genitalgegend, das nur allmählich abklingt, womit zeitlich die Phase der Verstärkung meines Priapismus einsetzt. Irgendwelche Erklärungen für das Zustandekommen meines Symptoms vermag ich nicht zu geben. Geschlechtskrankheiten negiere ich, ebenfalls irgendwelche sexuellen Mißbräuche, allerdings wird eine während der Studentenzeit ziemlich regelmäßig, auch jetzt noch gelegentlich gewalttätig getätigte Onanie zugegeben.

Von einer Unruhe oder sonstigen internen Erkrankungen, die als Ursache für die Störung in Frage kommen, ist mir, ebenso wie von solchen neurologischer Art, nichts bekannt. Ich bin, wie gesagt, seit fünf Jahren verheiratet, und die Ehe ist nach meinen Angaben besonders harmonisch. Meine Zimmerordnerin und gelegentliche Diktat-Erleiderin, eine Studienkollegin, Philologin, ist ein schlichter, geradliniger Mensch. Gutes Gesicht, dunkler Typ.

Als ich ihr damals als Studentin das erste Mal begegnete, war meine Onanierphase auf dem Höhepunkt. Ihretwegen gewöhnte ich sie mir, ohne mit ihr je darüber ein Wort zu sprechen, fast ganz ab, da ich mich vor ihr schämte. Über typische Onaniephantasien aus der damaligen Zeit weiß ich auf ihre, der Literaturkritik Vorhaltungen hin, nichts zu sagen. Sie drängt mich in Festschriften, ich erzähle nur von meiner Frau. Erst nach sieben Jahren Bekanntschaft kam es zu so etwas wie einem Aufenthalt im gleichen Zimmer, was wir in der Folge »das Zusammen« nannten.

Austausch von Diktaten und Zärtlichkeiten zuvor im Zusammen nur bis zu einer gewissen Grenze.

Auch zu anderen Frauen lehnte ich vorehelichen Verkehr ab. Er hat für mich den Gedanken einer Heiratsverpflichtung in sich geschlossen.

So hatte ich in der Hochzeitsnacht erstmalig Geschlechtsverkehr – ohne nennenswerte Störung.

Durch die Kriegsereignisse ist meine Familie seit etwa einem Jahr von der weiteren Umgebung meines Schreibzimmers ausgeschlossen. Ich kann sie nur alle zwei bis vier Wochen übers Wochenende besuchen. Onanie jetzt nur noch ganz gelegentlich einmal, auch jetzt, wie ich betone, ohne typische Phantasien. Zwei Jahre vor der Ehe ließ ich mir eine Phimose von meinem Vetter, einem Chirurgen, operativ beseitigen.

Ich erinnere mich diesbezüglich an einen glatten Verlauf mit geringfügiger bleibender Entstellung. Der Vetter warf ein Stück meiner Vorhaut weg, nicht aber die ganze. Über das *Elternhaus* berichte ich, daß die Ehe der Eltern im Prinzip gut gewesen ist. Die ständig von Hausfrauensorgen ausgefüllte *Mutter* hat stets Unruhe und Unbehaglichkeit verbreitet. Sie stammte aus kleinbürgerlichen Verhältnissen. Hat sich zeit ihres Lebens nie an die großzügige Linie des Vaters, eines frommen, dabei fröhlichen und weltoffenen Schweizers, gewöhnen können. Ich mochte mich nicht. Ihn mochte ich noch weniger. Sie sind falsch gewesen, ich habe sie stets angelogen, weil meine Wahrheit falsch zu mir zurückgekommen ist. Bei ihr war alles innerlich, bei ihm alles äußerlich. So hat sich zum Beispiel der Tagesablauf meiner Familie immer peinlich nach den Tischzeiten zu richten gehabt. Einschließlich des nachmittags Punkt vier Uhr festgesetzten Kaffees. Seinetwegen mußte ich alles andere sofort stehen und liegen lassen. Mochte das, was ich liegen lassen mußte, mir auch bedeutsam sein, ich ließ es wie gelähmt liegen und eilte herbei. Tat so, als trinke ich. Die Zeiten wurden auf die Minute genau eingehalten. Ich sah auf die vorrückenden Zeiger und hielt eine Tasse in der Hand.

Auch mein Vater war die ganze Woche über, oft sogar für längere Zeiträume, auf einer Geschäftsreise. Anfänglich sagte er, er verreise, dann verreiste er tatsächlich und war weg, allmählich aber sagte er, er sei verreist, aber er blieb am Ort. Da war er sodann, und er war gleichzeitig nicht da, und fragte man ihn, wenn man ihn stehen, sitzen und manchmal herumkriechen sah, dann antwortete er, Ich bin nicht da. Er war sehr konzentriert, eher in sich geschlossen. Er fügte sich während seiner irgendwie gläsern-durchsichtigen Anwesenheit in die strenge Hausordnung ein. Durch seine häufige berufliche Abwesenheit ist nie ein richtiges Verhältnis zu meinem Vater zustandegekommen. Zur Mutter aber hatte ich eine ausgesprochen starke Bindung und empfand mich ganz als Mutters Sohn – auch gute Bekannte bezeichnen mich in meiner ganzen Erscheinung als solchen.

Ganz anders mein einziger, zehn Jahre jüngerer Bruder. Der konnte sich sehr viel lockerer und leichter über diese starren Gesetze der Mutter hinwegsetzen. Worum ich ihn beneidete; ihm versuchte ich es nachzumachen; mußte einsehen, daß er besser war und daß ich nicht konnte, was ihm mit einem Fingerschnippen gelang.

Ich beginne mit einer Mitteilung. Die Kritik ist meine natürliche Adressatin. Ich befleißige mich, wie jetzt überall, größter Kälte, Grausamkeit; welche ich beide hinter einer hohen Nüchternheit verberge. Diese Nüchternheit sieht von weitem aus wie Ehrlichkeit, doch dies zu glauben lohnt sich nicht. Was man glauben soll, ist mir nie eingefallen. Ich habe mich nach der ersten Besprechung entlastet gefühlt. Noch mehr nach der zweiten Besprechung.

Damals, als es begann, sei ich beschwert gewesen, hörte ich mich sagen, ohne daß ich mich korrigierte. Damals, als es begann, hätte ich die Aufmerksamkeit der Kritik am leichtesten erregen können, nun erforderte es schon maßgebliche Anstrengungen des erkrankten Individuums, das sich meiner Hülle und Gestalt bediente. Nun allmählich fällt ein inneres Gewicht von mir; ich möchte dieses »innere Gewicht« in besserer Sprache wiedergeben, als sie mir zur Verfügung steht. Ich gebe zu, die Sprache meidet mich. Immer wieder nicke ich ihr zu, lüfte meine Kopfbedeckung, Mit dem Strohhut in der Hand, kommst du durch ihr ganzes Land, doch elegant wie ein vermeidender Torero – oder wie der vermeidende Stier, je nachdem – weicht sie mir aus, schlägt ihren Bogen, als erkennte sie mich am Geruch. Um ihretwillen ergriff ich meinen Beruf, sie endlich heimzuholen nämlich und gut auszupressen hinterm Gitter.

Mein Gesicht ist häßlich, unansehnlich, meine Sprache ist häßlich, unansehnlich; wäre ich nicht ein unbekümmerter Mensch, ich könnte allein deswegen niedergeschlagen sein. Ich habe beschlossen, unmittelbar zu sein, und das scheint mir eine gerechte Belohnung; für mich, der spricht, für sie, die zuhört. Ein Gewicht sei weg. Ich sagte auch gleich, warum. Das ist nicht selbstverständlich. Oft könne ich nicht sagen, warum. Nämlich, warum ich erst schwer sei und dann leicht. Ich führe es auf etwas zurück. Ich erinnere an ihre, der Kritik und Beraterin, Fragestellung.

Die Literaturkritik. Ich erinnere mich an ihre ganze Art. Durch die ganze Manier ihrer Fragestellung und ihres Eingehens auf mich und meine Symptomatik habe ich erstmals neben echter Anteilnahme auch sachkundiges Verständnis gespürt. Ich bin wegen der nichtssagenden oder hilflos ausweichenden Äußerungen aller bisher von mir konsultierten kritischen Instanzen (praktische Ärzte, Neurologinnen, Internistinnen, Betäuberinnen) zutiefst von der Unheilbarkeit meiner Erkrankung und ihrem unerbittlichen Fortschreiten durchdrungen. Ich errege mich und schreibe; daraus, aus nichts anderem bestehe ich. Aus der Tatsache, daß die Ratgeber alle nach gründlicher Erkundung durch Aufnahme der Behandlung die Möglichkeit meiner Heilung zum Ausdruck gebracht haben, wage ich jetzt zum erstenmal wieder Hoffnung zu schöpfen.

Die Pause zwischen zwei Voranküdigungen – die eine leicht höhnisch – und dem Krankheitsbeginn – ich meine die schwerere Krankheit – hatte die Kritik in einer Farbbeilage benutzt, um bei mir noch einige der ihr aus diagnostischen Sicherheitsgründen notwendig erscheinende Untersuchungen vornehmen zu lassen: so eine Blutuntersuchung, einen Differentialblutausstrich, eine Senkung; ferner eine sorgfältige neurologische Untersuchung sowie eine Untersuchung des Genitalapparates einschließlich Prostata und so weiter durch einen Fachmann. Die Zeitung mit der Beilage ging wie rasend weg, war gegen elf schon ausverkauft, wurde nachmittags nachgedruckt. Alle Untersuchungsergebnisse waren erwartungsgemäß ohne krankhaften Befund, sodaß die Kritik mir auf Befragen bestätigte, daß sie, die Korrektorin und Begleiterin, nach den ganzen bisherigen anamnestischen Angaben, nach meinen vorliegenden Untersuchungsbefunden sowie nach dem Gesamteindruck meiner selber, beziehungsweise meiner Persönlichkeitsstruktur eine Behebung meiner quälenden Symptomatik durch Behandlung mittels langer Zeitungsartikel tatsächlich für möglich halte, ohne sie mir jedoch mit Sicherheit zusagen zu können.

Ich berichte, daß ich inzwischen für zwei Tage in den geliebten Bergen auf Urlaub war und diesmal beim Verkehr wieder eine ausgesprochene Ejaculatio Praecox gehabt habe. Auf sie sei am folgenden Tage erstmals in meinem Leben eine Ejaulatio Retardata erfolgt, über die ich ziemlich bestürzt gewesen sei, zumal ich am folgenden Tag besonders starke Lenden- und Kreuzschmerzen gehabt hätte, die für drei Tage anhielten. Erklärenden Aufschluß über dieses Symptom vermag ich der Zeitung nicht zu geben.

Auf ein weiteres Befragen des Interviewers erzähle ich, daß die Ejaculatio Praecox besonders dann auftrete, wenn, zumal nach langer Trennung, die Frau meine intime Annäherung erwartet, mich also mit offenen Armen empfängt, während ich bei ihr eigentlich eine gewisse »abweisende Kühle« schätze, die mich am ehesten am vorzeitigen Samenerguß hindere. Schreiben Sie vorzeitig, oder lassen Sie es weg, sage ich.

Ich spreche dann von meinem zehn Jahre jüngeren Bruder, der schon sehr früh sich über die ungeschriebenen Gesetze der Mutter hinwegsetzte, worauf ich als älterer Bruder damals regelmäßig für die Missetaten des Jüngeren verantwortlich gemacht und auch zur Rechenschaft gezogen wurde. Auch später durchbrach mein Bruder die in erotischer Hinsicht besonders strengen Tabus des Hauses, indem er zum Entsetzen der ganzen Familie als Pennäler Flirtereien – offensichtlich harmloser Art – unternahm. Hierbei berichte ich von der ausgesprochen triebfeindlichen Atmosphäre des Elternhauses, besonders seitens der Mutter, während der Vater, der aus seiner Frömmigkeit heraus in sexueller Hinsicht ebenfalls sehr streng dachte, immerhin den einmaligen Versuch einer »sexuellen Aufklärung« bei mir, in meinem siebzehnten Lebensjahr, gemacht hatte, die allerdings wegen seiner Befangenheit über den ersten Ansatz nicht hinauskam und auch nie wiederholt wurde.

Auch meine anfängliche Wahl des Pfarrerberufes, der später zugunsten der Philologie aufgegeben wurde, hängt mit dieser asketischen Grundhaltung zusammen. In diesem Zusammenhang stelle ich, da sie mir einfällt, unvermittelt die Frage, ob sexuelle Abstinenz beim Erwachsenen schädlich sei. Die Kritik bittet mich, bevor sie Antwort gibt, ihr den Anlaß meiner Frage mitzuteilen.

Ich teile mich gern mit. Meine Sprache ist vor längerer Zeit gemütsnah-seßhaft geworden, wodurch ich annehmbar wurde; als ich mich zudem entschloß, vier Worte zu setzen, wo ich mit zwei hätte auskommen können, überschwemmte mich der Erfolg wie die Lauge nach einem Dammbruch. Ich habe einen älteren Vetter, der als katholischer Geistlicher (ich selbst stamme aus evangelischem Haus) mir schon als Junge durch seine Persönlichkeit stark imponiert hat. Deshalb habe ich mir bei meiner Berufswahl von jeher einen Beruf gewünscht, der mich in ähnlicher Weise erfüllen und beanspruchen möge, sodaß dabei für alles andere nichts mehr übrigbleibe. Darauf Gegenfrage der Kritik in einem Kurzartikel in der ersten Zeitung, welche ich an einem Kiosk kaufe; vermutlich also hat sie, die Kritik, meine Feststellung zum Leben gehört und aus Angst, ich könne ihre Antwort versäumen oder nicht befolgen, mir reihum überall am selben Tag zur selben Zeit geantwortet; welche Seite ich auch aufschlage, da steht: an welches »alles andere« ich bei meiner Frage gedacht hätte? Ich weiß es so recht nicht. Weitere Frage, in allen Zeitungen, ziemlich weit vorn: Zu welcher Zeit dieses Berufsideal in mir entstanden sei? Antwort: Kurz vor und während meiner Studentenzeit. Frage: Ob ich nun nicht genauer angeben könne, was dieses »andere« sei, wofür nach Absorption meiner gesamten Energien durch den Beruf nun nichts mehr übrigbleiben dürfe? Statt einer Antwort fällt mir ein, daß ich damals in der Phase meines Onanieabwehrkampfes meine Tageseinteilung durch ein unaufhörliches Aneinanderreihen von Vorlesungen, Hausarbeit, gemeinsamen Studien mit Kollegen und so weiter von früh morgens sieben bis abends elf dermaßen ausgefüllt hatte, daß einfach keine Zeit mehr blieb, meinen Onanieversuchungen zu erliegen – leider ohne Erfolg. Zeit findet sich immer. Als die Kritik in einer wöchentlichen Kolumne mich darauf aufmerksam macht, erfasse ich nach drei Wochen den Sinn meines Einfalls (nämlich indirekt eine Antwort auf meine Frage) augenblicklich.

Ich komme in Fahrt. Daran ist mein Blick auf sämtliche Zeitungen und auf eine bestimmte Kritikerin mit viel Kopf schuld. Ihr bereitwilliges Zuhören stachelt mich zum Schlimmsten an. Ich unterscheide kaum mehr zwischen Denken und Wahrheit. Weiter berichte ich, daß ich zu Anfang meines Studiums, als ich noch unentschlossen war, ob ich Theologie oder Philologie studieren solle, einen Roman geschrieben habe; ihn habe ich, als ich mich dann zur Philologie entschlossen hatte und mich später, als ich Lehrer geworden war, im Schulunterricht den Schülern gegenüber mangels Autorität nur schlecht durchsetzen konnte, noch öfter umgeschrieben. Ich erzähle den Roman ohne Umschweife, da mir Scham oder Scheu nicht passend scheinen.

Zunächst hatte ich gar nichts gesehen. Plötzlich war ich blind. Nach einem längeren entsetzten Selbstgespräch öffnete ich die Augen wieder. Am Vortag war mir das Bein abgefallen, ich hatte es mir selbst angenäht. Daraus leitete ich für die Augen eine Verbesserungsmöglichkeit ab. Alle Mann an der Ankerkette ziehen, Lider hoch! Ich hatte das Kirchlein von weitem gesehen. Es stand so einsam am Hang. Ich kletterte hoch, er ist steiler, als ich dachte. Zum Schluß krieche ich auf allen vieren und grabe die Finger in den Schmutz. Ich sitze an einer großen uralten Orgel, greife mit beiden Händen in die Manuale, aber, wohl weil die Chorknaben den Blasebalg nicht treten, erfolgt kein Ton. Aufwachen mit Angstschweiß.

Ich hatte in der Nacht nach der ersten Stunde mit einer Kritik, die ich gefaltet als Sonnenhut auf den Haaren trug, seit eineinhalb Jahren zum erstenmal wieder einen Pollutionstraum: Ich liege annähernd entkleidet auf dem Bett der Mutter, im Schlafzimmer der Eltern, und zwar auf dem Rücken. Meine Sexualbezugsperson tritt, zum Schlafengehen entkleidet, an das Bett, wobei ihre Figur, gegen eine hinter ihr befindliche Lampe sich abhebend, in ihren Konturen durch die von hinten auffallenden Strahlen wie eine herrliche Plastik in allen Einzelheiten erkennbar wird. Wie von einer Gloriole umgeben. Unter dem Eindruck dieser Gloriole baldige Erektion, die beim Näherkommen meiner Sexualbezugsperson – gewollte Zurückhaltung meinerseits, aber vergeblich – zur spontanen Pollution führt. Dadurch Erwachen.

Ich berichte in einem Fragebogen zu diesem neuen Roman, daß ich wohl unter der Nachwirkung der Besprechung an jenem Abend erstmalig seit meiner Studentenzeit, also seit über zehn Jahren, beim Schlafengehen eine merkwürdig lustvolle Stimmung verspürt habe, die auch nach dem Wiedererwachen aus diesem wollüstigen, aus Hanf geflochtenen Spinnweb-Roman ein geradezu rauschartiges Wohlgefühl mit mehrstündigem Wachliegen unter beglückenden, lustvollen Bildern hinterließ. Diese werden auf Befragen von mir als erotisch, aber doch eindeutig nicht sexuell bezeichnet. Sie könnten am besten charakterisiert werden durch ein »rauschartiges Erlebnis von der Harmonie der Welt«. Dabei keine Spur von Priapismus, sondern Gefühl wunderbarer Gelöstheit. Gern hätte ich dabei auch Glauben an etwas Höheres verspürt, welcher nämlich lange ausgesetzt hat, konnte aber diesbezüglich, was schwärmende Ahnungen betraf, keinerlei Sicherheit erlangen.

Ich erinnere mich auf Befragen, als Student solchen Rauschzustand mehrfach erlebt zu haben und mehrfach in solch abendlichem oder nächtlichem Zustand komplizierte theoretisch-wissenschaftliche Probleme, insbesondere mathematische Aufgaben, an denen ich tagsüber mich vergeblich versucht hatte, plötzlich in einer Art hellsichtiger Bewußtseinssteigerung als fertige Lösungen vor mir gehabt zu haben, wonach ich unmittelbar fähig gewesen war, für jedes unbekannte x sogleich ein richtiges u einzusetzen, dann das System zu deklamieren, deklinieren.

Nicht selten ist diese Lösung eines ungelösten Tagesproblems auch nächtlich in Form eines beglückend erlebten Romans erfolgt. Am heutigen Morgen bin ich allerdings ziemlich zerschlagen gewesen wegen der fehlenden Nachtruhe.

Eingehende Besprechung mit der bewußten Kritikerin – welche viel mehr schreibt, als ich es jemals getan habe, aber natürlich schreibt sie unendlich viel dichter und interessanter –, daß dieses Rauscherlebnis mit dem Thema der letzten Stunde, nämlich der als unterdrückt bezeichneten Vitalität zu tun habe, was der Orgelroman mit dem Kirchlein am Hang zeige. Weiter weist sie darauf hin, daß ich im neuesten Roman, einem Nebenwerk, im Bett der Mutter, dazu noch auf dem Rücken, liege. Dies wolle sie in kecker Formulierung hinschreiben, etwas davon wegstreichen, dann fertigschreiben. Ob sie es vorankündigen dürfe. Wenn ich demnach weiblich auf dem Rücken liegend, an der Stelle, wo die Mutter liegt, mit meiner Sexualbezugsperson im Schlafzimmer der Eltern bin, so habe ich in meiner eigenen Existenz noch nicht des Vaters Erbe im Sinne selbständiger Männlichkeit angetreten.

Weiterer Hinweis auf die durch den Beleuchtungseffekt besonders deutlich in Erscheinung tretende Konturiertheit der Figur meiner Sexualbezugsperson, die uns sicher später noch zu beschäftigen haben wird, vor allem aber auf den »Heiligenschein«. Ich selbst habe dazu den Einfall gebracht, ob nicht ich, angeregt durch unsere vorige Besprechung, indem ich bestimmte bei mir unterdrückte triebhafte Impulse der intimen Sexualbezugsperson gegenüber nicht auslebe …

Ich werde durch einen sehr dünnen Kritiker abgelenkt, der – ich entschuldige mich – komisch aussieht, weil nur er selber wirkt, nie aber seine Worte; der eine Wandtafel und einen langen Stab mit einer kleinen Glühbirne an der Spitze zu Hilfe nimmt; durch ihn werde ich darauf aufmerksam gemacht, daß der besondere Beleuchtungseffekt im Roman nicht nur die Tendenz habe, meine Sexualbezugsperson wie eine Heilige im Glorienschein sichtbar zu machen, sondern daß beachtlicherweise zugleich auch eine recht weltlich-sinnliche Tendenz, nämlich die besondere Hervorhebung ihrer weiblichen Formen, darin zum Ausdruck komme – dabei schaltet dieses hager wippende Stäbchen von Kritiker mit einem schwarzen, am Stab befestigten Kippschalter mehrmals die Glühbirne, zwinkernd, ein und aus –, wie ja auch meine dadurch gewaltsam aufkommende und sich entladende sexuelle Erregung (Pollutionstraum!) beweise. Gerade die in der Romanszene gelungene Verschmelzung so klaffender Gegensätze wie weltflüchtiger Heiligenkult und weltoffene Sinnenfreudigkeit scheint ihm, meinem heutigen Kommentator im Feuilleton, das Charakteristische dieses Romanmittelteiles zu sein.

Damit aber, so sagt mir diese dünne Bouillon von einem Menschen, die unter dem Tisch die Schuhe ausgezogen hat und mit dem Hand-Ende des Stabes, den sie wie eine unbenützte Fischerrute hält, fein gegen den Boden schlägt, damit ist ein Thema angerührt, das bereits im gestrigen Roman, dem Roman von dem verhinderten Orgelspiel, deutlich wurde, ohne daß gestern schon darauf eingegangen wurde. Ich erinnere mich, daß dieser Romantext, gemeinsam mit den von mir gebrachten zugehörigen Einfällen, uns dreien, ihm, der großen südlichen Monatszeitung und mir, gezeigt hat, wie ich früher aus Angst vor der »vis a tergo«, also vor den mit den biologischen Reifungskrisen verbundenen Problemen und Gefahren, mich in eine gefahrlose »reine« Geistigkeit (Kritikerberuf) zu flüchten versucht habe.

Das alles und noch vieles mehr scheint der Kritik, von der ich immer gesagt habe, sie überschreitet ihre Grenzen, sie will alles, nur keine Literatur, sie palavert frei und bedient sich dafür magerer Vorwände, sie macht aus mir einen verlogenen Ganz-Anderen –, dies scheint ihr mit meiner »körperlichen Sexualstörung« verbunden zu sein, gewissermaßen den sie tragenden sinnhaltigen Hintergrund darzustellen. Anschließend füge ich schon einmal freie Einfälle hinzu.

Die Vorgänge machen mich phantasievoll. Ich fasse gleich alles zusammen, was ich sage. Es hat Folgen.

Während des Errichtens meiner Gebäude bemerke ich zum ersten Mal, daß unsere Begegnung etwas Entscheidendes an sich hat, das beim Wiederlesen wegfällt; man muß selber dabeigewesen sein, Lesen ist dafür kein Ersatz.

Es muß nicht so sein. Ich kann mir vorstellen, daß es genau dasselbe ist. Aber dies ist es nicht. Es ist die Wandlung. Sie ist innerlich, und sie geschieht in mir.

Ich ändere mein Verhältnis zu den vitalen Faktoren. Sie werden mir wichtiger. Was das heißt, weiß ich nicht. Ich lasse es weg.

Ich lasse, falls dazu fähig, einen Teil des Folgenden weg. Ich führe mehr Energie in mein Leben ein. Der medizinische Aspekt wird mir gleichgültig. Er verschwindet nicht ganz. Mein Syndrom gehört untersucht. Wieviel habe ich heute schon dazu gelesen? Wir müssen medizinisch auf der Spur bleiben. Wir können es beheben. Ich kann es nicht allein beheben. Ich brauche die Kritik. Sie muß es mir beheben. Bisher konnte sie es nicht. Sie hat es nur ungenügend versucht. Ich vertraue ihr wenig. Ich muß mich fallenlassen. Damit sie mich nicht fallenläßt.

Ich ließe das Folgende lieber weg, es wäre denn, es fügte sich selbst zum Strom. Der Kritikerin mit Kopf (sie hat, genau gesagt, zwei Köpfe, aber einen trägt sie nur dienstags und mittwochs sowie nach zehn abends) fällt mein zögernd ausweichendes Verhalten auf, und da ich selbst nichts hierzu sage, fragt sie mich, was ich in dem mir neuen Roman niedergeschrieben hätte. Was mich zu der Handlung veranlasse. Ich würde bei einem Zahnarzt sitzen, ich säße bei meinem Zahnarzt, der mir zunächst an meine schwarze Warze in meinem lachenden Gesicht greife, der mir aber wohl irgendeinen schmerzhaften Zahn ziehen solle, Zahn ziehen solle, ziehen solle, solle, etwas solle er tun, nachdem er, der Zahnarzt, sich auf einen unbestimmten Zwang reduziert habe, mir etwas anzutun, wobei ich mir das auch selbst antun könne, aber den Zahnarzt als Handelnden zu Hilfe nehme, weil ich mir die Vorstellung meiner selber als Aggressor gegen mich selbst nicht gestatte, nun aber sei, unterbreche ich sie plötzlich und berichte selber, stockend übrigens und für den Fortgang des Berichtes Reime zu Hilfe nehmend, der Zahn der Wahn im allzeit bereiten Hahn, und das Zahnziehen lasse die Stimme versagen, zahnlose Sänger würden nie gehört, weil, wer keine Zähne habe, auch keine Stimme mehr an den Mann bringe. Während meines Berichtes, der die Kritikerin wenig befriedigt, ja sie keineswegs befriedigt, habe ich Angst vor Schmerzen, anderen als solchen beim Zahnarzt, unvorstellbaren, nicht eigentlich heftigen, sondern vor dunklen, sich nicht offenbarenden Schmerzen, und ich halte trotz besserer Einsicht meinen Mund krampfhaft zu, obschon sie nicht hinein will.

Angesichts dieses als wirr gescholtenen Berichtes, der offenbar, so wirft sie mir vor, gegen die Literaturkritik gerichtet sei, da fragt sie mich, das Narrative offenbar freundlicher deutend, direkt, was mir in Bezug auf unsere letzte Nacht einfalle. Ich weiß nicht mehr, mit welchem ihrer Köpfe ich schlief. Da bin ich allerdings von dieser gleich nach-gestellten Frage überrascht, sogar leicht unwillig, nachdem ich den von ihr vermuteten und in meiner Frage zum Ausdruck kommenden Zusammenhang offensichtlich nicht mehr verstehe, denn ohne zu wissen, daß ich trotzdem eine sinnvoll bezogene Antwort gebe, berichte ich nach kurzer, ergebnislos verstrichener Zeit in einem leeren, mit Schreib- und Übermittlungsgeräten vollgestopften Termin-Raum, ich hätte aus dieser Äußerung meiner Kritikerin, es komme auf die innere Umstellung und nicht auf die lokale Symptombeseitigung an, herausgehört, daß die Heilung meiner Leidenschaft zu ihr bei mir anscheinend doch fraglich geworden sei. Meine Leidenschaft dem langen männlichen Dünnen gegenüber, von dem ich bereits sprach, ist allerdings geheilt.

Das genaue Befragen der Janusköpfigen ergibt, daß ich ihre diesbezügliche Äußerung als vorsichtigen Rückzieher empfunden habe, nachdem ihr durch das inzwischen durch mich Mitgeteilte die Erfolgsaussichten doch wieder offenbar recht problematisch geworden sind, also häckselt sie zunächst auf mir herum, daß im Roman der Akzent auf meinem Zuhalten des Mundes aus Angst und Schmerzen liege, daß im übrigen meine Befürchtung durchaus nicht ihrem tatsächlichen Eindruck entspreche, komme es doch entscheidend darauf an, daß ich die nun schon oft genannte männliche Schicht bei mir zuzulassen lerne, denn ganz offensichtlich jage die von meiner Mutter her mir vorschwebende Ideologie eines »reinen«, »geläuterten« Lebens mir Angst ein vor dem Wiedereinbruch der mühsam gebändigten und in das Koordinatensystem eines naturwissenschaftlich exakten Studiums gezwängten Vitalschicht. Worauf ich widerspreche, allerdings das Thema verliere, immerhin ein anderes Thema finde und mich daran festhalte, unter Hinweis nämlich darauf, daß die Biologie als die für jene Vitalschicht zuständige Wissenschaft notwendigerweise exakt sein müsse, worauf ich in eine, allerdings exakte, Geschwätzigkeit verfalle. Dies wiederum läßt sie gelten, betont aber, daß, etwa im Gegensatz zur klassischen Physik, dennoch die Biologie trotz aller exakten Meßarbeit und Wägbarkeit eine andere innere Ordnung habe, worauf mir ernste Zweifel kommen, wie sie das denn im Gedächtnis behalten will, wenn sie sich zwischendurch nichts notiert, sondern mich einfach nur verehrend – es mag verächtlich sein, für mich ist es verehrend – anstarrt.

Biologische Ordnung, so rattert sie weiter, und ich möchte irgendetwas anderes von ihr, verhält sich zu physikalischer Ordnung etwa wie Rhythmus zu Takt. Der lebendig ablaufende Film, weiß sie sogar, besteht aus einer Summe statischer Einzelbilder, und doch macht deren Summierung, hört hört, noch nicht das Spezifische des bewegten »lebendigen« Films aus, entsprechend verlangt biologische Ordnung, so doziert sie, Respektierung der ihr eigenen Gesetze, und deren Übertretung sei ebenso »Sünde«. Aber auf der moralischen Ebene, so wie meine Mutter es meine, gebe es den Begriff Sünde nicht.

»Naturam expellas furca tamen usque recurret.« Sie übersetzte es mir. Die mit Gewalt ausgetriebene »Natur« setze sich doch durch. Wer die Vitalschicht in ihrem biologisch berechtigten Anspruch verdränge, so hörte ich von ihr, bei dem setze sie sich irgendwie dann doch durch, und sei es – »widernatürlich«. Unter diesem Gesichtspunkt sei möglicherweise auch mein Priapismus zu verstehen. Erster Akt: Mein Erlebnis der sich ständig stärker meldenden vitalen Impulse. Zweiter Akt: Mein erbitterter Kampf gegen den natürlichen Anspruch der Geschlechtlichkeit, am besten deren völlige Auslöschung aus meinem bewußten Leben und volles Aufgehen im »geistigen« Beruf; entsprechend nähme ich eine Umleugnung meiner Frau vor, hin zu einer ebenfalls der Vitalschicht entrückten Heiligen. Diese Vergewaltigung meiner »Natur« gelinge aber nur für begrenzte Zeit. Akt III: Die unwillkürliche Dennoch-

Durchsetzung meines Abgewehrten, allerdings »widernatürlich«, zum Beispiel in Form des nächtlichen Priapismus, also zu einer Zeit, in der die scharfe Kontrolle meines Tagesbewußtseins ausgeschaltet werde.

Ich schreibe ergriffen mit. Wieder sichtlich beeindruckt gehe ich nach Hause und schreibe einige Rechnungen, wobei ich mich bemühe, für Addition und Division kleine Handlungen zu erfinden, damit ich nicht alles in Zahlen aufschreiben muß. Die Division! Die Operation der Division ist meines Erachtens ein Zerhacken, bei dem etwas Größeres mit dem Beil so lange in Klötze zerhauen wird, bis man weiß, wie viele Klötze an Stelle dieses Größeren stehen können. Kaiser Wilhelm der Zweite hat, am Ende eines historisch verdienstvollen Lebens, zu Zwecken einer Division sehr lange Holz gehackt. Die eigentlich verabredete nächste Mittwochausgabe muß die mir seit einiger Zeit freundlich gesinnte Zeitung wegen Wasserschadens in ihren Redaktionsräumen absagen. Sie schreiben eine Weile nichts, da sie alle das Wasser herauspumpen. Einige Tage später erreicht sie einer meiner Briefe, in dem ich der Redaktion mitteile, daß ich seit Jahren erstmals, bereits mehrfach, nachts durchgeschlafen hätte. Zwar hätte ich morgens beim Erwachen eine Erektion gehabt, aber das habe mich nicht wesentlich gestört; ja sogar das dunkle Wissen von wahrscheinlichen nächtlichen Erektionen habe mich am Weiterschlafen nicht hindern können. Ich schrieb dazu hundert Blatt. Vielleicht rufen Sie mich für Einzelheiten an.

Selbstverständlich bin ich immerzu über mich selber gebeugt. Auch zum Wasserlassen brauche ich nicht aufzustehen, sogar der bisher wegen des Priapismus besonders gefährliche und qualvolle Mittagsschlaf ist nun schon zweimal ohne jede Erektion verlaufen. Da ich durch mein nächtliches Durchschlafen jetzt morgens entsprechend frisch meinen notierenden Dienst antrete, fühle ich mich wieder zunehmend leistungsfähig und bin darüber unsagbar glücklich. Leider sind meine Romane durch den tiefen Schlaf ausgeblieben, mit Ausnahme eines kurzen, minimalen Romans: Die letzte kritische Instanz ist tot, unwissend blafft sie weiter. Das ist der ganze Roman. An Näheres erinnere ich mich nicht. Auch diesen Roman habe ich früher schon mehrmals geschrieben, und zwar stets vor qualvollem, reptilienartigem Erwachen. Das Tier lag an der Sonne, auf einmal war die Sonne weg, das Tier erwachte, aber sie war nicht mehr da, und es fand sie nicht mehr.

Diesmal sei ich jedoch fast unbeteiligt geblieben. Ob das so zu verstehen sei, daß der literaturkritische Einfluß, von dessen krankmachender Wirkung ich gesprochen hätte, auf mich im Schwinden sei?, so fragt einer ihrer scharfsinnigen, mir detektivisch nachsteigenden Artikel, für welche ihr die Zeitungen jede Menge Geld und Vergünstigungen zuschieben. Sie war die letzte, die auf der Redaktion mit dem Wasserpumpen aufhörte, aber sie saß am raschesten wieder am Schreiben. Eile und Unsicherheit merkt man ihrem Artikel diesmal an. Stimmt alles nicht so ganz, aber ich kann nicht dementieren, da sich die Ereignisse ohne mein Zutun weiter verwickeln.

Weshalb wählte ich diesen Beruf? Weshalb blieb ich dabei, auch nachdem es sich herausstellte, daß die Folgekosten meine Mittel überstiegen? Diesmal verreiste ich ins Gebirge auf der Insel, nahm nur die alte Marke Gabriele, meine flache Schreibmaschine mit dem klemmenden »n« mit. Ich war einige Tage in Urlaub bei dieser Kritikerin, die größer geworden, aufs Meer verzogen und nun meine Frau war. Nach einem ersten Verkehr, der sie überraschte und der eine ausgesprochene Ejaculatio Praecox zeigte, war die nach einigen Stunden erfolgte Wiederholung störungsfrei. Ich benahm mich ziemlich wahnhaft, grub mit meinen ewigen schlurfenden Schritten, die gleichsam mittelschwere Pakete Laub vor sich herschoben, einen Gedankengang in den Zimmerboden. In der Nacht darauf wieder mein deutlicher Priapismus, wenn auch nicht so schmerzhaft. Ich berichte bei der Gelegenheit, daß ich regelmäßig dann, wenn ich kurz vorher mit ihr, meiner Frau, irgendeine Auseinandersetzung hatte, keine Zeichen vorzeitigen Samenergusses habe (eine Mitteilung, die mit meiner früheren sinnvoll übereinstimmt, daß dann, wenn meine Frau »unnahbar« ist, ebenfalls keine Ejaculatio Praecox auftritt). Die Kritikerin hört wortlos zu. Sie denkt ständig. Zwei Köpfe sind für sie zuwenig. Ich stelle mir nur eine Frage: Weiß die Literaturkritik jederzeit über die Insgesamt-Tätigkeiten ihrer Mitglieder Bescheid, führt sie Buch, beobachtet sie diese Mitglieder, wenn ja, kann sie eines derselben, wenn es seinen Pfad verläßt, zur Ordnung rufen und in den Bunker sperren?

Ich weiß nun zumindest in der Niederschrift mehr. Eine Kontaktbeeinträchtigung zur Frau beziehungsweise eine obsessionelle Distanzierung der Literaturkritik gegenüber ist bei mir offensichtliche Voraussetzung zu störungsfreiem Verkehr. Lassen Sie mich dazu noch etwas sagen. Auf die hier deutlich anklingende Störung meiner Zärtlichkeitswünsche wird von mir absichtlich noch nicht eingegangen. Nehmen Sie mir die Darlegung meiner Strategie nicht übel. Im übrigen bestätige ich Ihnen die bereits brieflich mitgeteilte, ganz erhebliche Besserung, über die ich beglückt bin.

Dank des tiefen Schlafes erinnere ich mich kaum noch an meine Geschichten. Aus einem längeren Damenroman vor etwa fünf Tagen ist mir noch ein Abriß im Gedächtnis, worin ein dralles Mädchen als ausgesprochen erotisch ansprechende Figur auftaucht. Ich weiß nicht, ob sie erotisch ist, vielleicht sehe ich sie deshalb so lange an; manchmal läßt sich noch etwas korrigieren. Ich bin ungeheuer häßlich; so viel schafft sie denn doch nicht. Sie ist ein Typus, der in meinem Wachbewußtsein nicht die geringste Anziehungskraft auf mich ausübt.

Bisher hat jene andere Frau mich, obwohl ich sie menschlich stets sehr geschätzt habe, als Frau auch nicht im geringsten interessiert.

Neuerdings aber hat sie mich trotz (!) ihrer üppigen Formen derart fasziniert, daß ich mich jetzt schon zweimal abends mit ihr zu gemeinsamen Spaziergängen getroffen habe.

Im übrigen ist, wie ich sage, mein Schlaf seit einigen Tagen so fest, daß ich mich nur aus der letzten Nacht noch an einen vollendeten, aber eintönigen Roman erinnere: Ich befand mich an einer Eisenbahnunterführung in meiner Heimatstadt, wo eine Ausfallstraße die Umgehungsbahn kreuzt. Verschiedene Kollegen kamen hinzu, hatten etwas zu essen mit. Wir verhandelten miteinander. Der Treffpunkt schien unbedingt richtig, da er an einer bedeutsamen Kreuzungsstelle lag ... Aber irgend etwas fehlte noch, damit alles stimmte.

Nachdem sie mich nach Einfällen zu dieser Kreuzungsstelle befragt, erinnere ich mich, daß es eines meiner ausdrucksvollsten Kindheitserlebnisse gewesen war, wenn ich dort auf einer hoch angeschütteten Straßenbrücke unter mir die herankommenden Eisenbahnzüge mit ausgesprochener Erregung ankommen und wegfahren sah. Besonders spannungsvoll war dabei, wenn ein schwerbeladener Güterzug die stark ansteigende Strecke mühsam unter dem langsam rhythmischen Puff-Puff-Geräusch der qualmenden Lokomotive herankeuchte und ich mich dann auf der Brücke von der Rauchsäule der Lokomotive einfangen ließ. Für den Kundigen, dies möchte ich anmerken, enthält der Satz erneut einen leicht erkennbaren Hinweis auf anale Thematik (Darmfunktion). Sie wird aber, wie im Orgeltraum, absichtlich nicht berührt. Vergleiche jedoch zu den epikritischen Ausführungen in der Parthogenese dieser Priapismus-Symptomatik stelle ich keine an.

Meine technisch-mathematischen Interessen müßten, wie mir vor Jahren schon selbst einmal blitzartig aufging, irgend etwas mit der lustvollen Spannung dieser damaligen Erlebnisse zu tun haben. Ich vermute, daß der Schnittpunkt der beiden Verkehrswege in verschiedenen Ebenen etwas mit der Notwendigkeit der Vereinigung der bisher getrennten vitalen und geistigen Ebene oder Schicht, wie ich es in meiner Selbstkritik, bei einem Seminar, besprochen habe, zu tun haben könnte. Als mich dort, neben dem auf einen kurzen Rasen hinausgehenden mannshohen Fenster, die Studenten nach Einfällen zu dem Schlußsatz, daß nämlich noch etwas fehle, befragen, fällt mir nichts ein. Erst in der folgenden Stunde – dies sei hier vorweggenommen – berichte ich spontan: »Ich verstehe nicht, wie mir das nicht einfallen konnte. In Wirklichkeit befindet sich, wie mir heute erst wieder klar wurde, nämlich an jener Stelle noch eine dritte Bahn, in die Erde eingeschnitten, sodaß also oben die Straßenüberführung, zu ebener Erde eine Eisenbahn – und in die Erde eingeschnitten eine zweite Eisenbahnstrecke sich dort kreuzen. Das ist mir erst nach tagelangem Quälen, daß da doch noch etwas fehle, wieder eingefallen. Erst auf dem Weg hierher kam dann die Erinnerung.« Die Studenten interessierte mein Gedanke nicht. Niemand hörte mir mehr zu; sie nahmen die Bahn aus meinem Roman und fuhren damit nach Hause, jeder in sein einsam dastehendes Haus.

Ich muß an dieser Stelle nachholen, daß, von der Kritik angeregt, im vorletzten Tiefdruck-Magazin von der »Leib-Geist-seelischen Entwicklung« bei mir ausführlich die Rede war und daß wir von dem Auseinanderfallen dieser drei »Ebenen« mehrfach sprachen. Ich selbst brachte sofort meinen Roman, beziehungsweise den ergänzenden Einfall von dem Schnittpunkt der drei Verkehrs-Kreuzungen in Zusammenhang mit der Notwendigkeit der Wiedervereinigung dieser drei Ebenen.

Im übrigen berichtete ich aber in dieser neuesten Ausgabe, daß es mir nicht gut gehe. Zwar bestehe kein Priapismus mehr, dafür aber eine nervöse Einschlafstörung. Auf Befragen nach deren Ursache glaube ich, daß dieser Rückschlag Zusammenhänge mit den Ausführungen der Kritikerin – ausgerechnet den Dünnen, meinen Feind, zog sie zu Rate – über die Notwendigkeit des Gewährenlassens auch der Vitalschicht anläßlich ihres Zitats »naturam expellas furca tamen usque recurret« aufdeckt. Ohne zunächst hierauf einzugehen, frage ich mich weiter nach Romanen. Ich erfinde. Sie haben jetzt beunruhigenden Charakter.

Ich berichte: »Ich sitze in einer Badewanne, die annähernd bis zum Rand gefüllt ist. Indem ich mich etwas bewege, gerät die Wasseroberfläche in Schwingungen, und das Wasser schwappt kräftig über den Rand. Um dies zu verhindern, mache ich Gegenbewegungen, aber das Wogen wird nur immer stärker, sodaß ich seiner nicht mehr Herr werde. Die Schwingungen deplazieren mich. Dann befinde ich mich nicht mehr in der Badewanne, sondern treibe auf einer riesigen Meeresoberfläche, dem Spiel der nun haushoch gewordenen Wogen hilflos preisgegeben.«

Die Einfälle zu diesem Roman bezeichnen nicht so sehr meine Angst vor dem Ertrinken, sondern mehr das Unheimlichkeitsgefühl, von etwas Gewaltigem ergriffen und fortgerissen zu werden.

»Wohin treibt dich das wohl?« Also

nicht meine alte Angst vor der Vernichtung, sondern Unheimlichkeitsgefühl vor dem Überwältigtwerden.

Dazu ein weiterer Einfall: Am Abend vor diesem Roman vollziehe ich wieder, in genau derselben Stellung, mit jener vollschlanken Kollegin aus der Kritik den Spaziergang, bei dem ich durch ihre herzhaft ungehemmte Art merkwürdig stark berührt worden bin, sodaß ich auch meinerseits locker und gelöst wurde, im Gegensatz zu meinem sonst so formal steifen Verhalten.

Sie erklärt mir zum Schluß unter Lachen, daß es ihr Freude mache, mich, den unnahbar Korrekten, »mal gründlich durcheinanderzubringen«, worauf sie mich plötzlich packte und sinnlich abküßte, was ich mir zwar widerstrebend, aber nicht ungern gefallen ließ.

Hinterher bekam ich abends in meinem Zimmer doch erhebliche Bedenken über die Konsequenzen dieser Freundschaft, zumal sie weiter will, nicht aber weiter mit mir, sondern weiter, an mir vorbei.

Die Artikel über mich jagen sich. Ich werde erst berüchtigt, dann berühmt, denn niemand spricht mehr mit mir, niemand lädt mich ein, niemand kennt mich, die Isolierung ist vollkommen. Was habe ich Interessantes getan? In ihren Kernstücken zeigen sie mir alle wie mit einer Stimme auf, wie der Roman eine ausgezeichnete Zustandsschilderung meiner derzeitigen inneren Verfassung gibt, einschließlich meiner Ängste vor dem Ergriffenwerden durch das Unbekannte, ebenso aber auch von meinen vergeblichen »Gegenbewegungen«. Ferner, die kritische Beraterin spricht unaufhörlich, veranschauliche der Roman auf schöne Weise das, was in letzter Stunde über die Auffassung meines Symptoms gesagt worden sei: überstarke Abwehr der Vitalschicht, gerade dadurch aber notwendigerweise Dennochdurchsetzung in Gestalt meines erektiven Priapismussymptoms. Ich wehre mich nicht, also wird diese Resistenz von irgend etwas an mir übernommen. Diese Entwicklung veranschaulicht der Roman diesmal, sagt die Beraterin, sobald die zur Beruhigung der aufgeregten Wogen von mir in der Badewanne unternommenen »Gegenbewegungen« nun erst recht dem Spiel der Wogen auf dem großen Ozean ausgesetzt werden.

Der folgende Roman aus derselben Arbeitswut berührt das gleiche Thema:

Vor einem niedergehenden Platzregen bringe ich mich ins Wohnzimmer meiner Eltern in Sicherheit, wobei das Rauschen des Platzregens mit zunehmender Stärke hörbar wird. Obwohl ich mich im Zimmer geborgen wissen müßte, wird mir angesichts dieser Naturgewalten immer unheimlicher zumute.

Der Roman zeigt – wiederum als innere Zustandsschilderung – einerseits die Naturgewalt (gewaltiger Platzregen) der in mir aufbrechenden »Vitalschicht«, andererseits aber auch in großer Anschaulichkeit, wie sehr tatsächlich mein bergendes Elternhaus Flucht und Schutz vor diesen Gewalten heute noch für mich bedeutet. Auch der letzte Roman dieser Nacht zeigt unter anderem meine Angst, mich ernsthaft hinzugeben und mich an das unbekannte Wagnis zu verlieren, insbesondere meine Sicherungstendenz der Frau gegenüber:

»Ich befinde mich im Schreibzimmer und bin im Begriff, mitten in dem Zustand namens ›Zusammen‹ die soeben erdachten Romane der Frau X (jener Bekannten) zu diktieren, als mir einfällt, daß sie dadurch mehr, als nötig und gut wäre, von mir erfahren würde. Ich breche das Diktat deshalb ohne besondere Erklärung ab, nachdem sie bereits von sich aus nicht mehr weiterschrieb.«

Auch diese beiden Romanhandlungen werden nach zwei Wochen besprochen, wobei ich sie selbst sofort im eben genannten Sinne erfasse, wobei ich ausdrücklich klarstelle, daß das Entscheidende der Begegnung mit meiner Bekannten nicht das sexuelle Erlebnis sei, sondern das Mich-durchdringen-Lassen und Annehmen der in ihrer weltoffenen und ungehemmt vitalen Art sich zeigenden Lebenshaltung. Mit der aus meiner ganzen Lebensgeschichte (insbesondere meiner Begegnung mit der Sexualität) heraus durchaus verständlichen Abwehr gegenüber meiner Vitalschicht hängt nun auch meine Einschlafstörung zusammen. Sie ist Ausdruck der auch im Roman sich widerspiegelnden Unruhe vor der notwendigen Auseinandersetzung mit dieser durch meine Behandlung geweckten Schicht. Diese Unruhe ist – literarisch gesehen – auch durchaus berechtigt, denn mein bisheriges – scheinbar erfolgreiches – Abwehrsystem droht, wie die Romane veranschaulichen, ins Wanken zu geraten, nachdem sich mir die Erkenntnis immer unabweisbarer aufdrängt, wie teuer dieser Scheinfriede bezahlt worden ist. Nämlich mit Hemmungen, Einschränkungen, schmerzlichen Verzichtleistungen, mit Beeinträchtigung meines ganzen Lebensgefühls, nicht zuletzt mit neurotischer Symptomatik, wie sie sich möglicherweise als Durchbrechung dieses Abwehrsystems in meinem Priapismussymptom verrät. Stark beeindruckt verlasse ich die Kritikerin, die kein einziges Mal auch nur eine kurze Pause gemacht hat.

Es ist noch keine Besserung meiner Einschlafstörung erfolgt. Der Priapismus ist nur in kaum noch bemerkter Form aufgetreten. Dennoch ist mein Gesamtbefinden, obwohl ich doch jetzt trotz der Einschlafstörung genügend Schlaf bekomme, unbefriedigend.

Ich bin reizbar; das Gefühl beginnender Gelöstheit, das ich anfangs so beglückend erlebte, ist wieder geschwunden. Durch die Kritikerin und den dünnen Kritiker auf einem Schriftstellertreffen in einer ferienhalber verwaisten sozialdemokratischen Parteizentrale nach meiner

Beziehung zu der Freundin befragt, berichte ich ihnen, daß ich mich weiter mit ihr getroffen hätte und daß es auf ihre Initiative hin zum Austausch schon recht weitgehender Zärtlichkeiten gekommen sei.

Die Janusköpfige fragt: Wie stehen Sie dazu. Das macht mir zunehmend Sorge. Nachdem sie aus mir einen unerwarteten Roman herauspreßt, spreche ich unwillkürlich: »Ich besuchte meinen dünnen Kritiker, der im Krankenhaus lag. Widerstrebend ging ich hin, doch ich nahm an, er sei schon gestorben. Er sollte aber gerade geimpft werden, der Impfstoff stand bereits in einem Glasschälchen auf dem Tisch. Ich dachte bei mir: Mit solch einfacher Sache braucht nicht erst der Kurpfuscher behelligt zu werden, das kannst du selbst machen. Auf dem Tisch lag ein länglicher Gegenstand, den ich für eine Impfspritze hielt. Indem ich sie in den Impfstoff eintauchte, verfärbte sich dieser blau und braun. Da kam eine Schwester, die das Nahen des Kurpfuschers ankündigte. Ich hatte Angst, daß ich den Impfstoff verdorben hätte und daß damit der Kritiker vergiftet werden könnte, und machte sie auf mein eigenmächtiges Vorgehen aufmerksam. Da lachte sie und sagte: ›Das ist nicht weiter schlimm; Dr. Y. (des Patienten Redaktionsleiter) weiß alles. Er kennt die Personalakten von allen ganz genau, er stellt jeden schon auf seinen richtigen Platz.‹«

Die Janusköpfige, überstürzt: Einfälle dazu? Einfälle zu der Romanhandlung unter anderem: Dr. Y., dieser ordnende, abgestumpfte, Bleistifte wie harte Spargeln zerkauende Redaktionsleiter, zeigt große Ähnlichkeit mit dem kranken Kritiker. Unter Verwirrung meiner weiteren Einfälle ergibt sich mir im wesentlichen folgende Deutung: Mein Kritiker ist mein eigen Fleisch und Blut, mein alter ego. Ich möchte die zur Gesundung dieses alter ego notwendige Spritze nicht einem anderen, dem dazu berufenen Arzt überlassen, sondern selber einstechen, dann weiß ich, was geschieht, und habe die Dosierung selber in der Hand, statt plötzlich in ein »Meer mit haushohen Wellen« getaucht zu werden und mich einem Unbekannten wehrlos ausgeliefert zu fühlen.

Bei dieser Deutung bekomme ich einen Lachanfall, der in rhythmischer Steigerung konvulsivisch sich entlädt und zu meiner sonstigen verhaltenen Art in auffallendem Gegensatz steht. Nach analytischen Erfahrungen bedeutet dies eine unbewußte Bestätigung der durch die Kritikerin gegebenen Deutung. Ich könnte dementieren, lasse alles aus Schwäche aber stehen. Dies bestätige ich, indem ich, nach der Ursache meines Lachens befragt, berichte, daß ich ihr eigentlich zu Anfang der Stunde hätte sagen wollen, daß mein Priapismus ja nun geheilt sei und ob wir nicht die Behandlung beenden wollten. Auf Grund ihrer, der Kritikerin, Deutung müsse sie mir allerdings zugeben, daß sie meiner endgültigen Gesundung trotz aller fast zauberhaften Erfolge zwar noch nicht ganz sicher sei, daß mir aber die Entwicklung mit der Kumpanin neuerdings soviel ängstliches Unbehagen mache, daß ich da doch lieber aufhören wolle. Tatsächlich sei mein Roman auch verfaßt worden, nachdem es am Abend zuvor erstmalig zu einer Begegnung mit der Freundin auf meinem Zimmer gekommen sei. Diesmal hat es von meiner Seite aus, wäre sie nicht gerade unwohl gewesen, möglicherweise zu einem Geschlechtsverkehr gedrängt. Dabei fällt mir ein, daß ich meiner Diktierkraft gegenüber in den ersten Wohnungsjahren zu meiner damaligen Verwunderung immer ausgerechnet in den Tagen das Bedürfnis nach Sexualverkehr hatte, in denen sie träumte; wenn also ein leiblicher Kontakt nicht möglich war. Während in der übrigen Zeit, wenn es schon überhaupt zum Verkehr kam, dies nur auf ihre und nicht auf meine Initiative erfolgte. – Sie weist mich auf den Schluß des Romans hin: Die Krankenschwester (die, wie ich berichtet hatte, eindeutig meine liebe Kumpanin darstellt) beruhigt mich damit, daß die Kritikerin schon alles richtig machen werde und dank Kenntnis der genauen Personalakten, also dank Wissens um die dem uneingeweihten verborgenen Hintergründe eines jeden Patienten, schon das Richtige für mich wisse und mich auf meinen richtigen Platz weise. Das heißt: mich zu dem bringe, wozu die innere Bestimmung mich vorgesehen habe. Ich bestätige daraufhin, daß ich trotz aller in meinen Romanen und in ihrer geheimen Aufbruchsneigung zum Ausdruck kommenden mißtrauischen Besorgnis doch immer wieder sehr stark berührt bin von der behutsamen Art ihrer Behandlungsführung. Daraufhin skizziere ich, deutlich beeindruckt von der Sinndeutung dieses Traumschlusses, einen Essay, wobei mir allerdings eine Verlegenheit und eine tiefe Unanständigkeit beim letzten Satz auffallen, die bei mir sonst so nicht bekannt sind.

Ich war einige Tage auf Kurzurlaub in den Bergen bei meiner Kritikerin. Mein Befinden unverändert. Habe einen merkwürdigen, mir stark nachgehenden Roman geschrieben: »Stehe mit meiner Kritikerin auf einem kleinen Hügel; beide zeigen in die Ferne, zuerst sah ich nicht, worauf sie mich aufmerksam machen wollte, dann entdeckte ich in weiter Ferne eine Anzahl auf einem Acker lustig einherspringender Tiere, wohl Hasen, bei genauerem Zusehen stellte ich später dann auch noch etwas näher zwei Wildschweine fest, die aus einem Gebüsch heraustraten, sie tobten umher und sprangen dann beide zugleich übermütig in einen Fluß, am diesseitigen Ufer kamen sie zu Füßen unseres Hügels wieder an Land, plötzlich verschwand die ganze Landschaft, und vor mir stand ein Esel, der eigentümlich lustvolle Bewegungen machte, jedoch ohne daß ein weibliches Tier in der Nähe gewesen wäre, die Sache kam mir höchst sonderbar vor, und erst bei genauerem Zusehen stellte ich fest, daß ihm das männliche Glied mit einem Tuch ganz fest zugebunden war.«

Im selben Augenblick erwachte ich mit starker Erektion und mit ausgesprochenem Lustgefühl, ohne daß es jedoch zur Ejakulation gekommen wäre. »Beim Erwachen noch aus dem Roman nachklingendes starkes Gefühl der Abscheu und Empörung wegen solch grausamer, ja geradezu sadistischer Handlungsweise gegenüber der gequälten männlichen Kreatur, der durch das Zubinden die richtige Erektion und sexuelle Entladung verhindert wurde.«

Sofort nach Erzählen des Romans sage ich ohne irgendeine Frage meinerseits: »Der Esel, der bin ich selbst.« – »Woher wissen Sie das so genau?« fragt die Kritikerin. – Mein Lächeln, dann: »Sowas weiß man eben im Moment des Erwachens noch genau. Außerdem hatte sich eine Bettuchfalte so um mein Glied gelegt, daß ich durch den dadurch zustande gekommenen Druck eine Empfindung hatte, wie sie dann im Roman beim Esel ihre nun stark übertriebene Darstellung in der Abschnürung des Gliedes fand.« – »Fällt Ihnen zu dieser nach Ihren eigenen Worten ›übertriebenen‹ Darstellung etwas ein?« Die Kritikerin trennt ihre übereinandergeschlagenen Knie, läßt sie eine Weile getrennt unter dem kleinen Tisch hervorstehen und schlägt sie dann wieder übereinander. – Ich überlege, weiß aber nichts. Auf Grund einiger zu sonstigen Romaneinzelheiten gebrachter Einfälle wird der Roman von uns beiden in dem Sinne interpretiert, daß darin die Phasen meiner geschlechtlichen Entwicklung zum Ausdruck kommen: in nahezu vergessener, weit zurückliegender und kaum sichtbarer Ferne die harmlose Spielerei der (als fruchtbar sich mehrenden – aber auch als besonders gefräßig bekannten) Hasen; in meinem »Mittelalter« (Onaniephase!) die Wildschweine und zuletzt der Esel. Wobei meine Wildschweine (als Tiere, die das Schweinische triebhafter Sexualität, zugleich auch das Gefräßige anschaulich repräsentieren) wieder bedenklich nahekommen, bis dann der durch gewaltsame »Unterbindung« der Sexualität gekennzeichnete Esel die letzte Phase meiner eigenen Sexualentwicklung darstellt, nämlich ein Lebewesen, dem die natürlichen Triebregungen grausam unterbunden sind.

Ich gehe zunächst willig mit, will diese letzte Ausdeutung des Esels trotz meiner anfänglichen Aussage, daß ich selbst der Esel sei, nicht recht akzeptieren, bin überhaupt bedrückt. Ich berichte, daß die Beziehung zu meiner Bekannten eine gewisse Spannung bekommen habe, daß die Beziehung mich »zu sehr auffresse« (Wildschweinthematik!), während ich meine Unabhängigkeit über alles liebe und für meinen geliebten Beruf frei sein will. Wieder erfolgt dieses etwas konvulsivische Lachen, das überraschenderweise mir selber entquillt. Dann, halb lachend, halb verlegen berichte ich, daß ich in der vorigen Stunde einen Roman verheimlicht habe, da mir dessen Beziehung zu einem bestimmten, mir sehr peinlichen Erlebnis am Abend zuvor klar geworden sei.

»Ich war an Gogols Nase operiert und lag in einer Klinik in X (Standort meiner Tageszeitung). Abends kam die Krankenschwester zu mir und sagte, es sei doch noch nicht alles in Ordnung, sie wolle noch einmal den Professor kommen lassen. Ich redete ihr das mit aller Gewalt aus mit dem Hinweis, daß ich mich den Umständen nach recht wohl fühle; ich ließ mir dann jedoch gegen meine Überzeugung gefallen, daß sie die in die Nase gestopften Wattepfropfen mit einer Pinzette herauszog, wobei sie mir weh tat. Hinterher kam auch noch der Professor und stellte fest, daß alles in Ordnung sei.«

Die elementaren Grundzüge sind mir sofort klar gewesen: Die Kritikerin sowohl wie ihre Schwester waren Verbündete in meinem Heilungsprozeß. Es war dieselbe Nacht gewesen, in der ich morgens mit dem Eselstraum (worin dem Tier das Glied abgeschnürt war) erwachte, und die Nase im Text stand symbolisch für mein Glied. – Woher stammt dein Wissen? Der Mundwinkel der Kritikerin regte sich nicht, sie legte den Kopf schräg und strich mit dem Finger über das aufgeplusterte Muttermal mit den Härchen rechts von ihrem Nasen-Ansatz. – Einmal der mir aus der Jugendzeit bekannte Vers: »Wie die Nase des Mannes, so ist auch sein Johannes«, womit im Volksmund die Übereinstimmung zwischen Größe beziehungsweise Form der Nase und des Gliedes bei einem Mann gemeint ist.

Sie hört mir gespannt zu. Vor allem aber – und dies ist der Grund meiner Romanverheimlichung – wegen der schon erwähnten Zärtlichkeiten am Abend zuvor auf meinem Zimmer. Hierbei ist es zum Schluß zu anfangs lustvollen, dann aber, durch ihre etwas gewaltsam impulsive Art, doch so schmerzhaften Berührungen an meinem Glied gekommen, daß ich unmittelbar vor der Ejakulation plötzlich erschreckt abgebrochen habe. – Mir wird bald klar, daß das der Grund ist, weshalb die Beziehung zu ihr seitdem etwas gespannt ist und von mir als eher belastend empfunden wird, wobei sie, die Kritikerin, deren Körper jetzt schwer wirkt und unbeweglich, nochmals auf den meine innere Haltung charakterisierenden Romantext hinweist: Ich wehre mich gegen weitere (nochmalige) Zuziehung der Kritikerin, und zwar mit »aller Gewalt« und mit dem Hinweis, daß ich mich »den Umständen nach recht wohl« fühle, lasse mir dann aber ihre Manipulationen doch »gegen meine Überzeugung« gefallen … »wobei sie mir weh tut«.

Mitgenommen kehrte ich für weitere Äußerungen zum epischen Schwung zurück. Sichtlich entlastet, mein unterschlagenes Geheimnis gebeichtet und damit die Stimmigkeit zwischen meinen Romanen und deren jeweiliger Deutung mittels eigener Einfälle nicht länger gefährdet zu haben, verließ ich diese Stunde, ohne mich nach ihr umzublicken. Kurz darauf schmerzte mich der Nacken, als steche jemand mit einer langen Nadel hinein.

Ich mußte ihr etwas eher Unglaubliches erzählen, was mir zu meinem Eselstraum vor einigen Tagen eingefallen war. Und zwar im Anschluß an einen Roman von heute nacht, in welchem das Thema, wenn man es mit einer Fliege vergleichen durfte, die gefürchteten, mir um den Hals gelegten Spinnenfäden zerriß: »Ich ging mit meiner Kritikerin abends zu Bett, und wieder erschien sie mir gegen das Licht an der Wand in der schönsten Gestalt des früheren Romans (Formen stark hervortretend, mit Lichtgloriole umgeben). Wieder geriet ich in Erregung, und sie stieg, während ich wieder auf dem Rücken lag, auf mich und trat – gewichtslos – auf mein Gesicht. Ich ergriff mit meinen Händen ihre Hüften und ließ sie langsam auf mich herabgleiten. Mein Glied hatte sich jedoch in den Schlafanzug verwickelt, so daß es zu einer Ejakulation kam, bevor die beabsichtigte Einführung möglich gewesen wäre.«

Dazu war mir zunächst meine Neigung zur Ejaculatio Praecox eingefallen, dann aber vor allem folgendes: Nachdem nun in sozusagen allen Romanen der Reihe das Thema des Glied-Abbindens vorgekommen war, war eine Erinnerung aufgetaucht, von der ich nicht verstand, daß sie mir nicht gleich beim Eselstraum gekommen war; zumal da sie, die Kritikerin, mich damals ausdrücklich gefragt hatte, was mir denn sonst noch zu diesem grausamen Abbinden einfalle. Auf ihr Verlangen hin strich ich einiges weg, wohl nicht genug. Ich muß ausdrücklich versichern, daß ich diesmal, im Gegensatz zu dem kürzlich bewußt unterschlagenen Roman, tatsächlich nicht an das, was ich jetzt erzählen will, gedacht habe, sondern daß es mir erst heute morgen beim Erwachen im Anschluß an diesen Roman eingefallen ist. Ich habe nämlich, als mein Priapismus immer stärker wurde und mir (wie eingangs geschildert) zunehmend meine Nachtruhe raubte, eine Art Selbsthilfe versucht.

Abends vor dem Schlafengehen legte ich ein derbes Band um das noch schlaffe männliche Glied, derart, daß es dicht anlag, ohne es jedoch irgendwie abzuschnüren, und zwar mit der Absicht, daß, wenn nun nächtlich eine Erektion sich einzustellen begänne, durch die dann zu eng werdende, nach unten gesunkene Krawatte eine Schmerzempfindung ausgelöst werde, durch die ich sofort, bevor es zur vollen Erektion, zumindest zur längeren Erektion gekommen sei, zwangsläufig wach würde. Dieses Verfahren (das, nebenbei bemerkt, in erster Linie als Rationalisierung meiner starken unbewußten Sexualabwehr zu werten ist), das ich über Wochen immer wieder versucht habe, hat sich jedoch nicht bewährt, da ich dadurch nun vollends um meinen Schlaf kam.

Bei der Gelegenheit besprach ich nochmals ausführlich den bis hart an die Selbstzerstörung gehenden Kampf gegen die natürlichen vitalen Regungen des gesunden Mannes aus einer trieb- und lebensfeindlichen Ideologie heraus, worauf ich noch eine Reihe bestätigender Daten hierzu aus meinem Leben anbrachte. Sie zeigten, wie ich da, wo ich Versuchungssituationen des Lebens ausgesetzt war (nicht nur eigentlich sexuellen Versuchungssituationen, sondern solchen, in denen es zu einem selbständigen Sich-Durchsetzen oder zu einer sonstigen Form der Bemächtigung der Welt hätte kommen müssen), regelmäßig versagt habe.

Interessanterweise war ich noch bis zwei Jahre nach der Pubertät ein sportlich gewandter

Schüler. Und erst mit dem Einsetzen des Onanieabwehrkampfes verlor ich auch mein sportliches Interesse. Interessanterweise?

Offensichtlich griff hier meine Abwehr gegen die als körperlich erlebten Sexualempfindungen in eine generelle Abwehr gegen alles Körperliche überhaupt über, die dann allmählich zum Verlust der für mich Sportler selbstverständlichen Bejahung meiner motorischen und sensiblen Körperwahrnehmungen und -empfindungen führte, wie sie das »Körpergefühl« des Gesunden ausmachen und wie sie für jede sportliche Betätigung unerläßliche Voraussetzung sind.

Dies nahm die Janusköpfige in einer Wochenend-Beilage zum Anlaß, mich auch einmal auf die Starre meiner Mimik und die Steifheit in meinen gesamten Bewegungen hinzuweisen, zum Beispiel mein stocksteifes Dastehen bei der Begrüßung, wobei sie nicht das Fehlen einer gesellschaftlichen »Verbeugung«, sondern der natürlichen Zu-»Neigung« im Augenblick der Begrüßung meinte. Das alles sei charakteristischer, mir völlig unbewußter und ungewollter, für die Kundige jedoch deutlich spürbarer haltungsmäßiger Ausdruck meiner fehlenden Zuneigung zum anderen, also in Körpersprache sich mitteilender Ausdruck meiner herabgesetzten mitmenschlichen Kontaktfähigkeit. Wieder gelte hier, was sie über Rhythmus und Takt gesagt habe: Statt harmonisch gelöster Form mechanische Starre.

Ich liebkoste das eine ihrer Gesichter; das andere blieb im Dunkel und weinte. Immer nur in Lebensphasen, in denen ich in genau abgesteckter Abhängigkeit war, rettete ich mich, trotz zweifellos überdurchschnittlicher Intelligenz, wodurch eine Reihe meiner Begabungen nicht entfaltet wurde.

Ich war beim Lesen zunächst betreten, bestätigte schließlich lachend ihre Ausführungen, indem ich dem weinenden Gesicht, selber lachend, berichtete, daß, kaum hätte ich eine Zeitung aufgeschlagen, mir schon oft ähnliches gesagt worden sei, wobei sie – und das sei sicher diese selbe »Haltung« ins Charakterologische übertragen – besonders darauf hingewiesen habe, daß ich in meiner pedantischen, starr an Programmen, Plänen und sonstigen Ordnungskategorien festhaltenden Art die Unmittelbarkeit spontanen Erlebens, vor allem auch wirklichen Genießens, verloren hätte, besonders bei unprogrammgemäßen Situationen. Ist das nicht grotesk, frage ich. In ihrer beglückten Ausdruckslosigkeit stimmten beide Gesichter überein.

Darum, so sagte ich, habe ich früh das Unprogrammgemäße abgeschafft. Man wirkt darin klein und ungeschickt, und ich will es nicht.

Liebe bei den Bären

Warum sagt dir diese Friedlich-O'Zanni etwas, hatte mich Grizzly gefragt, er nannte sie Pisful (Pis der Friede) Osani, und er hatte mit Aussprache wie Frage auf seine ehrenwerte hölzerne Art recht. Ich war noch unselbständig, hatte mich von ihm kaum gelöst, demnach wiederholte ich mir, warum liebe ich Friedlich-Ozy? Warum bewunderte ich sie von Herz und Seele? Und sogar mit meinem Körper? Ich könnte sagen, ich wußte es nicht, als Antwort genügt es nicht. Schließlich war ich sechzehn, und sie war zweiundvierzig, als sie starb. Ein merklicher Altersunterschied. Er gehörte vielleicht zum unsterblichen Glanz unseres Paares. Zu seiner nicht nachlassenden Anziehung. Mein Grizzly war in der Friedlich-Ozy-Ära aufgewachsen, er hatte sich um sie beworben, mir sie dann abgetreten. Sie war verrückt nach ihm gewesen. Plötzlich verreiste er nach Kythera. Sie telefonierte mit ihm, dann hatte er keine Nummer mehr. »Es liegt jetzt am Strand«, nannte sie es, nannte sie sowohl ihre Leidenschaft wie sein Verschwinden. Ich glaubte ihr. Sie war eine sehr leidenschaftliche Außenansicht. Sie war fast so heiß wie ich – im Herzen ein Kind, voll Erregungsfähigkeit, möglicher Begeisterung und Humor. Wo blieb der kranke verkümmerte Humor, unter welchem man sich drehte? Bei ihr war er gekommen und nun da. Mein Grizzly wurde in jenem entsetzlichen Schubkarrenunfall getötet, der sich nach Kythera ereignete. Er war gut wieder nach Hause gekommen. Wir hatten seine Abwesenheit bereits vergessen. Er war einfach wieder da. Um Friedlich-Ozy kümmerte jetzt ich mich. Ich war damals fünf Jahre alt. Darum bekam ich Grizzlys Schubkarrenunfall nicht mit. Ich erinnere mich heute, da ich alt genug bin, um Kindheitserinnerungen zu hegen, nur an sein Verschwinden in Kythera. Zunächst hatte er noch eine Nummer, dann hatte er nicht einmal mehr das. In Kythera war er verschwunden; nahm man aber an, daß er dort nicht verschwand, sondern sich etwas zurückzuziehen wünschte, so kann man sagen: Kythera hatte ihn kleiner gemacht, der Schubkarrenunfall hob ihn dann auf wie eine große Zahl, von der dieselbe große Zahl subtrahiert wird. Für mich war es eine schreckliche Zeit. Da ich gleich damit anfangen konnte, mich an ihn zu erinnern, und mich Erinnerungen freuten, war alles nicht schlimm. Es war ein Schock. Ich wurde stumpf. Ich hatte Angst. In dieser Zeit unseres Lebens gab es kein Lachen mehr. Unser Haus, unsere kleine Familie mit Mama, die ich ausgestopft hatte und die bewegungslos dasaß und ein freundliches Gesicht zog. Wir hatten uns immer vor Lachen geschüttelt, nun schien auch sie dumpf zu sein, Stroh trat zu ihrem Hals heraus, ich schob es hinein. Glück hatte uns heimgesucht. Meist litten wir an guter Laune. Ich bewegte mich für sie. Jeder Tag war Weihnachten. Jeder wollte ein Geschenk, und bekam er es nicht, holte er es sich. Jeden Tag ein Fest. Morgens fing es an. Bei uns fingen die Morgen nach den Nächten an. Nachts war immer auch ein Fest. Kaum war der Morgen angebrochen, war es später Morgen, manchmal fing es auch mit dem Mittag erst an, dann war Weihnachten. Und dann kam die entsetzliche Zeit. Ich hatte eine Bakterie, die mich bluten ließ. Man verschrieb mir Gegengifte, die es verlangsamten. Es war die Zeit des Kummers. Ich glaubte an nichts mehr. Vorher hatte ich an die Grundlagen abendländischer Zivilisation geglaubt und, als ich fünf war, sogar zu Nacht gebetet. Wie konnte Grizzly-Knorr so etwas zustoßen? Es mußte an seiner Unvorsichtigkeit liegen. Nach Kythera allerdings war er freiwillig gegangen. Es lag in der Höhe, war flach, und seine Ebene war so groß wie ein Tisch. Man hatte ihn gewarnt. Wie konnte uns dies zustoßen? Alles hatten wir widerrechtlich erworben; dies hatten wir uns ehrlich verdient. Ich lebte ein lockeres Leben, doch gewann ich den Eindruck, gewisse Instanzen, die ich nicht näher kannte, sahen es als zu aufgelöst und losgelöst an. Alles war zu schlimm, als daß man es glauben konnte. Grizzly war ein robuster Mann gewesen, er hatte immer gelacht und besaß eine ohne weiteres aufkitzelbare Erregungsfähigkeit der schweren Sorte. Stark und gesund. Er war Vorarbeiter eines Abbruchunternehmens und sorgte dafür, daß die Häuser, die das Unternehmen aufgebaut hatte, nach einer Reihe von Jahren wieder zusammensanken. Er verdiente sehr gut. Uns fehlte es an nichts. Er war ein großer Arbeiter, immer auf dem Bau, etwas abwesend, aber erfahren, und vollkommen furchtlos. Ich meine heute, wir wußten, daß seine Arbeit gefährlich war. Sie war vor allem schädlich seinem Geist. Wir dachten nie sehr darüber nach. Mama war steif. Sie sprach nicht. Sie war tot, doch das zählte bei uns nicht. Wer wußte, ob nicht ich auch längst gestorben war? Man macht viel drum herum, aber es ist nichts dabei. Den Tod gibt es nicht, weil alles danach genau gleich weiterläuft wie davor, an seinem Punkt wird die Lebenslinie gespiegelt, links und rechts davon sieht sie gleich aus. Mama befand sich in derselben Situation, nachher, aber in einer anderen Wirklichkeit, sie brauchte eine körperliche Stütze, dies war das Stroh, das ich ihr eingezogen hatte. Niemand und nichts konnte Grizzly jemals wehtun. Oder doch? Waren wir so unverletzlich wie er? Wir dachten an bescheidenere Dinge. Und als es eintrat, verletzte es uns. Wir waren gebrochen. Ihn aber tötete es. Es war einer jener katastrophalen Schubkarrenunfälle, woran kein Schubkarren beteiligt ist. Er bestieg ein Gerüst an einem Haus, das er aufzubauen hoffte. Die Mauern des Hauses hätten das Gerüst gestützt. Er kam erst im zweiten Kapitel, wie immer, und da er das Haus abriß, blieb das

Gerüst ohne Stütze stehen und sackte in sich zusammen. Mehrere seiner Mitarbeiter stürzten zu Tode. Sie hatten sich Büros auf dem Gerüst eingerichtet, blaue, gewellte Telefone auf den Eisenhaken plaziert, Abreißkalender an die Hausmauern geklebt, daneben Fotos ihrer Angehörigen, und ein großes weißes Plakat mit einer statistischen Kurve. Mehrere hatten Sekretärinnen angestellt, die ihnen die Meißel reichten. Das Abbruchunternehmen, das mit dem Einriß von Häusern verdiente, die es vor einigen Wochen aufgebaut hatte, ließ Grizzly und seine Mitarbeiter im unklaren über die Erfolge ihrer Tätigkeit. Das Einreißen geschah mit gezündetem Sprengstoff. Außen ließ man sie meißeln und mit ihren Sekretärinnen plaudern, unaufgeklärt, es sah so hübsch und hergebracht aus, das Einreißen eines Hauses von Hand. Die halbe Destruierabteilung tat für das Publikum so, als baue sie auf, und das Zünden der siebenhundert Kilogramm Sprengstoff im Fadenkreuz, dem Schnittpunkt der Diagonalen des Fundaments, schien ein Betriebsfehler zu sein. Sie wußten um die Geschehnisse. Diesmal war ihnen die Maskierung zu schwer gefallen. Grizzly war müde. Er hatte Pisful Osani zu sehr den Hof gemacht; es war schon mein Kapitel. Er drängte sich nochmal an sie, als ihm zum Bewußtsein kam, daß er sie abgegeben hatte. Es lag Hoffnungslosigkeit im Hinterhof, wo es geschah. Er war überwachsen von dünnen grünen Pflanzen, die der rötlichen Ziegelsteinmauer entlangkrochen. An einer solchen Pflanze hielt sie sich, als sie ihm den Abschied gab. Das war abends elf. Er legte sich ins Bett und erhob sich am folgenden Tag um halb fünf. Die Maske schmerzte ihn. Er glaubte diesmal, er baue das Haus auf. Als der Sprengstoff im Fadenkreuz zündete, glaubte er, es sei die knallend einströmende Luft, die das Haus von unten aufblasen werde. Das Tosen war für ihn ein errichtendes, nicht ein einreißendes. Das Gerüst stand einige Augenblicke frei, dann sah er seine dünnen Brettchen, die knickten, und das Gebilde brach in sich zusammen. Der Zusammenbruch schien durch die Wahrnehmung bedingt. Ohne Wahrnehmung, ohne das verfluchte alte Sehen, das den Erscheinungen seine Bildzwänge aufdrückt und solide Bretter als dünne, tragunfähige sieht (worauf sie durch Brechen zu gehorchen haben!), wäre das ganze stehengeblieben und auf seine Weise ewig zu brauchen gewesen. Mehrere Mitarbeiter blieben unter den Schutthaufen lebendig und fingen an sich auszugraben, als das Publikum, enttäuscht vom Einriß, wo es Aufbau erwartet hatte, mit den Lawinenhunden alles erspüren kam. Die meisten waren am Ende, als die Kalenderblätter von oben in der Luft flatterten, wippten, sich senkten, sich oben auf die Schuttberge legten. Das war an Gewicht zuviel. Im Augenblick lagen die darunter Liegenden erdrückt. Die dünnen grünen Pflanzen schossen aus den Hinterhöfen, eine halb abgerissen vom Vorabend von Friedlich-Ozy, wo sie sich festgehalten hatte, als sie ihm ihr Geh heim zuschrie, und wucherten alles zu. Es war, mit vielen Toten, das best- und schnellstzerstörte Haus der Stadt, in allem, was nach Vertiefung, Loch aussah, lagerte Schutt, der Fleck eingeebnet, mit Grün überwachsen, mehrere Lawinenhunde mitverschluckend, einer zwischen den Kiefern das Foto des jüngsten Kindes eines Verstorbenen. Die Firma rief neue Abteilungen, damit die weiteren Häuser nicht stehenbleiben mußten. Wir waren mehrheitlich glückliche Leute. Ein Spezialistentum des Glücks. Mutter und ich hatten sich lange aneinandergeklammert, ich mich an sie, hatte mir ihre starren Arme um die Schultern gelegt, was fast so gut war, als hätte sie es selbst getan. Wir waren im Leid so nahe wie im Glück; im Glück hatten wir keine Nähe gebraucht. Nun rückten wir zusammen, ich rückte gegen sie vor, und sie wehrte sich nicht. Ob sie tot war oder nicht; so war unsere Beziehung gewesen, als sie noch lebte, und so wäre die

Beziehung gewesen, wenn ich tot gewesen wäre und sie gelebt hätte. Nur wenn beide tot gewesen wären, hätte sich weniger Beziehung entwickelt, aber auch die Toten können sowas schaffen, über Ausdünstung, über Bewegungslosigkeit, über die stille Übereinkunft der gemeinsamen Verwesung. Aber wir lebten. Zumindest ich. Jeden Tag waren wir intimer. Wir kannten keine Geheimnisse voreinander. Schon als ich klein, machtlos und mickrig und schuldbewußt gewesen war, war sie nie weit von mir abgerückt. Ich mochte Mama, ihr Tod war ein Zwischenfall, der zur Kenntnis genommen wurde und dann aufgehoben. Sie hatte mir von ihrer Zuneigung zu Frauen gesprochen, es ging um den Leib, insbesondere war sie in Ozy-jene-wie-Mama Madar verknallt, heftiger als erlaubt, heftiger als es ein schlechter Film, eine falsch gesungene Platte, eine heimtückische Radiostimme hervorrufen konnten. Mensch, bin ich nach der verrückt, vertraute sie mir an, ihre Speicheltröpfchen näßten mir die Schulter. Ich grinste breit. Es war für mich bequem. Ich brauchte nur in die Schuhe zu steigen, die die Madar hinterließ. Ihr schien es egal zu sein, ob Weib, ob Mann. Die Freundschaft zu dieser angestrahlten Frau würde reibungslos an mich übergehen. Traf ich auf Honigpötte, so leckte ich sie auf den Grund. Traf ich dabei auf Bienenschwärme, so spritzte ich Insektizide. Es war da gerade Sommer, eine unvorstellbare Hitze am unbarmherzigen Himmel. Meine Augen waren matt, drohten zu brechen; eine ihrer letzten Taten war es, sich zum Himmel zu richten. Die Freundschaft wandte sich an eine Feuersbrunst und sagte ihr, Ergreif mich, und die Feuersbrunst gehorchte, erfaßte die Freundschaft, die eine zu sich selbst war, aber zur Tarnung andere ergriff, welche sodann ergriffen waren von einer Freundschaft, in welcher der glühende Brand war. Sie gaben nichts zurück. Sie lag mir im Auge, ich kriegte das Lid nicht zu. Sie brannte immer. Ihre Zuneigung klammerte sich an Pflanzen, so an meine Familie. Später sagte sie, sie habe sich in Grizzly verliebt, weil er nicht so ausgesehen habe wie Ozy-jene-wie-Mama Madar. Rasche Übersättigung. Es schaffte nun Zusammenhänge. In gewisser Weise sah er aus wie die Madar, aber man mußte sich Mühe geben. Es war alles zu entsetzlich, als daß man es hätte glauben können. Grizzly war stark, ein lachender Kerl, ziemlich aufregend, nie ließ er jemanden in der verdammten Ruhe, die der sich wünschte; alle haßten Grizzly, aber er drehte sie um. Diesmal ließ er sich auf eine Unternehmung ein, die zuviel für ihn sein sollte. Er hatte Unternehmungen hinter sich gebracht, woraus er durch ein gnädiges Schicksal auferstanden war, doch waren immer Erwartungen unter Beistehenden aufgekommen, einmal werde er aus eigener Absicht über Bord gehen. Er übertrieb, und die Übertreibung verfolgte ihn, und jedesmal, wenn er davongekommen war, wurde der Drang dahin größer. Es ging auf seine Kindheit zurück. Er war anders aufgewachsen als ich, viel strenger, unbarmherzig wie der Himmel damals im Sommer. Er wünschte dem Ort seiner Jugend-Demütigungen zu entgehen, darum Wanderungen in Kythera herum, es war so breit wie die Tischdecke, ich sagte: Lächerlich, Grizzly, er sagte: Betrachte die Länge meiner Gänge, dann merkst du was über die Stärke meines Fluchtgedankens. Ich sagte ihm, Ich trage Filzgamaschen, er sagte, Das hat nichts mit der Sache zu tun, ich antwortete, Eben, wenn du dich auf Gamaschen konzentrierst, brauchst du kein Kythera, ist ja lächerlich, pflege dich, Grizzly, mit was Naheliegendem, das du zur Hand hast, und meide das Weitentfernte, das du mühsam erwirbst. Klugscheißer, seine Antwort, und prüfe ich mich heute, mag er verflucht recht gehabt haben, die Pferde brennen mit mir durch, und sein Problem, jenes der Jugend-Demütigungen, welche ihm sein Grizzly hatte angedeihen lassen, ein stumpfer Grizzly-Knorr, war, noch während ich darüber sprach, auf einmal mein Problem, und sprach ich »stumpfer Grizzly« aus, so fühlte er, daß er gemeint war, nicht sein Grizzly. Ich sagte, Spazier lange, ich trag dir was nach, ich erledige in Kythera die Zollformalitäten, er sagte, Wir fallen über die Siebentausender ein, mit einer Frau zusammen, da gibts keine Zollschranken, und treffen wir auf Streu-Beamte, sind die beeindruckt und sexuell verführbar durch sie, ich laß sie ihnen und klettere weiter, bis ich zurück bin. Es war eine jener Katastrophen, die eine ganze Stadt erschüttern. Das Gerüst fiel auf ein Gebäude, an dem Mutter als Dachdeckerin Ziegel legte, auch eine Reihe Männer auf dem Gerüst kam um. Plötzlich war alles schrecklich, und die Masse des Entsetzens machte, daß es fast friedlich wurde. Grizzly-die-Maske und ich klammerten uns lange Zeit aneinander, und wir waren uns im Kummer so nah, wie wir es im Glück gewesen waren, höchstens beachtete jeder die Portionen an Glück bei dem anderen sorgsamer, damit keiner zuviel bekam und keiner in Rückstand geriet. Jahrelang waren wir unzertrennlich und bildeten einen einzigen Menschen, sozusagen. Aber wir kamen darüber hinweg, vermutlich durch Vergessen. Wir mußten es auch, der äußerliche Zwang. Und wir waren auch nicht die Typen, die ewig trauerten, obschon wir es nicht leicht nahmen, und ganz kam diese Leichtigkeit, die wir vorher gehabt hatten, nicht mehr wieder. Grizzly und ich waren schon gute Freunde gewesen, als ich noch klein gewesen war, und wie ich heranwuchs, wurden wir noch enger befreundet. Grizzly-Knorr wollte immer von dieser Ozy-jene-wie-Mama-Liebe sprechen, die ihm anhing, als er herangewachsen war. Ich war so wahnsinnig, sagte er, ich schrie und toste wie die ganzen verhurten Burschen um mich rum. Und dann vertraute er mir an, daß er sich wahrscheinlich in Mama verliebt hatte, weil sie ein bißchen wie Ozy-jene-wie-Mama aussah. Vielleicht hatte das was miteinander zu tun.

Zunächst hatte Mama irgendwie dieser Ozy-jene-wie-Mama geglichen, und sie sah überhaupt recht gut aus. Ich wuchs auf und sah ständig angenagelte Fotografien von Mama und Ozy-jene-wie-Mama im ganzen Haus, spitze lange Nägel, die in die weißen, um die Fotos laufenden Ränder getrieben waren. Ich wuchs auf und wußte, ich hatte zwei schöne Frauen um mich. Grizzly fühlte genau gleich, und ich wurde ein ebenso Begeisterter, wie er es war. Wir waren fast schon selbst ein Paar, Grizzly und ich. Er ging mit andern Frauen aus, aber er heiratete nie mehr. Sie wollten alle Grizzly treu sein, ebenso wie er seiner verstorbenen Dachdeckerin treu sein wollte. Die Frauen mochten ihn sehr, er war, was man einen erfolgreichen Mann nennt, zumindest am Anfang der Beziehungen. Er muß erregend gewesen sein, wenn man ihn traf. Er sah stark und schön aus, auch vergnüglich, ein prächtiger Mann, aber er ließ sich nie tiefer mit den Frauen ein, die ihn ausführten, die Rollen mit ihm getauscht hatten, das Haus umlagerten wie hungrige Herden, während er die langsamen, abwehrenden Gesten machte, die von Übersättigung zeugten, doch auch von einer gewissen Lust, bis zur Neige weiterzumachen; was er sodann, wie ich nun weiß, nicht tat. Ich vermute, er liebte den Gedanken, begehrt zu sein, mehr, als daß er eine dieser Frauen wirklich wollte. Er hatte zu der Zeit einen befriedigenden Beruf, Sekretär in einer Anwaltskanzlei, er arbeitete ziemlich viel, seine Freizeit wurde immer wieder ernsthaft unterbrochen. Die Anwälte, vier oder fünf, für die er arbeitete, brachten eine gewisse Achtung für ihn auf und behandelten ihn weniger schlecht als die Fürchterlichkeiten, die man von anderen Sekretären hören konnte, die sich regelmäßig umbrachten, wonach die gesünderen, kräftigeren aus anderen Büros abgeworben wurden; die höchsten Gehälter führten zum raschesten Selbstmord. Grizzly traf eine Reihe Frauen über seinen Beruf, und er wich keinem

Treffen aus. Einige der Kundinnen seiner Agentur kamen, wenn sie ins Besprechungszimmer gingen, an ihm vorbei und fanden ihn schick. Zu Hause war ich den Gesängen Ozy-jene-wie-Mamas ausgesetzt, Endlosplattenspieler legten immer was Neues auf, es gab nicht viel, am Ende kam wieder der Anfang, ich konnte das Zeug seit Jahren auswendig. Nachdem man einmal der Aussage, Ich will von dir geliebt werden, zugestimmt hat, ist nicht mehr viel möglich. Einerseits sagt das Musikstück beim nächsten Mal nichts Neues, andrerseits wird man, auf die Bitte hin, es möge geschehen, im echten Leben und seinen Fälschungen nie eine bejahende Antwort kriegen. Man kriegt alles, darf aber nicht darum bitten. Ich stand von ebenmäßigen irisäugigen Frauen umgeben in den abgelegensten, insulärsten Ouzo-Bars des griechischen Archipels und konnte die feierliche Stelle, an der ich mit meiner Menschentraube stand, beliebig nach Kleinasien verrücken oder mehr in Richtung Bulgarien treiben lassen, aber ich hatte es nicht so gewollt und wußte nicht, warum es mir widerfuhr, stand also inmitten des ganzen Trubels weitgehend ratlos. Und ich befand mich auf meiner Wüstendurchquerung vor den Gerippen ganzer Karawanen. Die wurden in der Wasserlosigkeit nicht einmal von kleinen, preiswerten Kakteen überwuchert. Ich wußte, er hatte mich verlassen. Ich betete um ein wenig fremden Geist, um ein Glas, um ein ölig schwappendes unteres Drittel einer Flasche und um eine einzige Kellnerin, die mir das ganze auf dem Holztablett einer abgesägten Scheibe eines Pinienbaumes anbieten sollte. Es blieb bei der Bitte. Nichts wurde gewährt. Ich starb, als letztes Knochenglied der Karawane, inmitten der saharaähnlichen Nichtbewachsung. Und meiner wurde nicht mehr gedacht. Hätte ich im zweiten Fall die Bitte um Eintreten des ersten Falles nicht geäußert, er wäre mir sogleich gewährt worden; mein Schicksal zögert nie lang. Doch die auf es zutreffende

Beschreibung des »es läßt sich nicht bitten« beschreibt seine unvorhersehbare Gnade wie seine unvorhersehbare Grausamkeit. Das Leben ist entsetzlich. Es ist mein Glück, daß ich das leicht nehme. Niemand liebt einen dann, wenn man ihn darum bittet. Vielmehr ist die Bitte der Anlaß, jede Liebe zurückzuziehen, auf Eis zu legen, in der Mottenkammer verstauben zu lassen; wohin sie ja wohl auch gehört, die Liebe, der schäbigste Artikel, den die Menschen zu vergeben haben. Von Schäbigkeit verstehen Anwälte viel. Obgleich das genauso stimmt, wie es nicht stimmt. Also sagt man's so dahin. Zu Hause sang und flüsterte die Ozy-jene-wie-Mama. Grizzly hatte neue Lautsprecher gekauft. Die alten hatte er mit dem Beil gespalten und im Kamin verheizt. Die neuen waren so aufgestellt, daß die Stimme im ganzen Haus gleich laut blieb. Ozy-jene-wie-Mama sang besser, als es meine Mutter gekonnt hätte. Als ich etwa siebzehn war, schien ich den Leuten gut zu gefallen. Ich hatte etwas Gier in mir, aber nicht zuviel. Im Prinzip ruhte ich in mir selbst. Man kennt sich nie genau, nimmt eine Eigenschaft, plus ihren Widerspruch, dann ist man beschrieben. Der Widerspruch lag wohl darin, daß ich draußen und nicht in mir umherstreifte, um mich zu finden. Das trieb mich zu weiten Reisen. Ich hätte diese Reisen auch unternehmen können, um mir bestätigen zu lassen,was ich in mir bereits gefunden hatte. Man lernt nie aus, aber kaum ist man geboren, hat man ausgelernt. Dies glaubt man nicht, und der ganze Rest ist der mühseligen Beweisführung für das Offenkundige gewidmet. Sie sieht entsprechend aus. Die Düsternis, die mich bei diesen Gedanken zu überwältigen droht, verbirgt meine der Freude zugeneigte Natur. Sie teilt alles gern mit anderen. Ozy-jene-wie-Mama verhält sich ebenso. Ich teile sie mit meinem Grizzly. Grizzly verhielt sich ähnlich. Ich teile ihn mit meinem Zimmer. Nach Grizzly ist für mich lange Zeit nichts gekommen. In der Untersuchung, was war und was nicht war und was nur der Vermutung nach war, was bei mir sein mußte, weil es allgemein immer so war und ich vom Allgemeinen nicht wegkam, in dieser Untersuchung kann der Aussage, »Unter seinem Grizzly-Knorr entwickelte er eine ungenügende eigene persona«, nicht widersprochen werden. Immerhin stammt die Aussage von mir. Zur Selbstkritik besteht Fähigkeit. Ich habe mich erfaßt. Er ist noch keine Person, wird nie eine sein, und schon tadelt er sich. Die Gefährtin, die er sich auf einer seiner Reisen (Motorradfahrten) wählt, wird anders aussehen. Ich muß etwas Entsetzliches erzählen. Eines Tages eröffnete mir Grizzly, daß Ozy-jene-wie-Mama tot war. Es war ein Brauch zwischen uns. Ich wußte es, wollte es aber nicht wissen. Er wußte, daß ich es wußte, mußte es mir aber immer neu beibringen. Wir beide wichen dem Umstand aus, daß wir von Mutter sprachen. Mit ihr war es allerdings einfacher. Sie hatte nie gelebt. Vermutlich war es die leise Gewaltsamkeit, womit wir ihr Schicksal umbogen, die in uns die Sehnsucht erweckte, es mit O'Zanni genauer und offener traurig zu nehmen. Alles, was zwei schon wissen und sich dann sagen, ist erratbar. Grizzly betrat mein Zimmer, in dem ich Kalenderblätter abriß, um auf der Höhe des Datums zu sein. Aus einem neben meiner Bleistiftschachtel stehenden Lautsprecher drang mein I wanna be loved by you. Ich summte mit und war mit dem Kalenderblattabreißen etwa bis Mitte März gekommen, nun hatten wir Juni. Hinten auf den Blättern las ich gierig die aufgedruckten Sinnsprüche, um sie der Fehlerhaftigkeit zu überführen. Da sie keinen Schubkarren hatten, sondern sozusagen vom Schicksal und vom Leben selbst geschrieben waren, betrieb ich eine Schicksals- und Lebenswiderlegung. Meist ist man mit diesen Sprüchen erfolgreich; sie setzen sich nicht richtig hin, also hat man sie rasch der Unrichtigkeit überführt. Ich will das Entsetzliche so kurz machen, wie Grizzly es machte. Er betrat mein Zimmer und wurde knapp. Ich las ihm einen, zwei Sinnsprüche vor, und wir lachten beide. Dann wurde er ernst. Ich traute mich kein neues Blatt abzureißen. In einer gefaßten Eröffnung teilte er mir mit, Ozy-jene-wie-Mama sei am Vorabend, in der Nacht auf heute gestorben. Die Nacht ist zu Ende, lief ab wie ein Film, beim Morgengrauen liegt sie tot da, während das Kornett im Camp des Herrn die Tagwache bläst, sprachs, sah mich schräg an, wischte etwas Staub von der Tischdecke. Nein, vor achtundvierzig Stunden, Überdosis Medikamente, erwiderte ich. Wir einigten uns auf etwas mehr als vierundzwanzig Stunden, und zum Sterben legten wir sie in ein Bett; wir blieben in der Frage unbestimmt, wo es zu stehen hatte. Er nahm Rücksicht auf mich. Meine Fantasien zu Ozy-jene-wie-Mama waren anders als seine, er legte sie eher in den Kreis ihrer Familie, davon hatten wir wenig gelesen, also blieb es eine fahle Lösung. Ich legte sie zu einem Mann, meist einem Filmschauspieler der Gegenwart, der sich sogleich über sie hermachte. Grizzly spitzte mir einen, zwei Bleistifte und tadelte meine geschlossenen Fenster. In der Stickluft kannst du nicht richtig arbeiten. Während ich kundtat, daß ich nie arbeitete, ließ ich den Schauspieler über Ozy-jene-wie-Mama herfallen. Sie kriegte rasch eine Verweigerung und dann tickende Zuckungen. Er ließ entsetzt von ihr ab und tauchte ein achteckiges Stück Zucker in ein Glas dunkelbraunen Alkohol auf dem breit auf sechs Füßen dastehenden Nachttischchen. Grizzly-Knorr hatte erstarrt am Türrahmen gelehnt und den einen Arm vor sich ausgestreckt, als wolle er mit einem Hut Geld sammeln. Meine Arbeits-Fassade, hinter welcher ich meiner nachdenklichen, aber nichts zutage fördernden Untätigkeit nachging, gab mir eine Bewegung des Ruderns ein; jedenfalls schob sich meine Hand an der Kante des schlanken, auf hohen schwankenden Beinen dastehenden

Tisches hin und her. Vorn, gegen die Wand zu, hielt ich sie etwas höher, dann schien sie um einen Dollpunkt herumzukreisen, hinten, gegen Grizzly zu, lag die Hand, senkrecht nach unten gehalten, etwas tiefer und kam zur Ruhe. Ich bin für die Achtundvierzig-Stunden-Lösung, sagte Grizzly, und, Jetzt muß ich gehen, ich habe gesagt, was ich zu sagen hatte. Das Leben ist kurz, sagte ich altklug. Was hast du da, fragte er, und das fragte er bereits, um sein Gesicht zu wahren. Er zeigte dabei auf nichts. Ich wußte nicht, wo sein »da« lag, und ich hatte »da nichts«. Das war aber unwesentlich, da er die Frage um ihrer selbst, also zu seiner Rettung, gestellt hatte. Das Leben ist sehr kurz, sagte ich und kürzte es mit einer heftigen, guillotine-ähnlichen Handbewegung nochmals um die Hälfte. Barbiturate, sagte ich. Weglassen, sagte Grizzly und, Leg ein anderes Lied auf. Ich ließ My Heart belongs to Daddy spielen. Grizzly griff mit der Hand mir unter der Achsel durch, und wir formierten uns zu einem Tanz. Statt zu tanzen, standen wir starr. Was nun, fragte ich. Die Achtundvierzig-Stunden-Lösung, sagte Grizzly. In der Küche knallte es. Eine große Flasche Limonade war im Kühlschrank geplatzt, und es war für Monate das lauteste Ereignis, denn alles lief nun wie auf Schienen. Ich ging noch immer mit Mädchen aus. Ich interessierte mich für keines im besonderen. Sie wurden weder jünger noch älter. Ich wurde etwas älter, das machte nichts aus. Andere Burschen, die ich kannte und durch eine Glasscheibe wahrnahm, schienen an Liebeskummer zu leiden. Manchmal schien mir ein verzerrtes Gesicht entgegenzustarren. Manchmal litt die Logik der alltäglichen Gesten. Sprachen sie mit mir, so kam es mir vor, als sprächen sie von dieser oder jener jungen Frau. Ich steuerte meine Erzählungen bei, alle parallel zu den ihren. Der Stoff, den wir zum besten gaben, war der von Abgebrühten, Übersättigten. Stattdessen trieb er uns weiter hinein. In anderen Worten:

Was wir sprachen, war aus zweiter Hand. Was es in uns auslöste, schien uns aber frisch. Aus den Gesprächen mit den Burschen ging ich unverletzt hervor. Ich stand unter der Tür. Sie holte mich ab. Ich freute mich den ganzen Abend. Wir sprachen Belanglosigkeiten. Es war nicht schlecht. Sie erfuhr von meinen Gesprächen mit den Burschen. Ich erklärte ihr, warum ich Menschen nur von weitem sah, und etwas verzerrt. Die Burschen erfuhren nichts davon, daß ich mich mit ihr über sie unterhielt. Die Welt war nicht groß. Manchmal setzte sich einer spätabends zu uns an den Tisch. Er erhob sogleich Anspruch auf sie. Bereitwillig überließ ich sie ihm. Er hatte zu bezahlen. Ich überließ sie ihm, indem ich eine hinterhältige Bemerkung über ihn machte. So war das Ritual: Du kriegst etwas, doch zuerst wird darauf gepinkelt, oder dann auf dich. Die Bemerkung im Übergabe-Ritual mußte sitzen. Zuerst mußte ihr Wert erhöht werden, bis er nach ihr gierte, dann wurde sie heruntergeholt und überlassen. Sie war anziehend, also glühte er, weil er sie durch mich bekam. Sie schien dies auch zu wollen, obschon nicht klar war, was geschehen wäre, wenn sie es nicht gewollt hätte. Unsere Rituale waren psychologisch und gänzlich apsychologisch, es wurden Menschen verschoben und Festwerte, oder Menschen wie Festwerte, wir wußten es nicht, es geschah einfach. Ich wußte, daß man sich gern von mir absentierte, man kam wieder zurück, aber man ging gern weg, und das bot ich auch an. Nun hatte ich sie ihm übergeben. Wir waren mit den letzten Kräften durch den Sand gestapft und in diesem Restaurant gelandet. Sie hatte uns eine Aufgabe gestellt. Diese war sehr fantasiereich, ich meine, die junge Frau. Sie sagte, Wir sind in der Wüste, von nun an hebst du bei jedem Schritt den Fuß, als steckten wir im tiefen Sand. Du bist Antonius, sagte sie. Es war nicht geistreich, aber als Aufgabe annehmbar. Ich wirkte nicht wie Antonius, eher wie ein Storch. Sie ging in normalem Gang, stieß aber, damit die Wüste aufrechterhalten blieb, ab und zu, bei einer Tankstelle oder bei einer Reinigung, den Ruf: Eine Karawane! aus. Vermutlich spiegelten wir uns in irgendeinem Fenster, also waren wieder wir gemeint. Sie meinte immer uns. Ich hingegen, wenn ich etwas meinte, meinte die ganze Welt. Der Bursche war schon vollgetankt. Er hatte zugelangt. Er setzte sich zu uns an den Tisch. Ich ließ ihn. Er schien eine alte Rechnung begleichen zu wollen. Ich nahm an, sie hatte mit Grizzly zu tun. Grizzly hatte seine Geschichten, die er von Kythera erzählte. Dort, so behauptete er, seien ihm einige unserer Nachbarn, auch einige meiner Freunde begegnet. Sei's drum, sagte ich, hoffend, er breche ab. Er brach meist ab. Die Kythera-Fantasien waren nicht sehr reichhaltig. Ich hatte erraten, daß er einige seiner Begegnungen schlecht behandelt hatte. War Grizzly in der Ferne, konnte er brutal sein, doch je näher er kam, umso milder wurde sein Benehmen. Dieser Bursche da, obgleich fast gleichaltrig, war von Grizzly in Kythera hart rangenommen worden, vermutete ich. Die Glasscheibe, die mich von ihm trennte, war weniger dick, dafür gewellt. Er wirkte verzerrt, wie ein Witz im Spiegelkabinett. Ich hatte sie ihm übergeben. Da schon hatte er den ersten Widerstand erwartet, nämlich, ich würde die junge Frau für mich behalten, und auf Grund meines Widerstandes hätte er dann zu höhnen und die alte Rechnung zu begleichen angefangen. Nun stand er, statt mit erledigter Rechnung, mit einer jungen Frau im Arm da. Ich nannte meinen Preis, indem ich beim Akt der Übergabe eine Bemerkung machte, die derart böse war, daß die ganze Lust, die er an der Übergabe gefunden haben mochte, in sich zusammenfiel. Die Sache war entwertet, und er, obgleich äußerlich erfolgreich, war weniger wert als vorher. Er kläffte zurück, aber traf nicht. Sie hatte während dieser Zeit ihre Fiktion einer Sandwüste wieder aufgenommen und band sich nun tuaregartig einen Schal vors Gesicht, der feinen Sandkörner wegen. Mir schien, der Bursche sah es nicht gern. Grizzly hatte sie, in Kythera, nach der Behandlung, im Sand liegengelassen. Sie waren bei Bewußtsein, doch war das Bewußtsein nach den Scheußlichkeiten, die Grizzly ihr in Kythera angetan hatte, getrübt, beziehungsweise, es nahm besonders scharf wahr. Sie hatten die elendesten Momente ihres Lebens im Sand liegend verbracht. Auch wenn sie, meine junge Frau, von den Vorgängen von früher nichts wissen konnte, war ihr Sand-Spiel für ihn kein angenehmer Anblick. Ich war gespannt, wie er reagieren würde. Zudem schien mir, als wäre sie für ein Duett über irgendein Thema zu haben. Ich erhob mich vom Tisch und stapfte eine Runde um den Kaffeeausschank herum, der in einem silbernen, länglichen, gebogenen Hahn aus einer stilisierten und mit Plastik überzogenen Kaffeebohne mitten im Lokal herausragte. Sie nahm meinen Wink auf, grätschte die Beine, womit sie ihn sexuell reizte, sie aber saß nun auf einem Kamel und schaukelte in der trägen Dünung des Kamelgangs, streckte eine Hand aus, die hin und her schnappte, zweifellos die Kiefer des Kamels meinte, wie es einen Kaktus anfrißt. Plötzlich brach der Bursche in Tränen aus. Die Lage ging so plötzlich zu Ende, wie sie sich vorher allmählich aufgebaut hatte. Ich zahlte ihm einen Drink. Sie sprach ihm begütigend zu. Er ließ sich trösten. Ganz an mich nehmen wollte ich sie nun nicht mehr. Das schien ihr zuzusagen. Zu dritt saßen wir eine Weile vor dem Tisch. Dann standen wir, Mann und Frau, die Wüstenfahrer, auf, legten Bezahlung für drei hin, winkten ihm wortlos adieu und verließen, ab und zu ironisch stapfend, das Lokal. Draußen spiegelten wir uns wieder in einer Scheibe; was die Straße regelrecht bevölkerte. Nun platzte es in der Regel zwischen uns. Wir brauchten uns nicht lange über den Burschen zu unterhalten, wir waren verschiedener Meinung.

Ebenso wortlos, aber weniger gnädig, verabschiedete sie sich. In der Regel war sie überlegen. Augenblicklich fuhr nun auch zwischen uns die Glasscheibe hoch, und ich sah den Rest nicht mehr genau. Langsamen Schrittes kam ich zu Hause an. Ich hörte Grizzly von weitem schreien. Alles war zusammenhanglos. Ich verstand ihn nicht. Ozy-jene-wie-Mama weinte in einem Lautsprecher, stoßweise, schluchzend, die Musik ergriff mich, sie war ihrerseits ergriffen worden in ihrer Eigenschaft als Sinneswerkzeug, um Heiterkeit und Traurigkeit in jedem Augenblicke umzukehren. Auch ich lebte mein Leben weiter. Ich hatte sämtliche Examina mit links abgeschlossen, fand mich plötzlich in der Schule wieder, weil es mir gefiel, unter Anleitung zu leben. In der Schule gab ich mir Mühe, half Grizzly, der Maske, im Haus, da waren wir zwei Eigenschaftslose, die nichts mit ihren sonstigen Zuständen zu tun hatten, Monsieur Moyen et son neveu, wobei mir klar ist, daß die Durchschnittsmenschen das stille Unsägliche jederzeit verursachen können, gleichzeitig wußte ich, eine Phase weiter sehend, daß dieses Unsägliche von uns nicht eben zu erwarten war, daß wir vielmehr dem Gewöhnlichen gewidmet waren, dem Jeden-Tag-seinen-Tag-und-nicht-mehr. Wir waren mit einer kompletten, unergänzbaren Möblierung ausgerüstet, ansehnliche Fest-Ausstattung, doch der Superlativ fehlte. An seiner Stelle stand einer der Lautsprecher, woraus Ozy-jene-wie-Mama schmolz. Sie sülzte Jenkins, »Goodbye«, etwas, das sich ohne Ziel hob und senkte, bei jeder Hebung und Senkung Gefühl, Sentiment, Billiges, Erbärmliches aus der Seele der beiden Hörer herauspreßte, die der Musik gewachsen, ihrer Botschaft unterlegen waren; wenngleich sie gerade diese verachteten. Inzwischen hatte ich eine Teilzeitarbeit im Wäscheladen aufgenommen. Es war die Arbeit, die ich am distanziertesten erlebte; ich meine, ich betrat diesen Laden nie, und doch richteten sie mir jedes vierte, fünfte Mal ein bescheidenes Honorar aus, das ich sogleich in irgendwelche Artikel bei ihnen investierte. Sie hatten den poetischen »Unterzieher« anzubieten, und ich liebte Unterzieher. Dieser war grau, aus rauhem Tuch, hatte unten eine einzige Öse, womit man ihn am Tisch befestigen konnte. Seinen Sinn sagte man mir nicht, bloß, daß er ein sexuelles Musikmuster hervorrufe; das taten Stare auch, wenn sie wippend auf den Drähten saßen, goodbye. An einem Samstag, so erinnere ich mich, arbeitete ich zwischen den Wäschestapeln sogar fünf Stunden, und für kurze Zeit schien mir dies die Ungeheuerlichkeit, die von mir zu erwarten war und die die Welt bedrohte. Manchmal hütete ich auch einen Käufer, wobei die Distanzierung verschwand, denn Wäschekäufer waren jene, die ich ohne zwischengelagerte Glasscheibe betrachten konnte, doch jeden Tag wurden sie im Laden unter meiner Obhut etwas älter, mikroskopisch größer, und so legte auch meine Zellenwand ein Stück zu; bis ich mir einen neuen Käufer zum Anschauen suchte. Diese mochten mich. Ich war geschickt. Ich sorgte für sie. Mich selber als Liebhaber der poetischen Artikel hatte ich auch gehütet. Dann, zum Schluß, klebten Ozy und ich orgiastisch zusammen. Ich schildere aufbäumend, wie es dazu kam, und schließe ab. Es geschah eine gottverdammte Änderung hin zu einer Zwischenstation auf dem breiten, seifigen Pfad zur großen Hölle, sie, das Entre-Deux, ein Beispiel bloß alltäglicher Hölle, hin zu Selbstauflösung ohne besondere Vorzeichen, hin zu Jeder-Tag-kann-dein-stiller-Mörder-sein, nachdem wir in die Phase gekommen waren, wo jede Begeisterung fehlte, wir einfach keine Erregung mehr zusammenkriegten, was sich darin äußerte, daß, was immer geschah, wer immer durch den Garten unsere Zimmer betrat, es, er uns kaltließ. Und wo es, er uns heißmachte, da konnten wir nicht entsprechend reagieren, weil das unerbittliche Schicksal uns die Kräfte genommen hatte, obschon wir in der Folge das Schicksal aus unserem Leben entfernten, in der Hoffnung, die Kräfte würden uns zurückgegeben, aber sie verschwanden mit dem, was wir zu entfernen glaubten, und uns wurde klar, es war gleichgültig, ob wir zu unseren Gunsten die Existenz eines Schicksals vermuteten oder nicht, welch Zweifel wiederum für uns beide, Vater und mich, ganz ungewöhnlich war, zunächst fühlten wir uns frei, dann sahen wir die ganze Wahrheit der Leere, was uns begreiflicherweise kaum ermutigte. So vollführten wir denn nur noch das strikte Minimum an Bewegungen, das zum Leben notwendig war, dabei war uns in Bezug auf uns selber aufgefallen, daß wir etwas nachzuahmen schienen, ganz so, als hätten wir Murmeltieren beim Winterschlaf zugesehen und hibernierten nun selber, sie senken ihren Herzschlag auf null, senken ihre Temperatur auf den Gefrierpunkt, senken sich selber in die Erde, konzis, sie sparen sich auf, nichts mehr ereignet sich, obschon das Leben als ausgelöscht nicht bezeichnet werden kann. Ein Schongang wird eingelegt, der Organismus macht sich von der nunmehr rasend schnell, ja sekundenflink tickenden Kreisbewegung des davonlaufenden Stundenzeigers aller inneren wie äußeren Uhren unabhängig, plötzlich ist man alt, steht vor dem Tod, plötzlich war ich siebzehn, nachdem ich noch vor kurzem ein Säugling gewesen war. Esther trat in mein Leben ohne anzuklopfen. Zunächst kam sie in die Stadt und niemand holte sie ab. Das schien sie nicht zu verstören, sie nahm sich ein Zimmer im Neuen Anker. Von dort breitete sie sich aus wie eine Seuche, frisch gewaschen, schmutzig bis auf die Knochen, hinreißend, faszinierend, regelübertretend, berechnend, obschon es für mich eine weitere wichtige Erfahrung wurde, indem Esther mein Leben von dem Augenblick an änderte, wo sie zur Tür hereintrat und deren Rahmen hinter ihr in den Staub brach, energischer, materialzerkrümelnder Griff, eine ungewöhnliche Frau war sie schon, und alle Burschen in der Nachbarschaft waren verrückt nach ihr, ja, schon allein die Dringlichkeit, mit der sie einen ansah, durchbohrte einen, mischte einen durch wie ein Kartenspiel, ließ einen rückwärts auf ein Fakirbrett fallen, wo man reglos, still blutend in der Erwartung liegenblieb, sie würde sich doch wohl nicht auf einen werfen, doch blieb die Hoffnung oft unerfüllt, weil sie eine Kreuzung zwischen O'Zanni und Vater selber, demnach eher zupackend und exekutiv war und für mich genauso wie Mutter selber aussah, hatte sie doch deren fettiges dunkles Haar, einen sexuell anziehenden, leicht vorstehenden Mund und sexuell noch anziehendere, stärker vorstehende Augäpfel, die ihr das Aussehen einer überlasteten Rechenmaschine verliehen, die von einem Basedowkranken bedient wurde, für welchen hypothetischen inneren Steuermann sie eine Frau war, wie man sie in abgegriffenen Alben, Magazinen, Bilderbüchern finden konnte, denn wenn Esther tanzte, drehten ihre Hüften Kreise, als wären sie der um die Hüften wirbelnde Reifen, also war es anzusehen fabelhaft, und man glaubte sich in einer anderen Welt, wenn es so etwas gab, einer niedrigeren, worin die mühsamen Treppenstufen wegfielen, ebenso wie ich auch nach langer Betrachtung hätte schwören können, daß sie eher Vater selber glich, daß ihr für O'Zanni etwas Klassizität im Allgemeinumriß fehlte, doch kam sie auch O'Zanni näher als jede andere Frau, die ich je in meinem kurzen mißratenen Leben getroffen hatte, was dazu führte, daß die Burschen alle über sie herfielen und sie es liebte, ich mich aber zurückhielt, nicht aus Scheu, sondern aus dem Unwillen, gleich zu sein wie die anderen, ich wollte mich nämlich unterscheiden, überlegen scheinen, da vor allem dann sie nach mir greifen würde, also blieb ich passiv, und sie griff nach mir, während es gleichzeitig erstaunlich war, was geschah, nachdem ich zu dieser schmutzigen Einladung gekommen war, die ich nun erwähnen und sauberer darstellen will, als sie war, denn als ich dem Gastgeber die Wahrheit gesagt hatte, trat ich vor die Tür des Schuppens, der am Ende unserer Straße lag, und in diesem Augenblick hatten sich schon alle Burschen um sie herumgeschoben und rieben sich an den Hutkrempen, ehe sie sie bedrängten, mit ihnen zu sprechen und zu tanzen, da war sie denn auch recht nachgiebig, beleidigte kaum einen, war freundlich, willfahrte, lachte und tanzte mit allen der Reihe nach, schlechte Tänzer zuerst, wobei ich der einzige war, der sich zurückhielt, die Lage überblickte oder einfach zögerte, nicht wußte, was tun, gleichzeitig aber hochfliegende Pläne schmiedete, des Inhalts, ich würde nicht über sie herfallen und ihr die Perlen von der Schnur reißen, annehmend, daß alle anderen genau das tun würden, planend, daß ich mich unterscheiden würde durch verschiedenen Gebrauch von der Dynamik der Ereignisse, welche den einen das eine zu tun aufgaben, mir als einzigem aber etwas anderes, wobei ich nicht verschweigen will, daß ich mir im Verlauf meines Lebens gleichsam als Steckenpferd eine äußerste Beherrschung sowie Zurückhaltung, allerdings situationsausnützende, in erotischen oder sexuellen Belangen angewöhnt hatte, so lange, bis es zu einer Besessenheit wurde, die ich gern gegen meine natürliche Lust an der Sache ausspielte, denn ritt ich einerseits, wenn ich eine traf, sogleich auf die Frau los, bis sie das Zaumzeug in die Faust nahm und mich vom Schimmel riß, so hatte ich meine Bestleistung, jene, die eine Eintragung im Buch des Lebens verdiente, erst geschafft, wenn ich mich genau dessen, wozu ich eigentlich auf der Welt war, enthielt, abseits stand, mich über meine eigene Lampe beugte und unter dem sicheren, seine schmale Leuchtkraft verhalten spendenden Schirm hervor das Gebaren der anderen verfolgte, das bald Schwächen würde zeigen müssen, an welchem Punkt dann der Abseitsstehende, wie ziellos Wartende aus seiner Deckung hervorschießen konnte, um die Lage zu seinen Gunsten zu wenden, nachdem er im stillen, sogar die kleine Lampe in seinem feinen Hintergrund löschte er dazu, die sodann anzuwendenden Griffe und Verrichtungen auf dem Trockenen geübt hatte, genauer gesagt, mit der Hilfe einer gedachten Frau, welche alles, was ich an ihr vollzog, von selbst als ungetan und nichtvollzogen erklärte, und in diesem Sinn darf ich von mir sagen, nie habe ich einer etwas angetan, allerdings werden wir sehen, wie ich es bei Esther halte, zu einer Entscheidung damals beim Tanzen zu kommen fiel schwer, insbesondere weil die Suchscheinwerfer des Tanzlokals, durch die mannshohen schwarz überzogenen Lautsprecher behindert, nicht alle Ecken des Lokals abtasten konnten, sodaß Esther, jedesmal wenn ich mich ihres Aussehens vergewissern wollte, um doch noch zu einem Entschluß zu kommen, wie durch Zufall im Schatten der Lautsprechersäulen verschwinden konnte, was mir neue, selbstverständlich unerwünschte Bedenkzeit verschaffte, eine Bedenkzeit, deren ständige Verlängerung auch ihre Verfestigung bedeutete, bereits schon war sie ein fest installiertes Zögern, und ich war, auf der Straße, wo ich mit Vater lebte, tanzend oder vielmehr dem ganzen Tanz zusehend, an dem Punkt angekommen, wo ich eigene Heldenhaftigkeit nicht mehr im Vollzug, sondern im Verzicht sah, eine übrigens opportunistische Haltung, denn auf Verzicht lief ohnehin alles hinaus, Esther schmiegte ihren Leib, seine untere Hälfte, an die Hälfte aller anderen, und ich konnte allenfalls noch einen Vorzugsplatz beanspruchen, wenn es darum ging, die Szene zu beschreiben, hatte ich doch am längsten zugesehen, während alle anderen zwar nichts beschreiben konnten, die Szene dafür aber erlebt hatten, und zwar aus der Nähe, aus welcher man nichts mehr sieht, was an dem Ort, dem Tanzlokal, doch der erstrebenswertere Zustand war, Esther fand das auch, und für kurze Zeit lief alles so vor sich hin, sodaß ich dachte, nun würde es eine längere Zeit so weitergehen, nämlich ruhig, überschaubar, allen die Gelegenheit gebend, ihren Organismus darauf einzustimmen, doch Fehlanzeige, es war aus, teilweise, was in aller Körperlichkeit besagte, daß irgendetwas sich dem Ende zuneigte, denn nach einem der Tänze kam Esther zu mir herüber, es lagen einige Fliesen zwischen uns, und fing an zu sprechen, über alles mögliche, worüber wir früher auch schon gesprochen hatten, denn sie war der (von mir) gerngesehene Fall einer Fremden, die, wenn sie auf mich zutritt, bereits alles weiß, was den Vorteil mit sich bringt, daß sich lange Einleitungen, Erinnerungen, Aufklärungen, Einstimmungen ganz allgemein erübrigen, hatte sie doch alles bereits gesehen, sie war an der Baustelle zugegen gewesen, die meinen Vater beschädigt hatte, sie war mit ihm in Kythera gewesen oder hatte ihn da getroffen, sie war bei allen sexuellen Verrichtungen, die ich allein vorgenommen hatte, aber auch bei solchen, die ich mit anderen Frauen vorgenommen hatte, insgeheim zugegen gewesen, sie nannte den Ort ihres Ausgucks für jeden einzelnen Fall, dennoch genierte ich mich nicht, sondern ließ das Gespräch in den Schwung kommen, den sie von mir zu erwarten schien, wobei es bemerkenswert bleibt, wie pleonastisch sich zwei verhalten, die einander nur mitzuteilen haben, daß der eine immer schon weiß, was der andere ihm sagen will, und ist der eine eine Frau, entsteht zusätzlicher Reiz, insbesondere wenn es intim wird, allerdings gab ich mit derselben Münze zurück, so war ich denn erstaunt darüber, was sie alles wußte, und die Burschen tanzten ohne sie oder mich weiter, erste Dellen entstanden in den Fliesen, die dem nach den Tanzsprüngen geschehenden Aufschlagen der schweren Stiefeletten mit den Schuheisen nicht gewachsen waren, deren Arbeit nun, da sie ihren eigentlichen Zweck, nämlich Esther zu gefallen, verloren hatten, vergeblich wirkte, und obgleich weder Esther noch ich an den gesellschaftlichen Ereignissen teilnahmen, forderte sie mich nicht zum Tanzen auf, sondern ließ alles genau so verbleiben, wie es ohnehin schon war, zunächst sprach sie eine Weile vor sich hin, ein Verfahren, das sie nach einigem Dialog wieder aufnahm, es waren Ferienerlebnisse, fremde Länder, Zwischenfälle, verlorene oder verwechselte Zimmerschlüssel, eine steile Straße in engen Kehren, über die zementlose Sandsteinmauer die grünflüssige Riesigkeit des haarwasserfarbenen schuppigen Meers sichtbar, alles gemischt mit etwas reizbarem Gewebe, das mich an sie binden sollte, was teilweise sich von selbst vollzog, teilweise von mir verstärkt und für meine eigenen Zwecke mißbraucht wurde, und dann sagte Pisful Osani plötzlich, Du bist ja ganz still, ich aber sagte, Nein ich bin nicht ganz still, es scheint nur so, darauf reagierte sie nicht und meinte, Du bist gar nicht wie die anderen, darauf ließ sich leicht erwidern mit, Das denk ich auch nicht, das wär ja noch schöner, worauf sie eine Unterscheidung mit Rangordnung versuchte, nämlich, Dich mag ich besser, ja, ich gewann den Eindruck, ihre Rechnungen würden jede Sekunde neu angestellt, das Gespräch gefiel mir, Ach wie nett, sagte ich hierauf, aber du kennst mich ja nicht einmal, was angesichts unseres Verhältnisses der gegenseitigen Lebens-Durchdringung grotesk wirkt, recht hatte ich, es war wahrhaftig bizarr, Grizzly, die Maske, war eingeknickt und hatte einen unterwürfigen Gestus angenommen, sie spielte das Spiel mit, ließ ihn weg, Dich würd ich aber ganz gern kennenlernen, darauf lächelte ich milde und professorenhaft tipsig, Na ja, wenn du unbedingt willst, und damit fing sodann alles an, gleich gehörte sie mir.

Aufbruch

Mein Name ist Jean Garn. Ich bin traurig und habe was vor; weiß es fast selber nicht. Wir treffen uns in dem zweiteiligen Fährenrestaurant. Beachte seine Trennwand, Palisander. Es verfügt über ein vornehmes Eßabteil und ein abgesacktes. Wähle dir frei ein Teil für deine abendliche Existenz, ich bin in zehn Minuten da und komme flüchtig vorbei. Dein gewähltes Teil beim Essen auf der Fähre, es wird gesehen, es ist mein erster Test. Ich muß dich anhand von Kriterien beurteilen. Nimmst du mir das übel? – Keineswegs, ich – um ein bescheidenes, unauffälliges Beispiel zu nennen – teste die Leute danach, ob sie Tests anstellen. – Faszinierend. – Solche, die mich streng testen, sind mir am sympathischsten. Die Belohnung kriegen sie zum Nachtisch. – Nachtisch? Eis? Ich frage, Pistazie? – Warts ab. – Heut hätt ich gern ein klares Gefühl von dir, ist das zu schwierig? – Ja. – Ich möchte dich nicht überanstrengen. – Tu ich selber. – Auf keinen Fall. – Aber ich. – Ich bitte dich, tus nicht. – Die nehmen den Staubsauger raus, bevor man fertig ißt, hast du das schon mal erlebt, wie in England, weißt du ... England ... wenn du über den Kanal und Hunger ... fertig, ausgegessen ... wenn dich die Kellnergewerkschaft zum Verlassen des Lokals drängt, weil die Bediener ihre Teepause wollen. Warst du mal in einer Kellnergewerkschaft? – Was? – Bißchen viel aufs Mal, was? – Greise reden sonst langsam. Der Reihe nach. – Nein. Falsch. Fast. – Fällt leicht, oder? – Ist mir alles zu leicht, darum. – Ich verlang ja auch nichts. Wir machen jetzt Herbst. Weißt du, wie das geht? – Klar. Tu ich selber. – Dörren und spielen, weil alles, weißt du, leichter wird, da spielt es, schwebt. Dörren, dörren.

Ein Gehen, Gehen, bei dem die Knie immer einknicken. Plötzliche Unfähigkeit (meine), der Schrittrichtung einen klaren Impuls zu vermitteln. Steifer West. Gemäß untersuchender Betrachtung (meiner) wird ein Befehl nach vorwärts gegeben und mit einem Befehl zum Halten gekreuzt. Es wird nicht öffentlich, aber ich merke ein unentwegtes Stolpern und Schräg-zur-Laufrichtung-Gehen. Auf dem Weg zur Philosophiestunde im Kartenzimmer. Auf Deck fange ich in der Gischt die Liegestühle ab, sie gleiten der jeweiligen Neigung nach. Thema, alles pendelt. Zudem knicke ich ein, als wolle ich entweder auf einen Betschemel (meinen) niederknien oder mich auf einen allerdings weit nach vorn in die Kniekehlen geschobenen Sitzschemel hinter mir setzen. Laßt uns aufschlagen Lied zweihundertsechsundachtzigtausendvierhundertzweiundneunzig, die zweite Strophe, die erste ist zu schön, handelt von seiner Herrlichkeit.

Am Abend in der »Eulen«-Bar auf dem Oberdeck denke ich mir eine Aussage. Ich schiebe sie von meinem Mund weg. Der Bärtige von der rachitischen Inn-Flößerei legt mir Folgendes nahe: Der Herbst macht melancholisch. Um Weihnachten herum bringt man sich um. Damit man das unterläßt, fahren sie ne Menge Zeug auf. Nachdem man sich an den Zustand gewöhnt hat, räumen sie das Zeug weg. Dabei darf man ihnen nicht in die Quere kommen, sonst hat man nächstes Jahr eine härtere Zeit. Kann es härter werden?, so fragt nur ein Elektrotechniker der Kette »Samson«, dem eine Inn-Floßfahrt als Ferienvergnügen bleibt. Eigentümlich, aber fortschrittlich. Die »Eulen«-Bar, an einem Wiesenhang gelegen, nur durch gewundene Erdwege über Morast erreichbar. Den Zucker, die bescheidenen Portionen, die ich benötige, serviert sie in finsteren Mahagoni-Holzkistchen. Mit breitem Deckel und vergoldeten Scharnieren. In den Kistchen der berüchtigte, schauerliche »Eulen«-Zucker. Du beißt in ihn hinein, daß es knirscht und dir die Körperschlagadern fast bersten. Die Adern, in ihnen fließt es; nicht rasch genug. Lauter weißes Zeug, um die Februar-März-Zeit herum gebrannt. Die Bar ist halbhoch und erstreckt sich nach hinten, etwas lamettiert, ziemlich gedrechselt, eine Art Holz-Sog, kleine senkrecht zueinander stehende Wandflächen, an deren letzter senkrecht eine anthrazitene Gitarre hängt. Gegen die Fläche pochen.

Das Fährensyndrom im Bett. Ruhig liegen, schlafen, gleichzeitig wach sein und sich um die Längsachse drehen wie eine aufgespießte Wurst hinten im Stand an der Ecke, die Laken, auf denen man liegt, sind der Sud, mit dem man sich einreibt, allmählich bildet sich rundherum eine Kruste, und dazu verliert man sämtlichen inneren Saft, wacht durstig, zerschlagen, mit zuckenden Waden, herumfahrenden Knöcheln und trostlos auf. Sog. äußerster Vulgärschlaf, ein Ruhen, das sich selber jede Sekunde seine grausige Zwecklosigkeit demonstriert.

Jemandem das Licht wegnehmen. Das ist es, was Gott mit dir nach dem September tut. Er läßt dir bißchen was. Wer garantiert dir das.

Zwischen Herbst und Winter. Schaum am Damm. Es kann aufwärts gehen, geht der großen Linie entlang abwärts. Die große Linie ist die Linie, die man wahrnimmt im Rückblick, da hat die Zeit einmal gerudert, aber nicht, während man auf ihr fuhr. Da zerteilt sich alles in Momente und Möwen.

Alles lohnt, lohnt. Heute stelle ich dir so lange bohrende Fragen, bis du mir das Nummernverzeichnis bringst, es bei meiner Zahlenreihe aufschlägst. Ich wollte eines Tages alles wissen, was mich bewegte, in mir war alles für alle schon unbekannt geworden. Er war mit schweren, in sich schon geduckt wirkenden Schritten, deren Sohlen das Böse zertraten, durch die blinde Seitentür hereingekommen, fing allmählich an mit seinem Tag, der daraus zu bestehen schien, daß er sich mit einer unerträglichen, immerzu unvollendeten Allmählichkeit setzte. Zu diesem finsteren Zwecke, mir Auskunft zu geben über mich, schnitt er sich mit einer Rosenschere die Kniesehnen durch. Ping, poff, klons. Kann nicht aufrecht protzn, wenn ich dich ergründ. Saß vor mir und blickte auf einen Schirm, den ich nicht sah, nur er, ungünstiger Winkel, mein Mut sank. Lohnt es sich, für eine Station den Bus zu nehmen. Dieselbe Frage läßt sich bei längeren Distanzen fürs Flugzeug stellen. Sie läßt sich aber auch ungeachtet der Distanz stellen. Lohnt es sich. Ich weiß die Antwort. Es lohnt sich. Immer. Höchstens wenn du es von später her ansiehst, na dann. Lohnt. Das entscheidest du, wenn du soweit bist.

Jean Garn, du dumpfe Seligkeit. Geschichtlich vorwärtsdrängende Abschnitte sind bienenfleißige Produzenten von Vergangenheit. Alles ist, gleich darauf ist es gewesen. Die See, als wäre sie minderjährig, schlägt dir eine verzackte Bresche in die Hülle. Im Sinken Stücke Treibholz suchen. Du erlebst das Irgend, gleich darauf redest du von »Da war doch früher mal«. The flotsam and jetsam. Die einzige Fähigkeit … sagen wir mal … tastend … Ereignis- und Handlungsfähigkeit meiner schwer heiß schlafenden doppelten Liebesgeschichte, mich erlösend, besteht darin, daß sie früher einmal war; verklungen.

Inhalt

Deutschsprachige Literatur
Erstausgaben in der edition suhrkamp

Aebli, Kurt: Küss mich einmal ordentlich. Prosa. es 1618

Alves, Eva-Maria: Maanja. Meine Freundin, meine Mutter, meine Puppe. Eine Anrufung. Zeichnungen von Alexandra Albrand. es 1159

– Neigung zum Fluß. Mit 16 Fotos von Christiane P. Scharlau. es 1083

Arlati, Renato P.: Auf der Reise nach Rom. Prosa. Auswahl und Nachwort von Franz Böni. es 1053

Batberger, Reinhold: Drei Elephanten. es 1459

Becher, Martin Roda: Unruhe unter den Fahrgästen. ›Aufzeichnungen‹. es 1352

Beyse, Jochen: Ultraviolett. Erzählung. es 1603

Böni, Franz: Alvier. Erzählungen. Mit einem Nachwort von Samuel Moser. es 1146

– Hospiz. Erzählung. es 1004

– Der Johanniterlauf. Fragment. es 1198

Bornhorn, Nicolaus: America oder Der Frühling der Dinge. es 1025

– Der Film der Wirklichkeit. es 1154

Brasch, Thomas: Engel aus Eisen. Beschreibung eines Films. es 1049

– Frauen. Krieg. Lustspiel. es 1469

– Lovely Rita. Rotter. Lieber Georg. Drei Stücke. es 1562

Buch, Hans Christoph: Der Herbst des großen Kommunikators. Amerikanisches Journal. es 1344

– Waldspaziergang. Unpolitische Betrachtungen zu Literatur und Politik. es 1412

Bulla, Hans Georg: Weitergehen. Gedichte. es 1002

Buselmeier, Michael: Radfahrt gegen Ende des Winters. Gedichte. es 1148

– Der Untergang von Heidelberg. es 1057

Dischereit, Ester: Joëmis Tisch. Eine jüdische Geschichte. es 1492

Döring, Bianca: Ein Flamingo, eine Wüste. Erzählung. es 1588

Drawert, Kurt: Privateigentum. Gedichte. es 1584

Ernste Absichten. Jüngste Prosa aus der Bundesrepublik. Herausgegeben von Christian Döring und Hajo Steinert. es 1592

Foidl, Gerold: Scheinbare Nähe. es 1237

Frauen, die pfeifen. Verständigungstexte. Herausgegeben von Ruth Geiger, Hilke Holinka, Claudia Rosenkranz, Sigrid Weigel. es 968

Fritsch, Werner: Steinbruch. es 1554

Goetz, Rainald: Krieg/Hirn. 2 Bde. es 1320

Greiner, Peter: Wie Bombenleger-Charly leben ... Sozialverhalten. Geschichten und Szenen. es 1356

Gröner, Walter: Ein rasend hingehauchtes Herbsteslicht. Bergeller Gedichte – Puisiá. es 1371

315/1/6.90

Deutschsprachige Literatur
Erstausgaben in der edition suhrkamp

Grünbein, Durs: Grauzone morgens. Gedichte. es 1507
Gstrein, Norbert: Anderntags. Erzählung. es 1625
– Einer. Erzählung. es 1483
Hänny, Reto: Ruch. Ein Bericht. es 1295
– Zürich, Anfang September. es 1079
Happel, Lioba: Grüne Nachmittage. Gedichte. es 1570
Holbein, Ulrich: Samthase und Odradek. es 1575
Kirchhoff, Bodo: Body-Building. Erzählung, Schauspiel, Essay. es 1005
Kling, Thomas: geschmacksverstärker. Gedichte. es 1523
Kolbe, Uwe: Abschiede und andere Liebesgedichte. es 1178
– Bornholm II. Gedichte. es 1402
– Hineingeboren. Gedichte 1975-1979. Mit einer Nachbemerkung von Franz Fühmann. es 1110
Laederach, Jürg: Fahles Ende kleiner Begierden. Vier minimale Stücke. es 1075
– Vor Schrecken starr. Fixierungen, Stechblicke, Obsessionen. es 1503
– Der zweite Sinn oder Unsentimentale Reise durch ein Feld Literatur. es 1455
Leisegang, Dieter: Lauter letzte Worte. Gedichte und Miniaturen. Herausgegeben von Karl Corino. es 1021
Lessenich, Jean: »Nun bin ich die niemals müde junge Hirschfrau oder der Ajilie-Mann«. es 1308
Leutenegger, Gertrud: Lebewohl, Gute Reise. Ein dramatisches Poem. es 1001
– Das verlorene Monument. es 1315
Matthies, Frank-Wolf: Tagebuch Fortunes. es 1311
Morshäuser, Bodo: Abrechnung in Kellinghusen. es 1626
– Revolver. Vier Erzählungen. es 1465
Roth, Friederike: Die einzige Geschichte. Theaterstück. es 1368
– Das Ganze ein Stück. Theaterstück. es 1399
– Krötenbrunnen. Ein Stück. es 1319
Roth, Patrick: Die Wachsamen. Drei Melodramen. es 1614
Schedlinski, Rainer: die rationen des ja und des nein. gedichte. es 1606
Schindel, Robert: Geier sind pünktliche Tiere. Gedichte. es 1429
– Im Herzen die Krätze. Gedichte. es 1511
– Ohneland. Gedichte vom Holz der Paradeiserträume 1979-1984. es 1372
Schleef, Einar: Die Bande. Erzählungen. es 1127
Schöne Aussichten. Prosa aus der DDR. Herausgegeben von Christian Döring und Hajo Steinert. es 1593

315/2/6.90

Deutschsprachige Literatur
Erstausgaben in der edition suhrkamp

Schwacke, Peter: Carte blanche. Erzählungen. es 1164
Söllner, Werner: Kopfland. Passagen. Gedichte. es 1504
Split: Apfelsinen im Hals. Geschichten. es 1558
Struck, Karin: Kindheits Ende. Journal einer Krise. es 1123
– Klassenliebe. Roman. es 629
Techel, Sabine: Es kündigt sich an. Gedichte. es 1370
Thank You Good Night. Herausgegeben von Bodo Morshäuser. Alle Fotos: Michael Strauss. es 1227
Treichel, Hans-Ulrich: Liebe Not. Gedichte. es 1373
– Seit Tagen kein Wunder. Gedichte. es 1610
Veil, Joachim: Die Wiederkehr des Bumerangs. es 1137
Vogl, Walter: Hassler. Frequenzritte eines Straßenkehrers. es 1182
Von nun an. Neue deutsche Erzähler. Herausgegeben von Hans-Ulrich Müller-Schwefe. es 1003
Wichner, Ernest: Steinsuppe. Gedichte. es 1493
Winkler, Josef: Die Verschleppung. Njetotschka Iljaschenko erzählt ihre russische Kindheit. es 117

315/3/6.90

Deutschsprachige Literatur
in der edition suhrkamp:
Prosa

Aebli, Kurt: Küss mich einmal ordentlich. Prosa. es 1618
– Mein Arkadien. Prosa. es 1885
Alves, Eva-Maria: Maanja. Meine Freundin, meine Mutter, meine Puppe. Eine Anrufung. Zeichnungen von Alexandra Albrand. es 1159
– Neigung zum Fluß. Mit 16 Fotos von Christiane P. Scharlau. es 1083
Arlati, Renato P.: Auf der Reise nach Rom. Prosa. Auswahl und Nachwort von Franz Böni. es 1053
Batberger, Reinhold: Drei Elephanten. es 1459
Becker, Jürgen: Ränder. es 351
– Umgebungen. es 722
Beyse, Jochen: Ultraviolett. Erzählung. es 1603
Bleisch, Norbert: Viertes Deutschland. Erzählung. es 1719
Böni, Franz: Alvier. Erzählungen. Mit einem Nachwort von Samuel Moser. es 1146
– Hospiz. Erzählung. es 1004
– Der Johanniterlauf. Fragment. es 1198
Bornhorn, Nicolaus: Der Film der Wirklichkeit. es 1154
Braun, Volker: Berichte von Hinze und Kunze. es 1169
– Es genügt nicht die einfache Wahrheit. Notate. es 799
Brecht, Bertolt: Die Geschäfte des Herrn Julius Caesar. Romanfragment. es 332
– Prosa. Bd. 3. es 184
Dischereit, Esther: Joëmis Tisch. Eine jüdische Geschichte. es 1492
Döring, Bianca: Ein Flamingo, eine Wüste. Erzählung. es 1588
– Schnee und Niemand. Prosa. es 1779
Drawert, Kurt: Haus ohne Menschen. Zeitmitschriften. es 1831
– Spiegelland. Ein deutscher Monolog. es 1715
Enzensberger, Hans Magnus: Der Weg ins Freie. Fünf Lebensläufe, überliefert von Hans Magnus Enzensberger. es 759
Erste Einsichten. Jüngste Prosa aus der Bundesrepublik. Herausgegeben von Christian Döring und Hajo Steinert. es 1592
Foidl, Gerold: Scheinbare Nähe. es 1237
Fritsch, Werner: Steinbruch. es 1554
Goetz, Rainald: Kronos. Berichte. es 1795
– 1989. Material. Band 1-3. es 1794
Greiner, Peter: Wie Bombenleger-Charly leben … Sozialverhalten. Geschichten und Szenen. es 1356
Grill, Evelyn: Wilma. Erzählung. es 1890
Gruenter, Undine: Epiphanien, abgeblendet. 56 Prosastücke. es 1870

300/1/5.94

Deutschsprachige Literatur in der edition suhrkamp: Prosa

300/2/5.94

Deutschsprachige Literatur
in der edition suhrkamp:
Prosa

Laederach, Jürg: Der zweite Sinn oder Unsentimentale Reise durch ein Feld Literatur. es 1455
Leutenegger, Gertrud: Das verlorene Monument. es 1315
Maeffert, Uwe: Bruchstellen. Eine Prozeßgeschichte. es 1387
Matthies, Frank-Wolf: Tagebuch Fortunes. es 1311
Mayröcker, Friederike: Magische Blätter. es 1202
– Magische Blätter II. es 1421
– Magische Blätter III. es 1646
Middendorf, Klaus: Wer ist Patrick? Oder: Das Tagebuch. Roman. es 1701
Morshäuser, Bodo: Hauptsache Deutsch. es 1626
– Revolver. Vier Erzählungen. es 1465
– Warten auf den Führer. es 1879
Muschg, Adolf: Herr, was fehlt Euch? Zusprüche und Nachreden aus dem Sprechzimmer des heiligen Grals. es 1900
Nossack, Hans Erich: Pseudoautobiographische Glossen. es 445
Ein Pronomen ist verhaftet worden. Die frühen Jahre in Rumänien - Texte der Aktionsgruppe Banat. Herausgegeben von Ernest Wichner. es 1671
Rabinovici, Doron: Papirnik. Stories. es 1889
Rakusa, Ilma: Steppe. Eine Erzählung. es 1634
Rosenlöcher, Thomas: Die verkauften Pflastersteine. Dresdener Tagebuch. es 1635
– Die Wiederentdeckung des Gehens beim Wandern. Harzreise. es 1685
Runge, Erika: Frauen. Versuche zur Emanzipation. es 359
Schleef, Einar: Die Bande. Erzählungen. es 1127
Schöne Aussichten. Neue Prosa aus der DDR. Herausgegeben von Christian Döring und Hajo Steinert. es 1593
Split: Apfelsinen im Hals. Geschichten. es 1558
Stauch, Wolfgang: Eine schlechte Geschichte. es 1712
Steinwachs, Ginka: G-L-Ü-C-K. rosa prosa. Originalfälschung. es 1711
Struck, Karin: Kindheits Ende. Journal einer Krise. es 1123
– Klassenliebe. Roman. es 629
Thank You Good Night. Herausgegeben von Bodo Morshäuser. Alle Fotos: Michael Strauss. es 1227
Veil, Joachim: Die Wiederkehr des Bumerangs. es 1137
Vogl, Walter: Hassler. Frequenzritte eines Straßenkehrers. es 1182
Von nun an. Neue deutsche Erzähler. Herausgegeben von Hans-Ulrich Müller-Schwefe. es 1003

300/3/5.94

Deutschsprachige Literatur
in der edition suhrkamp:
Prosa

Walser, Martin: Eiche und Angora. Eine deutsche Chronik. es 16
– Geständnis auf Raten. es 1374
Weiss, Peter: Abschied von den Eltern. Erzählung. es 85
– Die Ästhetik des Widerstands. Roman. es 1501
– Fluchtpunkt. Roman. es 125
– Das Gespräch der drei Gehenden. es 7
– Notizbücher 1960-1971. 2 Bde. es 1135
– Rekonvaleszenz. es 1710
– Der Schatten des Körpers des Kutschers. es 53
Sinclair (P. Weiss): Der Fremde. Erzählung. es 1007
Winkler, Josef: Die Verschleppung. Njetotschka Iljaschenko erzählt ihre russische Kindheit. es 1177

300/4/5.94